ALFRED DE VIGNY

II

MARIE DE CLÉREMBAULT

d'après le tableau d'HAFFNER

appartient à Mᵐᵉ Ch. DE LESSEPS.

LÉON SÉCHÉ

—

ETUDES D'HISTOIRE ROMANTIQUE

—

Alfred de Vigny

II

La vie amoureuse

SA MÈRE, SA FEMME,
DELPHINE GAY, MARIE DORVAL, CAMILLA MAUNOIR,
MARIE DE CLÉREMBAULT, DELPHINE BERNARD, CLOTILDE BUSONI,
HENRIETTE CORKRAN
AUGUSTA HOLMÈS, LOUISE ANCELOT.

(Documents inédits)

AVEC PORTRAITS, DESSINS ET AUTOGRAPHES

PARIS
MERCVRE DE FRANCE
XXVI, RVE DE CONDÉ, XXVI

—

MCMXIII

LIVRE V

L'AMOUR PUR

I

LA MÈRE D'ALFRED DE VIGNY

§ I. — Son enfance et sa jeunesse. — La nourrice d'Alfred de Vigny. — Comment il fut élevé à Loches. — *Souvenirs* du baron de Frénilly. — Le père du poète. — L'Élysée-Bourbon. — La pension Hix. — Conseils de Mᵐᵉ de Vigny à son fils quand il s'engagea dans la Garde royale. — Elle lui donne une petite Bible et *l'Imitation de Jésus-Christ.* — Elle le met en garde contre les comédiennes.

§ II. — Mort de son mari. — Son acte de décès. — Elle émancipe son fils. — Influence qu'elle exerça sur lui. — Sa maladie. — Sa mort. — La douleur d'Alfred de Vigny.

I

Née au Ché, arrondissement de la Rochelle, le 28 septembre 1757, Marie-Jeanne-Amélie de Baraudin fut élevée avec sa sœur aînée, Marie-Elisabeth-Sophie, au couvent de Beaumont-les-Tours, qui jouissait alors en Touraine d'un grand crédit comme maison d'éducation; mais elle avait reçu auparavant les leçons de son oncle, l'abbé de Baraudin, curé de la collégiale de Saint-Ours, à Loches, et c'est ce prêtre distingué qui fut son principal éducateur.

Elle passa, en effet, la plus grande partie de son enfance et de sa jeunesse à Loches; ce n'est qu'à partir de 1780, quand son père eut pris sa retraite après quarante ans de glorieux services dans la marine royale, qu'elle séjourna, de loin en loin, au manoir du Maine-Giraud, qu'il possédait dans l'Angoumois.

J'ai dit au tome précédent de cet ouvrage dans quelles circonstances elle épousa Léon-Pierre de Vigny et comment elle perdit coup sur coup au berceau ses trois premiers enfants. Quand elle mit au monde celui qui devait illustrer son nom, au lieu de le nourrir elle-même, comme elle l'avait fait pour les autres, elle le confia à une nourrice du pays qui l'allaita sous ses yeux, et c'est probablement au lait de cette femme du peuple (1) qu'Alfred de Vigny dut son salut.

(1) Elle se nommait Pitancier. J'ai trouvé son nom dans une lettre inédite de Vigny à M. de Lestang, son cousin.

« J'ai appris par M. de Boisnier, lui mandait-il le 15 juin 1841, que vous étiez domicilié à Loches, mon cher cousin. Sûr à présent

Transporté, à peine sevré, à Paris, il fut élevé à l'anglaise, c'est-à-dire plutôt durement. Sa mère, qui, comme toutes les femmes de son rang, avait lu *l'Émile*, se conforma aux prescriptions de Jean-Jacques, et l'enfant, tout chétif qu'il était, se trouva bien de ce régime sévère. On le soumit à tous les exercices du corps qui pouvaient le développer et le fortifier ; il apprit la gymnastique, le tir à l'arc et à l'arquebuse, et jusqu'à l'âge de huit ans il n'eut pas d'autre précepteur que sa mère. C'est elle qui « jeta dans son âme les premières idées du bien, et dans son esprit les germes du goût et le désir de s'instruire (1) ». Car elle était très cultivée. Le

que ma lettre vous parviendra, je vous écris pour vous bien assurer que je n'oublierai pas la fille Pitancier (a) que vous me recommandez, sitôt qu'il me sera permis de faire le bien, comme je l'entends et comme j'aime à le faire. J'ai écrit à ce sujet à M. Delalande de Vallières, avocat à Loches, qui avait bien voulu s'en occuper. Si par hasard vous veniez à Paris, mon cousin, j'espère que vous n'oublierez pas mon adresse, et si quelque affaire militaire ou autre vous donnait quelque désir de trouver un ami qui s'en occupât, ne doutez pas de ma bonne volonté. — Vous êtes fils d'une *demoiselle de Vigny* (b), et votre enfance a, comme la mienne, des souvenirs de cette vieille Beauce, où mon grand-père avait tant de châteaux dont je n'ai conservé que les noms.

« Tout à vous
« ALFRED DE VIGNY. »

(1) *Conseils à mon fils,* publiés par *le Sillon* en 1905.

(a) M. de Lestang avait écrit au bas de cette lettre : « La fille Pitancier était la sœur de lait du poète. »

(b) Adélaïde-Marie-Henriette de Vigny, fille de Claude-Louis-Victor, oncle paternel du poète, et de Adélaïde-Charlotte le Maire de Montrivault, avait épousé en 1792 Jean-Louis Pellegrain de Lestang.

baron de Frénilly, qui l'avait connue à Loches,
pendant le séjour qu'il y fit après les massacres
de Septembre, nous dit dans ses intéressants *Souvenirs* qu'elle avait « un grand talent pour la peinture,
des visées au bel esprit et la prétention d'écrire
comme Mᵐᵉ de Sévigné (1) ». Il faut croire que
cette prétention était vraie, puisque en parlant de la
correspondance de sa mère avec sa tante, la chanoinesse, Alfred de Vigny disait un jour : « Combien d'autres correspondances qui m'ont été con-
nues auraient pris place à côté de celle de la mère
de Mᵐᵉ de Grignan, si elles eussent été trahies ! »

Le père de Vigny, qui était étique et plié en deux
depuis la guerre de Sept-Ans, s'était engagé, paraît-
il, à ne jamais contrarier le plan d'éducation de sa
femme (2). Cependant, si jusqu'à huit ans elle eut
seule la direction de son fils, à partir du jour où

(1) *Souvenirs du Baron de Frénilly*, p. 214.
(2) En arrivant à Paris ils habitèrent d'abord à l'Élysée-Bourbon
qui, depuis 1798, où il fut vendu comme propriété nationale, jusqu'en 1805, où il fut acheté par Murat, était loué à des particuliers
comme une maison ordinaire. On lit à ce propos dans *le Temps* du
28 avril 1900 sous le titre : *l'Élysée* (1715-1805) et sous la signature de M. Frédéric Masson : « ... Au même étage (au premier) à
gauche, sur la cour, à loyer de 700 francs, un citoyen Vigny,
inconnu, n'est-il pas vrai? car ce n'est pas même ce Vigny qui joue
les financiers au théâtre de l'Impératrice ; c'est un sieur Léon-Pierre
de Vigny, oncle d'Alfred... » — M. Frédéric Masson fait erreur, ce
Léon-Pierre de Vigny était le père du poète. Il demeura à l'Élysée-
Bourbon cinq ou six ans, après quoi il alla habiter rue du Marché-
d'Aguesseau.

il fut mis en demi-pension chez M. Hix (1) jusqu'à
son entrée dans la Garde royale, elle la partagea
volontiers avec son mari. Encore se réserva-t-elle
la partie de son éducation qui convient le mieux à
une mère. Elle lui enseigna le catéchisme et l'histoire sainte dans les livres qu'elle avait hérités de
son oncle, pendant que son mari, qui avait de l'esprit et des lettres, lui lisait, le soir au coin du feu,
Homère, Virgile et les poètes de la Pléiade.

On peut donc dire que le fonds religieux d'Alfred
de Vigny lui vint de sa mère, et que ce fut son père
qui lui donna le goût des belles-lettres et de la
poésie — sans oublier celui des choses militaires,
dont il a parlé mieux que personne.

« J'aimai toujours à écouter, a-t-il écrit quelque
part, et quand j'étais tout enfant, je pris de bonne
heure ce goût sur les genoux blessés de mon père.
Il me nourrit d'abord de l'histoire de ses campagnes,
et, sur ses genoux, je trouvai la guerre assise à
côté de moi ; il me montra la guerre dans ses blessures, la guerre dans les parchemins et le blason

(1) Cette pension, qui était située dans le faubourg Saint-Honoré,
avait alors une grande réputation. Geoffroy, le créateur de la critique dramatique, y était maître d'études, quand Bertin l'aîné le
chargea de la critique des *Débats*, en 1800.
C'est à la pension Hix que Vigny se lia avec Alfred d'Orsay,
Hérold, Ravignan, le prince d'Aremberg, Ziégler, Dittmer, etc. Voir
plus loin sa lettre au général de Clérembault.

de ses pères, la guerre dans leurs grands portraits
cuirassés, suspendus en Beauce, dans un vieux
château. Je vis dans la Noblesse une grande famille
de soldats héréditaires, et je ne pensai plus qu'à
m'élever à la taille d'un soldat (1). »

En un mot, les parents d'Alfred de Vigny ne
négligèrent rien pour faire de lui un honnête
homme, comme on l'entendait au grand siècle,
c'est-à-dire « un homme recommandable par ses
vertus et ses talents en tous genres », et leur but
principal fut, comme le dit sa mère, «de lui donner
les moyens d'arriver à la fortune par le mérite,
seul moyen honnête de parvenir (2) ».

Ils l'élevèrent pour le Roi(3), mais dans un tout
autre esprit que celui qui forme les courtisans. Car
tout bons royalistes qu'ils étaient, la noblesse à
laquelle ils étaient très fiers d'appartenir ne les
aveuglait pas de ses préjugés, encore moins de
ses prétentions. L'auteur de *Cinq-Mars* nous a
raconté comment son père, avec son esprit juste

---

(1) *Servitude et Grandeur militaires,* chap. 1er.
(2) *Conseils à mon fils.*
(3) Ce sont leurs propres expressions. Dans une lettre adressée au
ministre de la Guerre, le 1er mars 1816, ils disaient : « Nous avons
élevé cet enfant pour le Roi : il n'a jamais servi aucun autre, et toute
sa conduite, depuis qu'il a été admis dans les gendarmes de la
Garde, a prouvé qu'il était digne de cet honneur... » (*Arch. du
ministère de la Guerre.*)

et charmant, lui avait, du premier coup, donné
l'idée la plus vraie de la noblesse et en avait à
jamais en lui détruit le faux orgueil. Un soir qu'il
lui demandait ce que c'était que la noblesse, il prit
un volume de Mme de Sévigné et lui répondit en
souriant : « Voici la vérité dans une chanson de
M. de Coulanges à la marquise, quand on disputait
sur l'ancienneté d'une famille. Nous fûmes tous laboureurs, nous avons tous conduit notre charrue :
l'un a dételé le matin, l'autre l'après-dînée. Voilà
toute la différence (1). »

Et nous avons vu que, sous la Révolution, la mère
du poète s'était vantée, dans une lettre adressée
au représentant du peuple en mission à Loches,
d'avoir été révolutionnaire dès le principe et d'aimer
les républiques jusqu'à l'enthousiasme. « Je n'ay
certainement pas changé d'avis, disait-elle, parce
que la France s'en est donné une, et personne n'y
sera plus attaché de meilleur foy que moy, lorsque
j'y jouirai de tous mes droits naturels à l'égal des
autres citoyens (2). »

Mais elle tenait surtout à ce que son fils demeu-
rât un chrétien de l'ancienne foi, parce que si toutes
les religions lui paraissaient bonnes, le christia-

(1) *Journal d'un Poète*, p. 234.
(2) Voir le chap. des *Origines maternelles d'Alfred de Vigny*.

nisme était pour elle la meilleure de toutes, et qu'à
son avis celui qui suivait exactement les préceptes
de l'Évangile était le plus aimable des hommes et
en même temps le plus heureux.

« Notre religion est toute d'amour, lui disait-elle,
elle est faite pour les âmes tendres, et si les récom-
penses qu'elle promet sont plus désirables que le bonheur qu'elle procure ici-bas, c'est par leur durée qui
n'aura point de fin. Il y a donc tout à gagner pour
l'homme à faire par esprit de religion tout ce qu'il
ferait pour plaire à ses semblables. Quelles qualités
désirerait-on trouver dans un ami intime? C'est d'a-
bord la sensibilité, le penchant à appliquer l'indulgence raisonnée pour les faiblesses humaines, par
conséquent la douceur du caractère et du langage,
la sincérité, la franchise, la discrétion, un jugement
sain éclairé par l'instruction, une conversation
soutenue sans distraction, qui se prête facilement
aux sujets qu'on traite, une plaisanterie douce qui
jamais n'attaque la réputation des absents et ne
blesse l'amour-propre de personne ; eh bien !
toutes ces qualités, si la nature ne les a données
qu'en partie, peuvent s'acquérir par le seul principe
de la religion. La charité exclut cet esprit de contra-
diction, trop commun pour le malheur de la société,
cette disposition fâcheuse à trancher sur tout sans

réflexion comme sans égard pour ceux à qui l'on parle, cette ironie, le plus facile de tous les genres d'esprit, comme le plus détestable et le moins noble de tous, car quelle gloire peut-on trouver à offenser indirectement celui qui ne vous comprend pas ou qui n'ose vous répondre ; ces deux mauvaises habitudes ne révèlent qu'un mauvais cœur, ou, tout au moins, un être incapable de réfléchir et qui n'a pas le courage de se contraindre pour corriger ses défauts (1). »

Aussi, quand Alfred de Vigny entra, à dix-sept ans dans les Gendarmes rouges, le premier soin de sa mère fut-il de l'armer «contre ses ennemis personnels, ses passions et les mauvais exemples ». Elle lui fit présent alors d'une *Imitation de Jésus-Christ* où il avait appris à lire (2) et où elle avais mis cette touchante dédicace : « A Alfred, son unique amie », et puis d'une Bible portative qui avait été le livre de chevet de son oncle, l'abbé de Baraudin. Et quelques mois après elle lui donna un petit livre de conseils qu'elle avait

(1) *Conseils à mon fils.*

(2) Plus tard, la veille de mourir, il écrivait à Mme Lachaud : « Quand vous reviendrez, j'irai vous voir le soir, chère idolâtre ! et vous me répéterez tout ce qu'il vous plaira et tout ce que vous vous rappellerez de *l'Imitation de Jésus-Christ*. Je pourrai même vous souffler, car je la sais par cœur depuis mon enfance et j'ai une mémoire presque infaillible. » (*Histoire d'une Ame.*)

écrit à son intention et de sa plus belle main. Il faut avoir lu ce guide moral si l'on veut avoir une idée exacte de ce que fut cette mère comme éducatrice. Je ne connais pas, pour ma part, sous une forme plus attrayante, d'exposé plus sévère et plus minutieux des devoirs d'un jeune homme envers Dieu, envers son prochain et envers lui-même.

Après lui avoir fait un petit cours de religions comparées, elle lui recommandait de surveiller continuellement ses paroles et jusqu'à ses pensées ; de s'efforcer d'acquérir toutes les qualités morales qui sont nécessaires à l'homme dans la conduite de la vie, disant que vouloir c'est pouvoir et que l'âme doit être assez forte pour ne pas se laisser gouverner par les sens ; elle le mettait surtout en garde contre les mauvaises fréquentations : « On t'a dit qu'un homme pouvait aller partout sans être déshonoré pour cela... C'est une erreur : en général partout où tu n'oserais montrer ton uniforme, tu ne dois pas porter ta personne ; aurais-tu plus de respect pour lui que pour toi-même ? »

Le respect de soi, telle était à ses yeux la base des devoirs de l'homme envers lui-même.

Puis elle examinait ses devoirs envers le prochain, notamment envers les femmes.

« On t'a dit encore que l'honneur d'un homme

était sacré, délicat, qu'il ne fallait pas y toucher, mais que celui des femmes n'était rien du tout, que tant pis pour elles si elles avaient des aventures ; qu'on pouvait en jaser et s'en divertir. Je te dis hardiment : *tenir ou répéter un propos qui attaque la conduite d'une femme est un crime de lèse-société.* Si tout ce qui trouble l'ordre établi parmi les hommes est un mal, même quand on en profite, comme on ne peut en douter, quel plus grand mal peut-on faire que de mettre la division dans les familles, d'exposer une femme à la vengeance de son mari, au mépris de ses enfants, à leur abandon, à la ruine de leur fortune ! Vous pouvez causer tous les maux par un propos léger sur une femme souvent très innocente qui vous reçoit chez elle en ami sans se douter que vous l'immolez à votre vanité ; et vous dites que l'honneur d'une femme n'est rien ? Si vous l'aimez, être indiscret est une trahison, une infamie ; si vous avez cessé de l'aimer, c'est une lâcheté, car vous attaquez un ennemi sans défense. Il est donc clair que vous ne ménagez l'honneur des hommes que parce qu'ils peuvent se venger ; je te laisse qualifier ce sentiment !.... »

Suivait cette leçon remplie de sagesse :

« Tout dit à un honnête homme : respect aux

demoiselles et aux femmes honnêtes, mais indulgence et la discrétion la plus sévère pour la femme
faible qui, sans vous, eût peut-être toujours été
honnête et que la *publicité pourrait empêcher de
rentrer dans le chemin du devoir.*

« Il n'y a pas une réflexion qui ne vienne ren-
forcer l'obligation d'être discret. Suppose-toi ou
mari, ou père, ou frère, et tu reviendras au grand
principe de ne pas faire aux autres ce que tu ne
voudrais pas qu'on te fît.

« A ton âge, mon cher enfant, les femmes ne
doivent être pour toi qu'une société douce, aimable,
où tu apprendras à connaître les usages ; celles qui
ont la meilleure réputation jointe à de l'esprit et
des talents doivent être préférées, car il y a un plaisir délicat à estimer ce qui plaît ; c'est avec celles-
ci qu'on peut goûter sans inconvénient le bonheur
d'une société intime et habituelle ; mais il y a une
autre espèce de femmes qu'il ne faut pas négliger,
ce sont les dames du grand monde ; *la moins instruite a encore cette aisance, sans familiarité, mais
qui met à son aise,* ce tact des convenances qu'on
ne trouve pas ailleurs à un si haut degré, tu l'as
déjà remarqué dans quelques-unes de celles que
nous voyons. Si tu as le jugement délicat et fin, tu
seras convaincu, en observant beaucoup de femmes,

qu'il y a encore plus de nuances dans leur caractère que dans leur figure, que, quoique les usages,
les manières se ressemblent, on ne peut, sans
risquer de faux jugements, les mettre toutes dans
la même catégorie, surtout sur le chapitre de l'a-
mour... »

Et, comme si elle avait eu le pressentiment qu'un
jour il deviendrait le jouet d'une femme de théâtre,
elle le prémunissait ainsi contre les comédiennes :

« Je ne te dirai rien de cette espèce de femmes,
aussi justement méprisées par leur état que par
leurs mœurs ; je veux parler des comédiennes ;
elles sont aussi dangereuses que les filles publiques
pour la santé, et plus encore par leur cupidité sans
bornes ; j'espère bien que tu ne les verras jamais
qu'au bout de la lunette de spectacle, et que jamais
tu ne leur parleras ; ces espèces-là, y compris les
belles dames qui font trophée de leurs folies, ne
peuvent attacher le moins du monde un homme de
goût, qui veut mettre de la délicatesse dans ses
liaisons... »

Elle ne croyait pas dire si vrai. On sait comment
Marie Dorval paya Vigny de sa longue adoration
et de toutes ses attentions délicates.

Enfin cette mère admirable terminait son petit
livre de conseils en montrant à son fils quels

étaient ses devoirs envers Dieu, le roi et la patrie.

« Pour être un parfait honnête homme, lui disait-
elle, il faut être juste, soumis à Dieu, à ses père et
mère, à ses supérieurs, au roi que j'aurais dû nommer après Dieu, car il est son représentant sur la
terre ; soumis aux lois qui nous régissent et aux
magistrats qui en sont les organes, mais cette sou-
mission, si elle n'est pas dans le cœur, n'est qu'une
hypocrisie qui éclate quand l'occasion d'agir se
présente. Par exemple un militaire qui n'aimerait
pas son roi, qui ne sentirait pas combien le maintien de son autorité importe au bonheur de la
patrie, ou qui serait indifférent à ce bonheur public,
ferait de son devoir tout juste ce qu'il faut pour
n'être pas déshonoré, mais il n'emploierait pas tous
ces moyens si la gloire d'un autre et non la sienne
devait en résulter. Combien de batailles perdues
pour les misérables rivalités entre les chefs ! C'est
que l'amour de la patrie est peu de chose dans une
âme commune, et que l'amour-propre qui se fait
le centre de tout étouffe tous les sentiments nobles.
Ne laisse pas éteindre ce feu sacré de l'amour de
ton pays et du roi qui ne font qu'un, il te conduira
dans le chemin de l'honneur : et ton intérêt bien
entendu s'y trouvera toujours... »

N'est-il pas vrai qu'après avoir lu ces lignes on

comprend mieux la maxime de Vigny que « l'honneur est la poésie du devoir » ?

II

Sur ces entrefaites, le jeune officier perdit son père (1). Il était alors sous-lieutenant au 5ᵉ régiment de l'infanterie de la Garde royale. Ce fut un gros chagrin pour lui, mais comme son père avait soixante-dix-neuf ans et que depuis des années il était cloué sur son lit par des infirmités de toutes sortes, sa disparition ne marqua guère dans sa vie, tout en lui laissant un grand vide au cœur.

Quelques jours après il était émancipé par sa

---

(1) M. Ernest Dupuy dit, dans son livre sur Alfred de Vigny, qu'il n'a pas pu déterminer, faute de documents, la date exacte de la mort de son père. Plus heureux que lui, nous publions ci-dessous l'acte de son décès.

« Préfecture du département de la Seine, ville de Paris, 1ʳᵉ mairie. Extrait du registre des actes de décès de l'an 1816.

« Du vingt-cinq juillet 1816 à une heure du soir. Acte de décès de M. Léon-Pierre Devigny (sic), décédé ledit jour à une heure du matin, rue du faubourg Saint-Honoré, n° 68, chevalier de Saint-Louis, âgé de 79 ans, né à Oudeville (Seine-et-Marne), marié à dame Marie-Jeanne Baraudin. Constaté par nous Henry-Michel Paulmier, adjoint au maire du premier arrondissement de Paris. Sur la déclaration à nous faite par M. Alexandre Desmazis, chevalier de Saint-Louis, âgé de quarante-sept ans, demeurant rue Neuve-des-Petits-Champs, n° 42, et François Moran, concierge, âgé de soixante-onze ans, susdite rue du faubourg Saint-Honoré, n° 86. Et ont signé avec nous après lecture faite. » (Arch. dép. de la Seine.)

mère (1), ce qui ne veut pas dire qu'elle se désin-
téressa dorénavant de son avenir et de ses travaux.

Elle s'en occupa plus que jamais, au contraire,
son veuvage lui ayant fait dans sa tristesse d'assez
nombreux loisirs. « Tu te souviens, lui écrivait-elle

(1) Voici la teneur de cet acte, que n'a pas connu non plus M. Dupuy.

Par procès-verbal du juge de paix du 1er arrondissement de Paris,
en date du 1er août 1816, Alfred de Vigny fut émancipé par sa
mère, et son conseil de famille lui donna pour curateur à son éman-
cipation M. Alexandre Desmazis, chevalier de Saint-Louis demeurant à Paris, rue Neuve-des-Petits-Champs, 42. Ce conseil était ainsi
composé :

LIGNE PATERNELLE

1º Louis de Saint-Pol, chevalier de l'ordre militaire de Saint-
Louis, écuyer du roi — cousin (a).

2º M. Gabriel Desmazis, chevalier du même ordre, administrateur
de la loterie royale — cousin (b).

3º M. Ange-Christian de Saint-Pol — cousin.

LIGNE MATERNELLE

1º M. Le marquis Henri-Louis Odart de Rilly, lieutenant-colonel
de cavalerie — cousin.

2º M. Marie-Jean Gallais — ami.

3º M. Philippe-Joseph-Xavier de Verdière, chevalier de l'ordre
militaire de Saint-Louis — ami.

(Extrait des minutes de Me Detend, notaire à Paris.)

(a) Une des filles de Claude-Henri de Vigny, sœur de Léon-Pierre de Vigny
(voir la note suivante), épousa M. de Saint-Pol, chevalier de la Briche.
(Cf. l'Annuaire de la noblesse de France, de 1891, publié sous la direction
de Borel d'Hauterive.)
(b) Anne-Charlotte des Mazis, dame du Tronchet, épousa, le 25 octobre 1688,
Guy-Victor de Vigny, seigneur d'Emerville, capitaine au régiment d'Orléans,
décédé en 1737, dont elle eut deux fils : Jean-Baptiste, père de Jacques-Olivier
de Vigny en faveur duquel la terre de Chateaufort de Beaumont, dite de Cour-
quetaine, fut érigée en marquisat par lettres patentes de juillet 1722, et Claude-
Henri, chevalier, seigneur d'Emerville et du Tronchet, marié, le 16 décembre
1727, à Louise-Charlotte de Marcadé, dont il eut douze enfants, notamment
Léon-Pierre de Vigny, père du poète, né le 11 décembre 1737.

un jour, du bonheur que me causaient tes succès
dans le temps où tu me dis ce joli mot : que tu
étais *la gloire*, et moi *la glorieuse* (1). »

Elle devait éprouver toute sa vie le même bonheur. C'est elle qui fut la première confidente de
ses premiers essais poétiques, et je trouve quelque
chose de la préciosité de son esprit dans leur style
et jusque dans le choix de leurs sujets. Certes, elle
ne pouvait apporter à la correction de ses ouvrages la même compétence que son mari, mais elle
avait tout de même assez de goût et de connaissan-
ces littéraires pour être sur ce point de bon conseil.
La preuve en est qu'après avoir publié son poème
d'*Héléna* Vigny le supprima presque aussitôt de
l'édition de ses premières œuvres pour plusieurs
raisons dont celle-ci que sa mère le trouvait faible.
Et il est certain que les qualités de ce poème ne
rachetaient pas ses défauts. Mais l'influence de la
mère sur le fils ne s'arrêta pas là. Comme il était
habitué à faire toutes ses volontés, il lui obéit jusqu'à la fin, aux dépens même de son bonheur. On
sait de reste que, s'il n'épousa pas, en 1824, la belle
Delphine Gay qui l'aimait et dont il était sérieusement épris, ce fut pour ne pas contrarier sa mère.

(1) *Conseils à son fils.*

Il avait toujours à l'esprit ces paroles de son père mourant : « Rends ta mère heureuse (1) !... »

Elle habitait, depuis qu'elle était veuve, au n° 128 de la rue Saint-Lazare. Elle y demeura jusqu'à la maladie terrible qui devait l'emporter. A ce moment, quoiqu'il fût marié et que la santé de sa chère Lydia lui causât déjà de sérieux soucis, Vigny l'installa chez lui et se constitua son garde-malade. Pendant les quatre années que dura sa folie douce, traversée de loin en loin de crises aiguës, on lui conseilla vingt fois de la mettre dans une maison de santé, il s'y refusa toujours par amour et par pitié. Il aurait cru commettre un crime en se séparant d'elle avant l'heure de la mort. Il fit face à toutes les dépenses avec le produit de ses œuvres.

Pour l'amuser, c'est lui qui le raconte, il faisait tourner son esprit devant elle comme une toupie, et il lui présentait, sous forme de récits, des idées et des contrastes comiques qui la forçaient de rire. Mais parfois, à la lueur de rapides éclairs, elle se rendait compte de ce touchant manège et elle l'arrêtait en lui disant : « Tu fais semblant d'être gai et heureux et tu ne l'es pas ; c'est par bonté que tu te montres ainsi, je le sais bien, va ! »

(1) Voir plus loin, p.218, la lettre de Vigny à Mme de Clérembault.

Quand elle mourut, il ne pouvait se consoler
de ne plus entendre sa voix (1). Il composa alors
l'admirable et poignante prière que l'on a recueillie
dans *le Journal d'un Poète*, et sept jours après lui
avoir rendu les derniers devoirs, il jetait encore ces
lignes sur son cahier de notes :

« 27 décembre 1837. — La douleur n'est pas
une. Elle se compose d'un grand nombre d'idées
qui nous assiègent et qui nous sont apportées par
le sentiment ou la mémoire.

« Il faut les séparer, marcher droit à chacune
d'elles, la prendre corps à corps, la presser jusqu'à
ce qu'elle soit bien familière, l'étouffer ainsi ou du
moins l'engourdir et la rendre *inoffensive comme
un serpent familier.*

(1) Voici la copie de son acte de décès :
Du vingt décembre mil huit cent trente-sept à midi et quart. —
Acte de décès de dame Jeanne-Marie-Amélie de Baraudin, proprié-
taire, âgée de quatre-vingts ans, veuve du sieur Léon, comte de
Vigny, ladite défunte née au Ché, arrondissement de la Rochelle
(Charente-Inférieure) et décédée à Paris en son domicile, rue des
Ecuries-d'Artois, n° 3 (a), ce jourd'hui à trois heures du matin. —
Constaté par nous Maire officier de l'Etat civil du 1er arrondisse-
ment de Paris, sur la déclaration des sieurs Antoine-Louis, comte
de Pons, lieutenant-colonel retraité, âgé de soixante-trois ans, demeurant, grande rue Verte, n° 26 ; Alexandre-Jacques-François
Brierre de Boismont, docteur en médecine, âgé de quarante ans,
demeurant cité Bergère n° 2 bis, lesquels ont signé avec nous après
ecture faite. Signé : de Pons, A. Brierre de Boismont et Marcellot. »
(*Arch. dép. de la Seine.*)

(a) La maison d'Alfred de Vigny porta, en effet, le n° 3 jusqu'en 1840.

« Les souvenirs aujourd'hui m'attaquent et me
serrent le cœur. Tout les fait naître. Le bruit de
la pendule noire de ma mère me rappelle le temps
où elle fut achetée. Mon père l'aimait beaucoup. Il
la choisit lui-même chez Tarault et l'envoya rue du
Marché-d'Aguesseau, où nous demeurions. Elle
marqua les heures de mon éducation. Sur ses
quantièmes, ma bonne mère, bien belle alors,
m'apprit les mois de la République et ceux du
calendrier actuel. Les premiers me furent faciles,
j'aimais les beaux noms de fructidor, thermidor et
messidor... »

Hélas! il ne devait pas les aimer toujours. Les
plus beaux noms du langage humain ne sont souvent que des fleurs de cimetière. Ceux du calendrier républicain qui avaient charmé l'esprit de
nos pères n'eurent pas même assez de vertu pour
sauver la tête de Fabre d'Églantine, leur inven-
teur... Et il vint un jour où le poète des *Destinées*,
en regardant tourner l'aiguille de la pendule noire
de sa mère, ne vit plus que des larmes et du sang
sous les noms chantants et dorés des mois tragi-
ques de la Révolution française. N'est-ce pas un
jour de thermidor que son oncle Louis de Baraudin,
l'ancien lieutenant de vaisseau de la marine royale,
avait été fusillé à Quiberon, et n'est-ce pas un jour

de fructidor que son grand-père et toute sa famille
maternelle avaient été jetés en prison à Loches?

Mais la date la plus funeste et la plus douloureuse de sa vie, qui fut jalonnée de tant d'épreuves
de toutes sortes, fut encore celle du jour où la tête
blanchie de sa pauvre mère se fêla comme une cloche qu'on a trop violemment secouée, où sa raison
si lumineuse et si calme sombra sans espoir de
retour, « brisée par le coup de massue de l'apo-
plexie ». Ce jour-là Vigny se crut abandonné du
ciel et cria par trois fois : Pitié !

SON PREMIER AMOUR. — DELPHINE GAY

I

Il y a dans la littérature romantique deux ou trois prénoms qui sont à eux seuls des noms illus-

ALFRED DE VIGNY

en costume de gendarme rouge, d'après un tableau
du musée Carnavalet.

tres, et qui, dès qu'on les prononce, évoquent le
souvenir et l'image des plus belles Muses de l'anti-
quité.

Tels sont les prénoms de Delphine et de Marceline. Le premier pourrait être synonyme de Thalie,
et l'autre d'Erato. La Comédie à côté de l'Élégie,
le rire éclatant à côté des larmes.

Or, dans la vie d'Alfred de Vigny, à l'heure mati-
nale où son âme pensive s'ouvrait à la poésie, Delphine joua le rôle d'amoureuse ingénue, et Marceline le rôle de confidente.

C'est ce roman de la vingtième année du poète
que je voudrais conter ici. Quelques pages y suffi-
ront, car si l'intrigue en fut nouée dans le Cénacle
de *la Muse française*, il dura moins que lui encore.

Ce Cénacle, il faut bien le dire, était à l'origine
passablement mêlé. Il y avait de tout : des vieux
et des jeunes, des amis de la tradition et de la
nouveauté, mais en somme plus de pompiers que
d'incendiaires. Et pour éviter le reproche de manquer de femmes, il avait ouvert sa porte à double
battant à toutes les joueuses de harpe, de guitare
et de mandoline, depuis Mmes Tastu, Dufrénoy et
Desbordes-Valmore jusqu'à Sophie Gay, dont la
belle jeune fille, alors dans sa fleur épanouie, reçut
bientôt tous les hommages.

On ne savait pas encore ce que c'était que le genre classique et le genre romantique. Victor Hugo n'était encore que l'Enfant sublime et, même après le coup de soleil des *Méditations*, cherchait sa voie dans les ténèbres. Mais entre tous les poètes des deux sexes que l'amour de l'art avait réunis il y avait une émulation cordiale, une admiration mutuelle et de bon aloi qui, du côté des hommes, se doublait d'un véritable charme. Et le charme, je le dis tout de suite, c'était la jeunesse et la beauté triomphante de Delphine. Comment le Cénacle ne l'aurait-il pas subi, quand tous les salons de Paris le subissaient, voire un prince du sang qui, pour ses beaux yeux, faillit devenir parjure au serment qu'il avait fait, au lit de mort de Mme Polastron, sa dernière maîtresse, de ne jamais la remplacer dans son cœur.

Delphine ignora toute sa vie le sentiment d'admiration qu'elle avait inspiré au comte d'Artois, mais l'eût-elle connu dans le moment qu'elle n'en aurait pas été troublée, car elle avait le cœur plein d'une autre image. Elle aimait en ce temps-là un beau militaire, un lieutenant de la Garde royale, et je ne surprendrai personne en disant que ce n'était point le costume du jeune officier qui l'avait séduite, mais que son cœur était allé tout

droit au poète de vingt-cinq ans qui, sous l'épau-
lette d'or, l'avait émue avec ses vers. Elle s'était
même éprise de lui d'autant plus vite que, tout
d'abord, il n'avait pas eu l'air d'y prendre garde.
Cependant, soit timidité, soit coquetterie, à dater
du jour où il s'aperçut qu'elle rougissait devant
lui, les apparitions de Vigny dans les premières
réunions du Cénacle devinrent plus rares. Mais la
mère de Delphine, qui se connaissait en sentiments,
ayant fréquenté la société la plus débauchée de la
Révolution, Sophie Gay n'était pas plus dupe du
manège du bel officier que de la réserve discrète de
sa fille. On a beau s'observer, on se trahit toujours
quand on aime. Or, elle avait remarqué que depuis
quelque temps Delphine prenait plaisir à dire, dans
les salons où fréquentait Vigny, sa pièce de vers
récente intitulée *le Bonheur d'être belle* :

Quel bonheur d'être belle alors qu'on est aimée !
Autrefois de mes yeux je n'étais pas charmée ;
Je les croyais sans feu, sans douceur, sans regard,
Je me trouvais jolie un moment, par hasard.
Maintenant ma beauté me paraît admirable.
Je m'aime de lui plaire, et je me crois aimable..

. . . .

Bientôt il va venir ! bientôt il va me voir !
Comme, en me regardant, il sera beau ce soir !
Le voilà ! je l'entends, c'est sa voix amoureuse !
Quel bonheur d'être belle ! oh ! que je suis heureuse !

« On en souriait même un peu », dit Sainte-
Beuve, qui n'en parle que par ouï dire, « pourtant
on y applaudissait. » — Les pressentiments de
Sophie se changèrent en certitude, le jour où Delphine refusa nettement tel parti avantageux qu'on
lui proposait. Ce jour-là, elle lui prit les deux mains
et, la regardant dans les yeux, elle lui dit :

— Alors, tu aimes M. de Vigny ?

— Oui, ma mère.

Et la mère et la fille tombèrent dans les bras l'une
de l'autre.

Il ne leur restait plus qu'à faire la conquête du
bel officier de la Garde royale.

A vrai dire, elle était déjà aux trois quarts faite,
et, si Vigny n'avait écouté que la voix de son cœur,
il n'eût pas attendu plus longtemps pour demander
la main de Delphine. Mais la voix du cœur n'était
pas la seule qui lui parlât dans cette circonstance ;
il y avait aussi la voix de la raison, et celle-ci était
d'autant plus forte qu'elle lui parlait par la bouche de sa mère, — de sa mère qui était veuve et
qui n'avait plus que lui au monde.

Elle lui fit comprendre qu'un officier d'avenir, mais qui n'avait d'autre fortune que son titre
nobiliaire, ne pouvait décemment épouser une

jeune fille sans dot, fût-elle belle comme le jour.

Sophie Gay dit que Mme de Vigny était vaine de sa naissance et qu'elle avait promis son fils à une parente riche. Elle était, je crois, mal renseignée sur ce dernier point, et elle s'abusait certainement sur l'autre. On sait le peu de cas qu'Alfred de Vigny faisait de sa noblesse et les admirables vers qu'elle lui a inspirés :

> Si l'orgueil prend ton cœur quand le peuple me nomme,
> Que de mes livres seul te vienne ta fierté.
> J'ai mis sur le cimier doré du gentilhomme
> Une plume de fer qui n'est pas sans beauté.
> J'ai fait illustre un nom qu'on m'a transmis sans gloire,
> Qu'il soit ancien, qu'importe ! il n'aura de mémoire
> Que du jour seulement où mon front l'a porté.

> Dans le caveau des miens plongeant mes pas nocturnes,
> J'ai compté mes aïeux suivant leur vieille loi.
> J'ouvris leurs parchemins, je fouillai dans leurs urnes
> Empreintes sur le flanc des sceaux de chaque roi.
> A peine une étincelle a relui dans leur cendre.
> C'est en vain que d'eux tous le sang m'a fait descendre ;
> Si j'écris leur histoire, ils descendront de moi (1).

C'est son père qui lui avait donné, tout enfant, l'idée la plus vraie de la noblesse et qui, en lui contant l'anecdote des laboureurs que je rapporte

(1) *L'Esprit pur*.

plus haut (1), avait détruit à jamais en lui le faux
orgueil de la naissance.

Mme de Vigny, quoique plus fière que son mari,
était à peu près dans les mêmes sentiments sur cet
article, mais elle avait trop souffert de leur manque
de fortune pour ne pas apprécier la valeur de l'argent. Or, sans vouloir tout surbordonner à la question d'intérêt, dans le mariage de son fils, elle ne
lui aurait pas permis de faire un mariage d'amour
qui ne fût pas argenté. Et c'est pour cela sans doute
qu'Alfred de Vigny n'osait déclarer sa flamme à
la belle Delphine. Je crois, d'ailleurs, que Sophie
Gay voyait juste, quand elle disait que l'admiration
du jeune poète était plus vive que tendre. C'est le
sort commun des déesses d'inspirer plus d'admiration que d'amour. Or, Delphine fut véritablement
une déesse de beauté. Lamartine qui, lui aussi, fut
un de ses admirateurs, mais qui n'était plus libre
quand il la rencontra en Italie (2), ne lui trouvait
qu'une imperfection : elle riait trop, à son gré. Qui
sait si Alfred de Vigny, qui était un mélancolique
comme Lamartine, et de plus un pessimiste, n'aurait pas trouvé un jour que Delphine riait trop (3)?

(1) Page 11.
(2) Cf. notre livre sur *Delphine Gay*.
(3) Se rappeler ce qu'il écrivait à Marie Dorval, quelque temps
avant de rompre avec elle : « Tu vois quel trône tu as dans la pen-

Les vrais poètes, qui sont ceux du cœur, ont toujours eu plus de goût pour les larmes que pour
le rire, et l'on sait que l'école de 1820 engendra
plutôt la tristesse que la gaieté. N'est-ce pas
Lamartine qui disait qu'il y a plus de génie dans
une larme que dans toutes les bibliothèques de
l'univers? C'est probablement pour cela que les
romances sentimentales de Mme Desbordes-Valmore plaisaient tant aux âmes de sa génération.
Quoi qu'il en soit, il n'est pas douteux que **Vigny**
fut pris aux charmes de Delphine, et que Sophie
Gay fit tout ce qui dépendait d'elle pour l'avoir
comme gendre. Elle avait beau répéter à sa fille,
chaque fois qu'elle la voyait songeuse, que M. de
Vigny n'était point pour elle, au fond elle croyait
sérieusement à son rêve, et ce qu'elle en disait à
Delphine, c'était uniquement pour faire la part du
feu et lui épargner, le cas échéant, une déception
par trop cruelle.

Une fois pourtant, elle perdit confiance, ce fut
quand Alfred de Vigny fut envoyé en garnison à
Strasbourg, car elle savait la force du proverbe :
loin des yeux, loin du cœur. Mais quand on lui eut

---

sée des hommes qui s'imaginent trouver en toi un être toujours
rêveur, mélancolique, tendre et souffrant. Travaille à ne pas travailler ta belle nature... Tes deux ennemies sont la *gaieté bruyante*
et la colère.

appris que, de Strasbourg, il venait de passer à
Bordeaux, elle vit là un de ces coups du sort qu'on
a raison de nommer providentiels. Mme Desbordes-
Valmore n'était-elle pas à Bordeaux depuis quelque
temps, et ce brave Émile Deschamps, qui décidé-
ment était le trait d'union de toutes les connaissan-
ces de Vigny, ne lui avait-il pas parlé d'un sien
cousin, Édouard Delprat, qui voyait souvent notre
jeune poète et Marceline ? A qui mieux qu'à elle
pourrait-elle s'ouvrir du beau rêve qu'elle caressait
dans son orgueil de mère ? Qui pourrait mieux la
servir dans cette situation tout particulièrement
délicate ? Et la voilà qui prend la plume et qui fait
part de son tourment à Mme Desbordes-Valmore.

Elles sont exquises les lettres de Sophie à Marceline ; je ne regrette qu'une chose, c'est que Sainte-
Beuve, qui aurait pu en tirer un si joli parti, s'il l'a-
vait voulu, se soit contenté de les publier sèchement
au bas d'une page (1) en les faisant suivre de quelques lignes désobligeantes.

La première est datée du mois d'août 1823.
Sophie Gay y raconte comment sa chère Delphine
s'est éprise de M. de Vigny :

« Je vous le dis bien bas, c'est le plus aimable de
tous, et malheureusement, un jeune cœur qui vous

_____
(1) *Nouveaux Lundis*, t. VI.

aime tendrement et que vous protégez beaucoup s'est aperçu de cette amabilité parfaite. Tant de talent, de grâce et de coquetterie dut enchanter cette âme si pure, et la poésie est venue déifier tout cela. La pauvre enfant était loin de prévoir qu'une rêverie si douce lui coûterait des larmes ; mais cette rêverie s'emparait de sa vie. **Je l'ai vu,** j'en ai tremblé, et après m'être assurée que **ce rêve** ne pouvait se réaliser, j'ai hâté le réveil. »

Elle n'ose pas dire qu'elle a pris ce rêve à **son** compte, mais elle le donne à entendre :

« Comment un homme comme Vigny ne serait-il pas ravi d'animer, de troubler une personne comme Delphine ? »

Elle ne peut y croire, et c'est pour cela qu'elle s'adresse à Marceline.

« Voilà une confidence, continue-t-elle, qui prouve tout ce que vous êtes pour moi, chère amie, et je n'ai pas besoin de vous recommander le secret. Mais je dois à ce malentendu de la société un chagrin de tous les jours et que seule vous pouvez bien comprendre. Si vous voyez cet Alfred, parlez-lui de nous et regardez-le : il me semble impossible qu'un certain nom ne flatte pas son oreille. Il a de l'amitié pour moi, et je lui en conserve de mon côté, à travers mon ressentiment.

caché. Je suis sûre que vous le partagerez et que vous ne lui pardonnerez pas de ne point l'adorer. Leurs goûts, leurs talents s'accordaient si bien ! »

Sophie Gay ne pouvait mieux s'adresser en prenant Mme Desbordes-Valmore pour confidente. Non seulement, en effet, elle était femme à la comprendre, mais son talent, la réputation qui l'avait précédée à Bordeaux lui avaient ouvert toutes les portes de la société bordelaise, à commencer par celles du petit cénacle littéraire qui reconnaissait pour chef Edmond Géraud.

II

Edmond Géraud avait débuté dans la littérature par des romances qui étaient devenues presque aussi célèbres que celles de Marceline et dont le recueil fut salué à son apparition (1818) par Charles Nodier dans *le Journal des Débats*.

« A cette date de 1818, dit M. Maurice Albert, éditeur du *Journal intime* de Géraud, les romances du poète bordelais apportaient quelque chose de très neuf, révélaient des mérites bien personnels et une curieuse originalité. C'est une œuvre de transition. S'ils rappelaient par leur grâce légère et leur audace libertine les poésies de Parny, fort à

la mode alors, comme le témoigne l'éloge que précisément à cette époque Lamartine composait pour
l'Académie de Mâcon, ces vers offraient aussi un
double caractère très nouveau, celui-là même qu'on
retrouvera tout à l'heure, avec le génie en plus,
chez le poète du *Lac* et chez Victor Hugo. Ils étaient
les uns très intimes, parfois même mélancoliques,
comme *les Méditations*, les autres ; comme *les Ballades*, inspirés par le moyen âge, dont Edmond
Géraud fut le premier en France à comprendre l'intérêt poétique, et vers lequel il essayait, deux ans
avant la naissance de Victor Hugo, de tourner la
curiosité de ses contemporains (1). »

L'année d'avant, Géraud avait fondé à Bordeaux,
pour expliquer publiquement ses idées, car il en
avait beaucoup et de fort neuves, une revue littéraire dans le genre du *Globe*, toutes proportions
gardées, qu'il avait baptisée *la Ruche d'Aquitaine*.
A cette *Ruche*, ouverte à tous les talents, accouru-
rent une foule d'abeilles de l'Hélicon romantique et
même quelques frelons de l'autre bord, car Géraud
n'avait point de préférence. Il professait *avec politesse et mesure* des doctrines que le goût et la raison pouvaient avouer.

« Je n'entends rien, disait-il, absolument rien à

(1) Introduction au *Journal intime* d'Edmond Géraud.

la distinction qu'on s'efforce d'établir depuis quelque temps entre l'école classique et l'école romantique. Je ne sais ce que peut signifier ce dernier
mot, qui n'est pas français. Mais la fureur de clas-
ser les ouvrages et de les proscrire à l'aide de certaines expressions mal comprises et mal définies
ne m'a jamais beaucoup intimidé. Il faudrait laisser aux botanistes cette manie de la classification.
Qu'un livre m'intéresse ou m'amuse, voilà le point
essentiel, le *principium et fons ;* peu m'importe
après cela de savoir à quelle époque on veut qu'il
appartienne. *Roland furieux, le Petit Jehan de
Saintré, Obéron, René* ne sont peut-être pas de
ces ouvrages qu'on est convenu de nommer classiques ; je ne les regarde pas moins cependant comme
des productions charmantes, dont je voudrais bien
être l'auteur. C'est dans cet esprit exempt de tout
préjugé littéraire que je rédige mes articles de *la
Ruche,* car le *fari quœ sentiam* fut toujours ma
suprême loi. »

Il semble, après cette déclaration, qui rappelle
un peu celle de Victor Hugo dans la seconde pré-
face des *Odes et Ballades,* il semble que Mme Desbordes-Valmore aurait dû recevoir à *la Ruche* un
accueil enthousiaste. N'avait-elle pas été la première hirondelle du nouveau printemps littéraire ?

Cet accueil ne fut pourtant que sympathique. Ses élégies et ses romances troublèrent l'esthétique de Géraud, qui, comme Baour-Lormian, aimait assez la nouveauté des formes du Romantisme, mais qui ne voyait point de salut en dehors du style classique.

« Ces élégies de Marceline Desbordes, écrivait-il dans son *Journal* à la date du 18 juillet 1823, sont toujours des épanchements, des effusions d'une âme tendre et rêveuse, mais où rien n'est assez arrêté pour satisfaire le *bon sens*. Il semble qu'elle commence toujours sans s'être bien rendu compte de ce qu'elle veut dire et faire : ses sujets ne sont jamais ni assez déterminés, ni assez encadrés ; et quand elle finit, on n'en voit pas non plus la raison. Les paysagistes se servent d'une expression remarquable : ils disent que c'est un grand talent que de bien *choisir sa place* ou de *savoir s'asseoir* en présence de l'objet qu'on veut peindre. Eh bien, M$_m$e Desbordes, à mon avis, ne sait point s'asseoir. Après avoir parcouru ses élégies, il ne me reste presque plus rien dans l'imagination ou dans la mémoire ; ses grâces ont quelque chose de si fugitif et de si vaporeux qu'elles ne laissent que bien peu de traces après elle. Comment retenir, d'ailleurs, ce qu'on a souvent tant de peine à comprendre ? »

Ce n'était certes pas trop mal vu pour un éclec-
tique. Le *bon sens*, en effet, n'a pas grand'chose
à recueillir dans les élégies de Marceline ; le sujet
et l'expression sont toujours plus ou moins vaporeux, mais le *mal du siècle*, cette tristesse indéfinissable qui devait s'étendre à toute la littérature
à partir de *René*, y jeta un de ses premiers cris. Et
c'est ce qui fit leur nouveauté, leur charme et leurs
succès durables.

Cependant les réserves que formulait Géraud sur
l'œuvre poétique de Marceline ne l'empêchaient
pas d'avoir pour elle une admiration véritable (1).
Cela se sent à la façon méticuleuse dont il note,
dans son *Journal*, ses moindres faits et gestes et
jusqu'à ses propos de salon.

C'est ainsi que j'y relève les anecdotes suivantes :

_____

(1) Et Mme Desbordes-Valmore n'oublia jamais ce qu'il avait fait
pour elle. Quand il mourut, elle écrivit à Gergerès, leur ami commun:
« Je ne pourrais pas dans ce moment (1831) mettre assez d'ordre
dans mes idées pour vous envoyer rien qui fût digne d'être jeté sur
la tombe d'un poète. J'aimais M. Géraud pour quelque chose de
pareil qui se trouvait dans nos âmes, une mélancolie qu'il cachait
mieux que moi, et une ardeur vraie et profonde qui brûlait, qui
charmait ou qui consolait sa vie, et je crois le voir devant moi qui
me dit : « Oui, vous ne vous trompez pas ! » Mais il me le dit avec
le calme du ciel, à présent ; et nous sommes tous, cher ami, plus
troublés, plus malheureux que lui. Quel dommage de s'en aller ainsi
un à un ! Que je plains surtout sa femme, elle qui était aimée ! »
(*Marceline Desbordes-Valmore. Lettres inédites recueillies et
annotées par son fils Hipp. Valmore*, 1812-1857, p. 44.)

« Mars [1824].

« Mme Desbordes-Valmore nous racontait l'autre jour que Mlle Bourgoin, artiste du Théâtre-Français, vivait avec M. Chaptal, célèbre chimiste et un des grands dignitaires de la cour de Bonaparte. Elle en avait même un enfant. Un jour qu'elle entendait plusieurs personnes de sa société s'entretenir de ce qu'elles voulaient demander à l'Empereur, et préparer d'avance leur discours : « Et toi, mon fils, dit-elle à son bambin, comment parleras-tu au grand Napoléon ? Tiens, voici ce que tu auras de mieux à lui dire : « Monsieur, je suis bâtard de votre apothicaire. »

« Juillet.

« Mme Desbordes-Valmore écrivait dernièrement à Montano, son amie, une lettre charmante qui finissait par ces mots : *farewel nightingale*, et comme Montano ne sait pas un mot d'anglais, Mme Desbordes avait ajouté au-dessous : *Écoute-toi et devine*. Gergerès trouve avec raison beaucoup de finesse et d'esprit dans ce petit rien. »

« 24 juillet.

« Soirée passée chez Mme Nairac, où se trouvaient Garat, Mme Desbordes-Valmore, son beau-père, Mme Vendure, etc. On y conte des histoires de fantômes, de pressentiments et de rêves étranges, Mme Marceline surtout, qui raconte fort bien. On lui a fait lire mes poésies et ma nouvelle du *Gabeur* ; elle trouve, dit Mme Nairac, que *cela est désespérant de clarté*. Pauline, qui était avec moi, s'amusa ce soir-là au point d'oublier sa fille jusqu'à onze heures.

« M. Garat nous raconta ce mot de Mme de Staël, à propos de sa rivale, Mme de Genlis, qui avait traité Fénelon avec une certaine sévérité, dans un de ses derniers ouvrages : « A la manière dont Mme de Genlis a parlé de Fénelon, je croyais que c'était tout récemment qu'il avait été disgracié. »

                                              « Octobre.

« Voici un couplet que Mme Desbordes-Valmore chante très plaisamment sur l'air de *Femmes, voulez-vous éprouver...?* Il est, dit-on, de M. de Jouy, lequel a voulu imiter le genre de versification propre aux commis marchands de la bonne ville de Paris :

> « Adèle, je t'ai vue hier ;
> Tu avais ton chapeau aurore ;
> Avec ce hussard qui te perd,
> Tu allais au bale de Flore.
> O Adèle ! ô objet charmant !
> Méfie-toi de ces bons apôtres.
> Fille qui a eu un amant.
> Peut peu à peu en avoir d'autres. »

Je ne m'étonne plus si Marceline aimait tant Bordeaux !

III

Tel était le milieu littéraire et mondain où Vigny fut introduit par Edouard Delprat à son arrivée à Bordeaux. C'était au mois de juillet, et non au mois d'octobre 1823, comme le dit à tort un de ses derniers biographes (1), trompé peut-être par le *Journal* d'Edmond Géraud (2).

Nous avons, en effet, une lettre du poète, datée de Bordeaux du mois d'août de cette année (3), et

(1) M. Baldensperger, dans sa *Contribution à la biographie intellectuelle de Vigny*, p. 98. — Ce n'est pas, d'ailleurs, la seule erreur qu'il y ait commise, et je me demande où il a pu trouver que Sophie Gay et sa fille Delphine étaient à Bordeaux en même temps que Vigny.

(2) La première fois, que Géraud parle de Vigny, c'est le 31 octobre 1823, dans ce passage : « Hier, veille de la Toussaint, j'ai été bien inspiré de venir passer la soirée en ville. J'ai rencontré au spectacle, avec M. de Vigny, M. Guiraud, son ami, auteur des *Macchabées*. Nous avons fait une rapide connaissance, car le temps nous manquait à l'un et l'autre pour nous dire beaucoup de choses... M. de Vigny est venu me voir ce matin. Comme ce jeune homme est plein d'une modestie sincère et qu'il n'a rien de l'*irritabile genus* qui caractérise trop souvent les auteurs, j'ai pris le parti d'analyser franchement sa *Dolorida*, ainsi qu'il me le demandait lui-même. Nous avons beaucoup causé de sa tragédie de *Roland* qui, loin de me paraître ridicule depuis qu'il m'en a développé le plan, me semble au contraire un sujet très attachant et très pathétique. C'est le *Roland* de l'histoire qu'il veut mettre en scène, mais dans une pièce de trois actes seulement... Il regrettait beaucoup de ne pouvoir aller, dans cette saison, visiter *la brèche de Roland*, sur la chaîne des Pyrénées... »

(3) Elle est adressée à Mᵐᵉ de Clérembault. Voir plus loin, p. 215.

nous savons par celle qu'il adressa, le 3 octobre, à
Victor Hugo, qu'il s'était enfermé pendant un mois
pour achever son *Satan*, c'est-à-dire *Éloa*, et qu'à
cette date il l'avait fini, sauf une ou deux lacunes
qu'il espérait bien remplir avant son départ pour
l'Espagne. Mais il est probable qu'il ne mit ce poème
au net que plus tard, à l'île de Ré ou à Oloron, car
je remarque que Géraud n'en prit lecture qu'au
mois de juin suivant, quand Vigny revint à Bordeaux avant d'aller à Pau rejoindre son régiment (1).

Quoi qu'il en soit, dans la société bordelaise où
il fréquenta pendant près d'un an, Vigny se montra si aimable, si « plein de l'usage du monde »
et, malgré tout son talent, d'une « modestie si sincère » qu'il fit tourner toutes les têtes, à commencer par celle de Mme Desbordes-Valmore (2). Aussi,

(1) On lit, en effet, dans *le Journal* de Géraud, sous la date du
12 juin 1824 : « M. de Vigny m'a fait la galanterie de m'apporter
son nouveau poème d'*Éloa*, sur lequel il avait écrit ce vers, lequel
me semble bien digne d'un poète romantique :

Quoi ! venir de si loin *pour trouver votre absence !...*

« Je feins de ne connaître que très imparfaitement son poème
d'*Éloa*, afin de ne pas être obligé de trop m'expliquer à cet égard ;
mais il me prie instamment de lui en écrire mon avis, dès que je
l'aurai lu, et je le lui promets. »

(2) On lit dans *le Journal* de Géraud, sous la date du 13 novembre 1823 :

« Hier, Lorrando a amené M. de Vigny à dix heures du soir,
chez Mme Perrot, où nous étions tous réunis. Il s'y est montré par-

quand Marceline eut reçu les premières confidences de son amie Sophie Gay, se promit-elle immédiatement de la servir dans ses desseins matrimo-
niaux. Comment ! ce beau chérubin n'aurait en-
flammé le cœur de Delphine que pour le voir se
consumer de chagrin ! cela n'était pas possible, il
y avait là certainement un malentendu : ces deux
jeunes gens étaient vraiment faits l'un pour l'autre.
Mais à la réflexion le sujet lui parut plus délicat à
aborder qu'elle n'avait cru tout d'abord. L'amour
tient à si peu de chose, et les hommes sont si
volages !

Tout en examinant les moyens d'éprouver les
vrais sentiments de Vigny pour Delphine, les strophes de sa poésie *les Deux Amitiés* lui revinrent
machinalement à la mémoire :

> Il est deux Amitiés comme il est deux Amours.
>   L'une ressemble à l'imprudence ;
> Faite pour l'âge heureux dont elle a l'ignorance,
>   C'est une enfant qui rit toujours.
>   Bruyante, naïve et légère,
>   Elle éclate en transports joyeux.
> Aux préjugés du monde, indocile, étrangère,
> Elle confond les rangs et folâtre avec eux.

---

faitement aimable et plein de l'usage du monde. On regrettait que
M. de Chateaubriand eût abandonné les lettres pour la politique.
« Oui, reprit-il, avec beaucoup de simplicité, M. de Chateaubriand
s'est fait diplomate, comme Dieu s'est fait homme. Il faut espérer
que ce sera aussi pour nous sauver ; mais il est descendu du ciel. »

L'instinct du cœur est sa science.
L'enfance ne sait point haïr :
Elle ignore qu'on peut trahir.
L'autre amitié, plus grave, plus austère,
Se donne avec lenteur, choisit avec mystère.
Elle observe en silence et craint de s'avancer ;
Elle écarte les fleurs de peur de s'y blesser.
Choisissant la raison pour conseil et pour guide,
Elle voit par ses yeux et marche sur ses pas :
Son abord est craintif, son regard est timide ;
Elle attend, et ne prévient pas (1).

Sa mémoire l'avait bien servie, car ces deux amitiés ressemblaient à s'y méprendre au sentiment que Delphine et Vigny éprouvaient l'un pour l'autre. Comment donc pourrait-elle établir entre ce charbon ardent et ce beau morceau de glace le courant magnétique qui change l'amitié en amour ? Marceline essaya tout de même. Nous n'avons aucune de ses lettres en réponse à celles de Sophie Gay, et c'est grand dommage, mais on les devine à travers les autres, et l'intrigue y gagne loin d'y perdre. A cette époque on ne parlait à Bordeaux que du poème de *Dolorida* que Vigny lisait dans les salons et qui circulait en copies de main en main, en attendant qu'il parût dans *la Muse française.*

La lecture de ces vers de passion fut-elle pour

(1) *Poésies de M*me *Desbordes-Valmore. Élégies.* Charpentier, éd. 1842.

Marceline l'occasion qu'elle cherchait de mettre en
présence de Vigny la conversation sur le sujet de
Delphine et de rappeler au poète qu'il avait laissé
à Paris une jeune Dolorida qui ne cessait de l'aimer
et de penser à lui ? Ce qui paraît certain, c'est
qu'elle le chapitra de son mieux et que son éloquence ne fut pas sans effet, car, à la date du
14 octobre 1823, elle reçut de Sophie la lettre qu'on
va lire.

« Que j'ai pensé à vous, chère amie, en lisant
Dolorida ! C'est divin, n'est-ce pas ? Il nous l'avait
dite et redite même. Eh bien ! J'ai trouvé encore plus
de plaisir à la lire. C'est une composition, un
tableau admirable. Le moyen de se distraire d'un
démon qui se rappelle à vous par de tels souvenirs?
Delphine attend avec impatience votre avis sur cette
Dolorida ; elle espère se dédommager, en citant
votre suffrage, de la contrainte qu'elle éprouve en
n'osant donner hautement le sien. J'ai reçu une
lettre charmante de l'auteur ; mais comme il met
les numéros de travers, elle ne m'est parvenue
qu'après des courses sans fin. J'aurais été désolée
de la perdre, car elle contient des choses ravissantes
pour vous. J'avais bien prévu qu'il vous sentirait
comme moi, c'est la personne du monde la plus
sensible à la grâce et à l'esprit. Aussi, |plus j'y

pense et plus je dis : « C'est dommage ! » Le voilà
en Catalogne, dit-on (1). La paix ne le ramènera-
t-elle pas ? Je vais lui répondre au hasard, sans
savoir où le trouver. Si vous en savez quelque
chose, vous me le direz. N'est-il pas bien ridicule
de courir ainsi, encore malade ? »

IV

On sait que Vigny n'alla pas en Espagne et
que peu de temps après son arrivée à Pau il obtint
un congé pour aller à Paris. En apprenant cette
bonne nouvelle, Sophie Gay ne put contenir sa joie,
et voici en quels termes elle en fit part à son amie
de Bordeaux :

« Vous connaissez sans doute le *Satan* de M. de
Vigny. On dit que c'est ravissant de grâce et de
scélératesse. L'auteur vient à Paris. S'il ne m'apporte ni lettres ni vers de vous, nous l'étrangle-
rons. Ainsi conservez au monde un homme aimable
et d'un talent divin. »

Comme Vigny ne fut pas étranglé, j'en conclus
que Marceline lui confia, lors de son passage à
Bordeaux, le message si impatiemment attendu.

(1) Non. Vigny, en quittant Bordeaux, fut d'abord dirigé sur l'île
de Ré, puis sur Orthez, et enfin sur Oloron.

Mais le voyage du poète n'eut pas les suites heu-
reuses qu'en avait espérées Sophie Gay. Il écrivait
quelque temps auparavant à Mme de Clérembault,
sa cousine, qu'il n'était point « assez habile à solliciter » et qu'il en avait été puni en étant obligé
de « renoncer à une grande espérance de bonheur (1) ». C'était dire que sa mère n'avait pas
voulu se laisser fléchir. Le beau capitaine s'en
retourna donc à Pau comme il était venu, avec le
cœur de Delphine, mais sans lui laisser le sien, et
quelques mois après il épousait dans cette ville la
jeune Anglaise que le sort lui destinait.

Ainsi fut clos ce petit roman, qui méritait une
autre fin.

Mais si le sentiment amoureux s'évanouit de
part et d'autre assez vite, cette union manquée
leur laissa à tous deux un souvenir très tendre. Je
crois même que Vigny en éprouva plus tard un
profond regret. En tous cas ils ne laissèrent jamais
passer l'occasion de se rencontrer ou de s'envoyer
un souvenir aimable.

Dès l'année 1826, alors qu'il était marié depuis
un an à peine, il n'eut garde d'oublier Delphine,
quand il fit imprimer *Cinq-Mars*.

En tête du chapitre de ce livre ayant pour titre

(1) Lettre inédite communiquée par Mme Charles de Lesseps.

la Toilette, il mit comme épigraphe le premier
vers de la pièce qu'elle se plaisait naguère à dire
devant lui :

Qu'il est doux d'être belle alors qu'on est aimée !

Et cette attention gracieuse, malgré ce qui s'était
passé, ne laissa pas la mère indifférente.

La même année, lorsqu'elle partit pour l'Italie
avec sa fille, Sophie Gay invita le jeune poète à
venir les voir.

« La mère et la Muse, lui écrivait-elle, espèrent
que M. le comte de Vigny ne les laissera point
partir sans venir recevoir leurs adieux et tous les
compliments qu'elles lui doivent pour le succès de
Cinq-Mars, qui augmente chaque jour. C'est tout
comme les bons sentiments qu'inspire l'auteur. »

Vingt ans après, le 12 avril 1846, Alfred de
Vigny adressait à Delphine devenue Mme de Girardin, le joli billet que voici :

« Ce monologue plus long que celui de *Chatterton*, et dont vous m'avez parlé hier soir avec tant
de grâce et de bonne amitié, gardez-le donc
en souvenir de moi et relisez-le, s'il se peut. Je
ne cesserai de regretter votre absence de cette
matinée.

« Vous auriez fait là une étrange étude des hom-

mes. Je n'ai que mon sermon à vous envoyer, vous
avez sans doute l'excommunication quelque part
chez vous. Que votre loyauté était charmante hier
dans sa révolte pour moi ! Je vous en remercie du
fond de ce cœur qui n'oublia jamais un sourire,

Et n'accorda jamais le pardon d'une offense.

« ALFRED DE VIGNY (1). »

Ce sourire, plein d'allusions, dut aller au cœur de
Delphine. Quant à l'offense qui ne pouvait se pardonner, la date de ce billet nous dit assez de quoi
il s'agit. Le monologue dont parle Vigny n'était
autre que son discours de réception à l'Académie
Française (2), et c'est la réponse de M. Molé qui
avait mis Delphine en révolte. On sait, d'ailleurs,
que tous les gens bien élevés prirent dans la circonstance le parti du grand poète. Mais il fut tout
particulièrement sensible au témoignage d'amitié
de Mme de Girardin, et à partir de ce moment il
la vit davantage. Ouvrez le Journal d'un Poète,
vous y trouverez, sous la date du 15 avril 1848,
les vers suivants :

(1) Lettre inédite communiquée, par Mme Léonce Détroyat.
(2) Je rappelle ici que Vigny fut reçu à l'Académie Française le
29 janvier 1846.

PALEUR

à *Madame Delphine de Girardin.*

Lorsque sur ton beau front riait l'adolescence,
Lorsqu'elle rougissait sur tes lèvres de feu,
Lorsque ta joue en fleur célébrait ta croissance,
Quand la vie et l'amour ne te semblaient qu'un jeu ;

Lorsqu'on voyait encor grandir ta svelte taille,
Et la Muse germer dans tes regards d'azur ;
Quand tes deux beaux bras nus pressaient la blonde écaille
Dans la blonde forêt de tes cheveux d'or pur ;

Quand des rires d'enfant vibraient dans ta poitrine
Et soulevaient ton sein sans agiter ton cœur,
Tu n'étais pas si belle en ce temps-là, Delphine,
Que depuis ton air triste et depuis ta pâleur.

Elle riait trop, vous dis-je. Cela ne l'empêcha
pas de mourir relativement jeune de la cruelle
maladie dont huit ans plus tard mourut Vigny lui-
même (1). Il l'accompagna, cela va sans dire, à sa
dernière demeure, mais sa lyre, en cette circonstance, comme les grandes douleurs, fut muette.
Peut-être aurait-il fait quelque part son éloge si
Lamartine, dans les pages admirables que tout le
monde a lues, n'avait dit tout ce qu'il y avait à
dire. On connaît les beaux vers que Victor Hugo
lui a consacrés. Marceline non plus n'oublia pas
Delphine. Quelques jours après sa mort elle publia

(1) Elle mourut le 29 juin 1855.

dans *la Presse* une élégie sur Mme de Girardin, qui
lui valut cette lettre de Michelet :

« 22 novembre 1855.

« La voilà sauvée, Madame, une ligne de vous,
c'est l'immortalité. Le sublime est votre nature ;
mais vous avez été de plus intrépide en la montrant
au foyer même. Nous vous baisons la main, tout
émus de ce grand cœur. »

Sauvée par une autre ! c'était vraiment trop dire,
car Mme de Girardin était de celles qui se sauvent
toutes seules.

III

I

Deux poètes du XIXe siècle, et des plus grands, deux esprits du même temps, de même race et de même envergure, qui, sans se lier jamais par d'autres liens que ceux de la confraternité des lettres, ne cessèrent de s'admirer et de s'aimer, — Lamartine et Vigny épousèrent deux Anglaises.

La première, — Maria-Anna-Élisa, — se fondit en quelque sorte dans la vie de Lamartine dès qu'elle y fut entrée. Non seulement elle abjura le protestantisme pour être plus digne du poète catholique des *Méditations*, mais elle devint la muse des *Harmonies*, de *Jocelyn* et des *Recueillements*, en attendant que la révolution de Février, dont son mari fut le héros et l'Orphée, en fît une petite Sœur des pauvres ou, si vous aimez mieux, le Petit-Manteau bleu des faubourgs. Elle fut, comme Lamartine l'a dit dans son divin langage, « le lit d'ombrage et de fleurs » où s'écoula sa vie, son « abri dans la tourmente » et le « doux nom de son bonheur (1) ».

La seconde, qui répondait au nom poétique de Lydia, traversa la vie d'Alfred de Vigny à peu près comme le Rhône traverse le lac de Genève, sans s'y mêler pour ainsi dire. Elle lui inspira beaucoup de sympathie et d'affection, jamais d'amour. Quoiqu'il lui ait servi pendant trente ans, selon ses expressions, de garde-malade, de secré-

(1) Poésie dédicace de *Jocelyn*.

taire perpétuel et d'interprète, il ne parvint jamais à se l'assimiler complètement. Elle continua à parler anglais, faute de pouvoir parler convenablement la langue de son pays d'adoption ; elle resta Anglaise, comme elle était restée protestante, après son mariage.

Cette différence singulière entre deux natures de femmes qui s'étaient formées sous le même ciel tenait-elle à ce fait que Mme de Vigny n'eut pas d'enfant (1)? Peut-être, car l'enfant n'est pas seulement un lien naturel entre les époux, le ciment et comme la clef de voûte du foyer domestique, il modifie souvent aussi le tempérament de la femme. Peut-être donc cette différence avait-elle cause purement physiologique. L'amour, une qui se plaît aux contrastes dans les rapprochements des sexes, n'avait peut-être pas trouvé son compte dans l'union de ce poète à l'âme de feu, aux sens affinés, avec cette Anglaise de tempérament froid comme son visage.

(1) Ce n'était pas de sa faute, comme le prouve ce passage d'une lettre écrite par Vigny à V. Hugo, le 9 février 1829 :

« ... Depuis trois semaines, retenu ici par une longue maladie de ma femme et un grand chagrin, car l'autre soir chez vous, tandis que je riais, je ne savais pas qu'elle allait perdre son enfant de deux mois dans son sein : elle a souffert autant qu'une mère et ne l'est pas, hélas ! vous devinez tout ce que j'ai souffert aussi... »

(Lettre tirée d'un album d'autographes de Mme Victor Hugo, appartenant à M. Pierre Lefèvre-Vacquerie).

Ce qui le donnerait à entendre, c'est cette phrase significative que je relève dans *le Journal d'un Poète* : « Les efforts surnaturels que feraient les Français pour établir quelque chaleur, quelque mouvement dans les conversations entre eux, Français, et des Anglais et Anglaises seraient toujours perdus. *C'est jouer de l'archet sur une pierre.* Ce qui manque absolument à la race anglaise, c'est précisément ce qui fait le fond de notre caractère, la gaîté dans l'imagination, le mouvement dans le sentiment. »

Ces lignes sont de 1844, postérieures par conséquent de dix-neuf ans à son mariage. Si on les rapproche de celles-ci sur Shakespeare : « Il ne suffit pas d'entendre l'anglais pour comprendre ce grand homme, il faut entendre le Shakespeare qui est une langue aussi ; le cœur de Shakespeare est une langue à part (1) », on en pourra conclure que Vigny était fatigué de *jouer de l'archet sur une pierre* et qu'il éprouvait le besoin de parler la langue de Shakespeare avec quelqu'un qui la comprît, quand il se jeta dans les bras de Mme Dorval.

C'est en 1824, à Pau, où il était en garnison, qu'Alfred de Vigny fit la rencontre de miss Lydia Bunbury. Il avait alors vingt-sept ans et elle vingt-

(1) *Journal d'un Poète*, p. 136.

cinq, miss Lydia étant née à Demerary, dans la
Guyane, le 6 avril 1799 (1).

Il s'en éprit d'autant plus vite qu'elle était d'une
beauté majestueuse et que son père, vieil original
avec qui nous ferons connaissance un peu plus
loin, ne voulait pas lui accorder sa main (2). N'ou-
blions pas non plus qu'à cette époque Vigny était

---

(1) Elle était fille de Hughes-Mill Bunbury et de mistress Bunbury,
née Lydia Cox.

(2) Le mariage de Vigny fut célébré à Pau le 3 février 1825. Le
contrat, dressé par Mᵉ Sorbé, notaire en cette ville, ne fait mention
d'aucun apport de part ni d'autre. Le régime de la communauté était
adopté par les deux époux, ainsi que le gain de survie de la totalité
de leurs biens, en quelques lieux qu'ils fussent situés, sauf, bien entendu, la réduction légale en cas d'existence d'enfants. M. Paul La-
fond, à qui nous empruntons ces renseignements (*Alfred de Vigny
en Béarn*), n'a point trouvé trace, dans les registres de baptêmes et
de mariages des deux paroisses catholiques de Pau, du mariage religieux d'Alfred de Vigny. La raison en est bien simple — et M. Ernest Dupuy, qui s'en étonne¹ devrait le savoir aussi bien que moi, —
c'est qu'un catholique qui épouse une protestante ne peut pas se marier
à la fois à l'église et au temple. Vigny ne pouvait donc pas demander les bénédictions de l'Église catholique, du moment que son intention était de recevoir celles de l'Église réformée à laquelle appar-
tenait sa femme. Et nous savons qu'il fut marié religieusement cinq
jours après son mariage civil, par le pasteur réformé d'Orthez,
M. Gabriac, venu à cet effet à Pau, où il n'y avait point alors de
temple protestant.

Détail curieux, mais qui s'explique par la longueur et les difficul-
tés du voyage, aucun membre de la famille de Vigny n'assistait à
son mariage; sa mère s'était bornée à envoyer son consentement.

Miss Lydia Bunbury était parente de sir Edward Bunbury, lieutenant général, qui fut sous-secrétaire d'État de 1809 à 1816, et fut
chargé de signifier à Napoléon, sur *le Bellérophon*, qu'on l'expédiait
à Sainte-Hélène.

littérairement sous l'influence de lord Byron (1) et de Thomas Moore, lequel venait précisément de publier *les Amours des Anges* (2). Au mois d'août 1824 il écrivait à Soulié, rédacteur de *la Quotidienne* à Paris, avec qui il avait fait connaissance à Bordeaux : « Ma Bible, quelques gravures *anglaises* me suivent comme mes pénates. » En tenant compte de son état d'âme, il est donc permis de penser que ce fut la littérature autant que l'inclination ou la convenance qui favorisa son mariage. Elle devait d'ailleurs régner en souveraine maîtresse au sein de son foyer pendant la première moitié de sa vie conjugale.

II

Quelque temps après leur mariage, les jeunes époux partirent pour Londres (3). Mme de Vigny y

---

(1) Se rappeler qu'il publia dans *le Conservateur littéraire* de décembre 1820 un article sur les œuvres complètes du poète de *Childe-Harold*.

(2) Cette œuvre de Thomas Moore parut en 1823, à Londres, et fut traduite la même année en français.

(3) M. Ernest Dupuy (*Alfred de Vigny*, I, *les Amitiés*, p. 43) doute de ce voyage, parce qu'il n'a trouvé aucun document s'y rapportant. Il est pourtant bien naturel que Vigny soit allé voir, après son mariage, les parents et les amis que sa femme avait en Angleterre. Il serait même étrange, étant données les mœurs anglaises et la politesse innée de Vigny, qu'il eût remis sa visite jusqu'en 1836, époque à laquelle il se rendit sûrement à Londres.

possédait une assez nombreuse famille, dont un
oncle paternel, le colonel Hamilton Bunbury, qui
devint plus tard gouverneur de la Jamaïque.. Plus
aimable que ne l'était son frère, le colonel se fit un
véritable plaisir d'introduire M. de Vigny dans la
société anglaise, et l'année suivante, à Paris, il le
présenta à Walter Scott (1).

La lune de miel se passa en visites et en promenades où la curiosité chez Vigny tenait plus de
place que le sentiment. Tous les matins, pendant
que sa jeune femme vaquait aux soins de sa toilette, le poète d'*Éloa* s'en allait rêver dans la verte
solitude de quelque parc londonien, et regarder sa
propre image dans « les cygnes nageant le col un
peu replié en arrière, les ailes à demi gonflées par
la brise, sur un de ces lacs aux eaux transparen-

M. Ernest Dupuy ne croit pas davantage à ce dernier voyage,
bien qu'il en soit question dans une lettre du poète à Sainte-Beuve
et dans une autre de Sainte-Beuve à Victor Pavie. Il souhaiterait
qu'on lui apportât une preuve décisive. Eh bien, cette fois, je suis en
mesure de le satisfaire. La preuve, en effet, que Vigny séjourna en
Angleterre, en 1836, c'est que, le 27 juillet de cette année, il écrivait
de Londres à son médecin, qui lui avait appris la mort d'Armand
Carrel, une lettre où je lis: « C'est toujours une juste cause d'affliction publique que la perte d'un beau talent et d'un beau caractère et
sans l'avoir jamais vu je l'ai regretté pour la France. Les journaux
anglais ne donnent que des détails froids et secs... » Il ajoutait:
« J'éprouve un grand plaisir à dater ma lettre du 27 juillet, sans entendre les grosses caisses et les clarinettes des fêtes et n'ayant que
des gazons sous les yeux au lieu des pavés brûlants... »
(Communiqué par Mme Veuve Charavay.)
(1) *Journal d'un Poète*, p. 34.

tes et diamantées » auxquels Théophile Gautier
le comparait un jour (1). Le soir, après dîner,
dans la bibliothèque de la famille, Alfred de Vigny
mettait ordinairement la conversation sur les poètes anglais, sur Southey, sur Byron, dont la mort
héroïque venait de racheter toutes les fautes, mais
surtout sur Shakespeare, que son parent, M. de
Brugnière de Sorsum, avait assez fidèlement traduit
et à travers lequel, depuis qu'il était à Londres, il
cherchait à pénétrer le fond de l'âme anglaise (2).

C'est donc probablement durant son premier
séjour en Angleterre que l'idée lui vint de traduire
à son tour les chefs-d'œuvre de Shakespeare qui
s'appellent *Othello ou le More de Venise* (3),
Shylock et *Roméo et Juliette*. Cette dernière pièce,
écrite en collaboration avec Émile Deschamps, ne

(1) *Moniteur universel* du 28 septembre 1863.

(2) L'Anglais Hervey, qui fit la connaissance de Vigny, en 1844, a
écrit : « Il parlait anglais correctement, mais avec un fort accent et
il était évident qu'il avait fait des études d'anglais longues et labo-
rieuses. Quand je lui demandai où il l'avait appris, il répondit :
« De ma femme et de Shakespeare. » (*Temple Bar*, décembre 1888.
A Reception of Alfred de Vigny's.)

(3) Les représentations de Kean à Paris, en 1828, eurent également beaucoup d'influence sur Alfred de Vigny : «... Devant Shakespeare, Othello et Kean, écrivait-il à Guillaume Pauthier, le 17
mai 1828, j'ai entendu bourdonner à mes oreilles le vulgaire le plus
profane que jamais l'ignorance parisienne ait déchaîné dans une salle
de spectacle. C'en était assez pour me faire rougir d'écrire pour de
tels Gaulois...»

fut jamais représentée (1), mais il nous apprend dans une lettre à sa cousine, la vicomtesse du Plessis, que Mlle Mars la savait par cœur (2).

Quoi qu'il en soit, il est certain que de 1829 à 1835, de la représentation d'*Othello* à celle de *Chatterton*, Alfred de Vigny ne vécut que pour Shakespeare ou du souvenir de l'Angleterre.

Il était dominé par ce souvenir qui, du reste, s'harmonisait admirablement avec sa nature calme et sa douce gravité, quand il écrivit sa *Lettre à lord*** sur la soirée du 24 octobre 1829*, qui n'était que l'apologie de son *Othello*, et quand il comparait, en 1831, au lendemain d'*Antony*, Marie Dorval à Mrs Siddons, du théâtre de Covent-Garden.

Il songeait à quelque quaker de sa connaissance, quand il mit en scène le quaker resté fameux de son drame de *Chatterton*.

Il était hanté par la première apparition de sa femme et de sa sœur Alicia sous le ciel bleu des Pyrénées, lorsqu'en 1839 il écrivait sur l'album de deux jeunes Anglaises les vers suivants :

(1) Sur l'historique de cette pièce, voir au tome premier de ce livre, le chap. consacré à Émile Deschamps.
(2) *Revue des Deux Mondes* du 1er janvier 1897.

Comme deux cygnes blancs, aussi purs que leurs ailes,
Vous passez doucement, sœurs modestes et belles,
Sur le paisible lac de vos jours bienheureux.
En langage français quelques vers amoureux
En vain voudraient vous peindre avec des traits fidèles ;
Vous lirez sans comprendre et sur votre miroir,
Comme les beaux oiseaux, passerez sans vous voir (1)!

D'ailleurs il eut toute sa vie beaucoup de goût pour l'anglais et pour les Anglaises.

« Comment n'aimerais-je pas un pays où l'on me reçoit avec tant de grâce? » écrivait-il, en 1833, à Mlle Camilla Maunoir. Il aurait pu lui dire aussi que, étant enfant, l'abbé Gaillard, son précepteur, avait eu l'idée de lui faire traduire Homère du grec en anglais, et que cet exercice, qui lui enseignait deux langues « avec le sentiment de la muse épique », n'avait pas peu contribué à lui faire aimer l'anglais (2).

Quelques années après, au mois d'octobre 1841, Vigny mandait à Mlle Maunoir à propos de *la Canne de Jonc* : « C'était une carte de visite polie que j'envoyais à l'Angleterre en parlant comme je l'ai fait de Lord Collingwood ; elle me la rend aujourd'hui, car je lis dans *le Standard* du 5 octobre, que l'on a donné le volume de *Servitude et Gran-*

(1) *Journal d'un Poète*, p. 141.
(2) *Idem*, p. 237.

deur militaires pour les compositions et études de
notre langue au collège d'Eton, à l'occasion des
prix que donna le prince Albert. J'aime ces gra-
cieuses et nobles relations entre nos deux grands
pays et j'en suis très honoré (1). »

Enfin, en 1848, il écrivait à sa cousine du Plessis
cette phrase douloureuse comme un *lamento* de violoncelle ou comme le son du cor au fond des bois :

« Un adieu est toujours triste et j'entends à l'oreille
« *Fare thee well, and if for ever, for ever then.*

« Le *for ever* est plus mélancolique encore dans
cette langue que dans la nôtre, je ne sais pourquoi.
Elle a des sons vagues, comme peuvent être ceux
des esprits dans les nuées et cependant *pour tou-*
jours est aussi très doux à entendre (2). »

Camille Doucet avait bien raison de dire que M. de
Vigny savait assez bien l'anglais pour le traduire.
Il faisait mieux que le traduire, il le parlait couram-
ment avec sa femme, par déférence pour elle et pour
qu'elle se trouvât moins dépaysée à Paris et dans ses
villégiatures de la Touraine et de la Charente. Car
il avait contracté en Angleterre des habitudes cérémonieuses dont il ne se défit jamais, même envers
sa femme, bien qu'elles fussent quelque peu suran-

(1) *Revue de Paris* , 15 mars 1897.
(2) *Revue des Deux Mondes*, du 1ᵉʳ janvier 1897.

nées. Ainsi, Théodore de Banville raconte en ses
Souvenirs que chaque fois que Mme de Vigny devait
quitter le salon pour veiller à quelque détail domestique, avec ces façons de bonne ménagère qui se
sont conservées chez les seules grandes dames,
le poète lui offrait la main et la conduisait jusqu'à
la porte, comme à la cour ou comme dans les
comédies. De même quand elle rentrait, il marchait vers elle, et, après l'avoir saluée, la ramenait
cérémonieusement à son fauteuil.

Victor Hugo n'était guère moins cérémonieux
avec Mme Drouet, sa vieille amie. Je l'ai vu lui baiser la main, quand elle entrait dans son salon,
comme s'il ne l'avait pas aperçue de la journée; et
ce baisement de main, qu'il avait rapporté d'Espagne et sur lequel il finissait généralement ses lettres
d'amour et de grande amitié, il s'en montrait pro-
digue envers les femmes qui venaient chaque jour
lui demander l'aumône d'un sourire ou d'un com-
pliment. Vigny, plus Anglais qu'Espagnol, se con-
tentait de prendre la main à ses visiteuses et les
reconduisait ainsi jusque sur son seuil.

III

Le dernier voyage qu'il fit en Angleterre date du

commencement de l'année 1839 (1). Ce ne fut point
un voyage d'agrément. Il avait trouvé au fond de
la corbeille de noces de sa femme un procès qui
durait encore quand son beau-père mourut, et c'est
pour y mettre fin par une transaction amiable
qu'il s'était rendu cette année-là à Londres. En y
arrivant, il apprit que son beau-père les avait dés-
hérités. Le bonhomme, qui n'avait pu empêcher le
mariage de sa fille, s'était vengé, *in articulo mor-
tis*, en lui coupant les vivres. Ce trait achève de le
peindre, et nous comprenons mieux à présent que
cet original de Bunbury, invité à dîner chez Lamartine, à l'ambassade de France, lors d'un court séjour qu'il fit à Florence en 1826, n'ait trouvé dans sa
mémoire oublieuse ou rancuneuse le nom du poète
qui avait épousé sa fille, que lorsque son amphi-
tryon lui eut nommé tous les poètes du temps (2).

Du côté de la fortune comme du côté de l'amour,
Alfred de Vigny n'avait donc pas été chanceux en
épousant miss Lydia Bunbury, et la déception qu'il
éprouva à son arrivée à Londres ne contribua pas
médiocrement à assombrir son caractère déjà enclin
à la tristesse (3).

(1) Il y passa six semaines. (Cf. les *Lettres à une Puritaine,*
Revue de Paris du 15 août 1897.)

(2) *Petite Revue,* 1863-1864.

(3) Ce fut pendant son séjour à Londres qu'il rencontra dans le

Non qu'il fût un homme d'argent ; le « vil métal »
ne tint jamais dans ses préoccupations plus de place
que dans celles de la plupart des poètes, et l'on
sait qu'elle est d'ordinaire assez mince. Que si, dans
son *Journal*, il s'est lamenté à différentes reprises
sur son manque de fortune, c'est qu'il en souffrit
surtout pour celles qui étaient à sa charge. Car il
eut cette délicatesse de ne jamais laisser deviner sa
gêne à sa mère malade, et, quant à sa femme, s'il
est vrai, comme l'ont dit quelques mauvaises langues, qu'elle lui ait caché, par amour, au moment
de son mariage, sa véritable situation de fortune(1),
il l'en récompensa largement en ne lui parlant jamais des soucis parfois cruels que lui avait appor-
tés sa dot à peu près négative (2).

salon de lady Blessington, belle-mère du comte d'Orsay, le prince
Louis-Napoléon, qui résidait alors en Angleterre. Ils se retrouvèrent
et renouèrent connaissance, en 1832, à la préfecture d'Angoulême,
où Louis-Napoléon s'était arrêté au retour de son voyage à Bordeaux.
Vigny habitait à ce moment non loin de la ville, dans son domaine
de Maine-Giraud.(*Souvenirs personnels* d'Auguste Barbier, p. 361.)

(1) M. Edouard Grenier, se faisant l'écho de propos entendus à
l'Arsenal dans le salon de Charles Nodier, raconte en ses *Souvenirs littéraires* que, pour expliquer à son mari l'erreur dans laquelle
elle l'avait laissé sur sa situation de fortune, elle lui aurait dit, dans
un langage de petit nègre en lui sautant au cou : « Oh ! je avé
trompé vô, parce que je aimé vô. » (*Revue Bleue* du 1er juillet
1893.)

(2) Entre autres valeurs aléatoires et d'un rapport peu sûr, miss
Lydia Bunbury avait apporté en dot à son mari une île de la
Polynésie peuplée de sauvages anthropophages. Alfred de Vigny

Ce fut pendant son voyage à Londres que Vigny
fit la connaissance de Mlle Camilla Maunoir (1),
cette « puritaine » lettrée avec qui il entretint dans
la suite une si intéressante correspondance. Je relisais hier encore ses lettres qui, par moment, ont le
ton voilé d'une confession faite avec des larmes;
elles ont achevé de me prouver, — car je m'en dou-
tais depuis la publication de celles qu'il écrivit à sa
cousine, — que, de 1838 à 1863, de la première maladie de sa femme jusqu'à sa mort, Vigny ne vécut
réellement que pour elle. L'amour pour *l'autre*, dont
il avait tant souffert, avait, une fois parti, fait place
dans son cœur à une amitié sérieuse et touchante
que la maladie et le chagrin rendirent chaque jour
plus vive. Et c'est avec raison que Louis Ratisbonne, parlant du rôle de frère hospitalier que
Vigny remplit auprès de sa femme, l'a comparé à
Philémon, car je ne crois pas que Baucis ait jamais
reçu de Philémon des marques d'amitié plus tendres.

J'ouvre les *Lettres à une Puritaine* et j'y lis :

« *31 janvier 1843*. J'ai besoin que des lettres
aussi douces que les vôtres me viennent d'Angle-

n'essaya jamais de faire valoir ses droits, quoiqu'ils fussent appuyés
d'actes émanant du *Foreign Office*,sur cette terre océaniennne, et je
crois qu'il fit sagement.

(1) Voir plus loin le chapitre qui lui est consacré.

terre, car elle ne m'envoie que des chagrins et vous
y faites compensation. Les affaires de famille ne
finissent pas dans ce pays, et je passe ma vie à
consoler Lydia des peines que lui causent ses parents. C'est un ouvrage de chaque jour. J'y ai voué
ma vie et j'espère vivre assez pour la sauver de ce
dédale de ruses et de friponneries qui l'entoure,
car si je n'y étais plus, ce pauvre être sans défense
et sans aiguillon serait écrasé de tous côtés.

« *16 avril 1847.* Lydia a pleuré sa chère *tante
Fanny*; mais elle était au lit alors, et trop souvent
c'est sa coutume, car elle sort d'une fluxion de poitrine très grave dont je ne l'ai guérie qu'avec peine,
après trois mois, en l'entourant des médecins les
plus savants de Paris. Elle ne peut pas écrire et suivre une correspondance la fatiguerait après dix
lignes. Je suis son secrétaire perpétuel.

« *14 mai 1848.* Vous ne pouvez que m'être agréable en m'interrogeant comme vous le faites. L'amitié peut-elle jamais être indiscrète? — Oui, une partie de notre procès a été arrangée et très favorable-
ment pour nous. Nous en avons été fort satisfaits.
Mon beau-frère, que vous vîtes un jour à Saint John's
Wood, est au Canada avec ses enfants. Il a été satis-
fait aussi de la solution de cette affaire, en partie du
moins. Elle est heureuse pour ma chère Lydia, puis-

que les colonies de l'Amérique anglaise sont en si
mauvais état que beaucoup de propriétaires aban-
donnent leurs biens sans culture. »

C'est pourtant au milieu de pareils soucis que
Vigny songea à se présenter aux élections pour la
Constituante. Sa *destinée* lui fit une belle grâce en
dissuadant les électeurs de l'élire, car, tiraillé comme
il l'était par ses affaires domestiques, il n'aurait
pu donner tous ses soins à celles du pays, et sa conscience lui aurait fait un devoir de démissionner à
bref délai. Il semble, d'ailleurs, qu'il s'en soit rendu
compte assez vite; en tout cas son échec ne lui causa
aucune peine. Il rentra dans la méditation qui lui était
chère, et, profitant de ce que sa femme était convalescente, il conçut le projet d'aller passer la belle
saison en Suisse, auprès de Mlle Maunoir.

« ... Et moi aussi je viens vous faire des questions.
Si une très petite famille, composée d'un mari, de
sa femme et d'une femme de chambre allait très
prochainement à Genève, croyez-vous qu'il fût possible de trouver très près de vous un appartement
où l'on fût à l'abri du trop grand chaud et des grands
froids quand ils viendront, une sorte de cottage modeste : deux chambres à coucher, une cuisine ; la vue
des belles eaux et des belles montagnes ; la proximi-
té des secours de médecine et de pharmacie, et aussi

de la Bibliothèque publique de Genève? Que ce petit
appartement soit d'un prix très modéré, meublé,
fourni de linge, etc. Vous savez tout ce que sait la
prévoyance des femmes. »

On voit que de Vigny pensait à tout et qu'il agissait
là comme eût fait un médecin du corps et de l'âme.
C'est que, suivant son expression pittoresque, il
aimait tous les triomphes remportés sur la maladie
de sa femme comme des Marengo et des Austerlitz,
et qu'étant un garde-malade rêveur il avait maintenant l'ambition unique de poser sa tête sur ses
mains pour écrire ce qu'il pensait dans un petit coin
noir comme celui d'Alceste.

Mais les journées de juin 1848 l'empêchèrent de
donner suite à ce projet : un voyage en Suisse effec-
tué dans ces circonstances terribles aurait eu l'air
d'une émigration, et pour rien au monde il n'aurait voulu qu'on le soupçonnât d'émigrer. Ils allèrent d'abord passer quelque temps en Touraine,
après quoi ils se retirèrent au Maine-Giraud, dans
les vieilles tours de l'ancien chef d'escadre de
Baraudin, que son petit-fils s'était efforcé de rendre
confortable pour recevoir sa chère Lydia. Et bien
leur en prit d'y transporter leurs pénates, car à peine
y étaient-ils installés, que Mme de Vigny retomba
malade; il ne fallut rien moins que les bons soins

de son mari et la pureté de l'air de la campagne
pour la remettre une fois de plus sur pied.

A partir de ce moment elle ne connut que les
rechutes, et lui ne connut plus le repos. Sa tristesse
naturelle s'en augmenta d'autant, mais quand il
s'aperçut que tous les sentiments qu'il exprimait
faisaient pâlir et pleurer sa chère malade, il essaya
de jouer des airs gais avec son esprit, comme on
joue, disait-il, une valse sur un orgue.

«Un jour, vous m'avez vu à l'œuvre et vous me
demandiez — c'est à Mlle Maunoir qu'il parle ainsi
— d'où me venait cette gaieté. Nous visitions la
Bibliothèque à Paris; vous cherchiez en vain en
moi quelque chose de Chatterton, et j'étais charmé
d'avoir mis un si bon masque que vous vous y trom-
piez. Tout cela était une manière de faire oublier à
Lydia les mortelles inquiétudes du grand procès de
sa famille. C'est assurément le temps de ma vie où
j'ai souffert le plus des tourments que donnent des
affaires obscures qui pouvaient perdre ma pauvre
enfant pour toujours. »

Quelquefois, cependant, il se sentait accablé; et
il lui arrivait de dire tout bas, bien bas, de peur
d'être entendu, ce que la duchesse de Bourgogne
disait à son fils nouveau-né, en le prenant dans
ses bras pour l'embrasser : « Je ne t'en veux pas,

Berry, mais tu me fais mourir, mon enfant ! »

Mouvement d'impatience, vite réprimé d'ailleurs, car, dans les mortelles années qui s'écoulèrent·entre la chute de Louis-Philippe et la proclamation de l'Empire, il plaignait bien plutôt sa femme d'avoir eu le malheur d'épouser un Français.

Après avoir lu tout ce qui précède, on pourrait croire que Mme de Vigny était restée la belle Lydia qu'elle était le jour de son mariage. Hélas ! sa beauté, comme chez la plupart des filles d'Albion, n'avait pas plus duré que la fleur du camélia. De majestueuse qu'elle était à vingt-cinq ans, elle était devenue massive vers la quarantaine, et de cinquante à soixante ans elle n'avait plus de forme (1). Elle était, dit Louis

---

(1) Dès l'année 1844, l'Anglais Hervey, qui était de ses amis, écrivait :

« Mme de Vigny, qui avait l'air bien plus âgé que son mari, et qui était toujours manifestement malade, ne portait aucune trace d'origine patricienne, et ressemblait bien plus à une femme de charge qu'à une comtesse. On ne saurait s'imaginer rien de moins mondain que son apparence et l'extrême simplicité de sa toilette. Sauf à l'arrivée de chaque nouvel invité, elle ne disait pas un mot. » (*Temple Bar*, décembre 1888. *A Reception of Alfred de Vigny's*.)

Et, en 1850, Miss Corkran, autre Anglaise de ses amies, écrivait de son côté :

« Mme de Vigny était une drôle de vieille dame très simple et très bonne, mais tout le contraire de ce qu'on imagine devoir être la femme d'un poète. C'était une espèce de Mrs Malaprop, qui vous disait en souriant que naturellement vous étiez *exclus* de ses invitations quand elle voulait dire *inclus*, et qui vous assurait que telle ou telle personne était fière comme Luther au lieu de Lucifer... »

(Extrait de son livre intitulé *Celebrities and I*.)

Ratisbonne, « hommasse, comme nouée et demi-aveugle, et elle avait autant de peine à se mouvoir qu'à parler ». Cela est si vrai que, dès 1851, quand ils se rendaient en Touraine, ils étaient obligés de prendre la poste, parce qu'elle ne pouvait voyager en chemin de fer, et de s'arrêter un jour à Orléans, trois jours à Blois et huit à Tours pour lui permettre de se reposer des fatigues de la route.

Ce n'étaient donc pas ses charmes extérieurs qui enchaînaient Vigny à ses genoux, mais bien la tendresse et la pitié. Je devrais ajouter la reconnaissance, car tout indifférente qu'elle semblait être aux choses de l'art, elle était, en somme, très fière de la gloire de son mari; elle avait pour lui un véritable culte, et il lui en savait d'autant plus de gré que sa conduite envers elle n'avait pas toujours été exempte de reproches.

Elle avait appris, je ne sais comment, sa liaison avec Mme Dorval presque en même temps que sa rupture, et en femme d'esprit qu'elle était, elle avait eu soin de cacher la blessure faite à son amour-propre, et le bon goût de ne jamais lui en parler. Une fois seulement, à propos de la reprise d'une de ses pièces, elle lui dit en baissant les yeux : « Y a-t-il longtemps que vous avez vu Mme Dorval?... » Tout cela se paie quand on a du cœur, et comme

Vigny en avait à revendre, il rendait à sa femme, en affection, en prévenances de toute sorte, ce qu'il lui avait pris quand il était fou de sa maîtresse infidèle.

« Je vous souhaite, écrivait-il à sa cousine du Plessis, le 15 juin 1852, je vous souhaite autant de rossignols, de lis et de roses qu'il y en a autour de la chambre de Lydia, qui est au lit, hélas ! » Evidemment ce n'est pas lui qui attirait les rossignols et qui dirigeait leur concert, mais les roses et les lis, c'est lui qui les plantait, qui les faisait grimper sous les fenêtres de sa chère malade pour réjouir sa vue et charmer son odorat (1).

Tout le long du jour il était ainsi occupé d'elle, lui prodiguant les soins, les consolations, les distractions sous les formes les plus délicates et les plus inattendues. Il ne se réservait que la nuit pour la méditation et le travail. Mais quand la nuit était venue, quand il se trouvait seul devant sa lampe dont les roues et les ressorts formaient l'unique bruit de sa solitude, il avait beau être fort et courageux, quelquefois la tristesse qui lui montait au cœur le serrait

(1) « Tout se porte bien dans ma chaumière, écrivait-il le 8 septembre 1849, et je viens de faire poser des paratonnerres sur ses grandes tours, parce qu'il nous vient de la mer de beaux orages qui durent trois jours et trois nuits sans s'interrompre et qu'ils font une certaine peur à Lydia. » (*Corresp.*)

si violemment que, malgré lui, il fondait en larmes.

C'est au Maine-Giraud, dans les nuits d'hiver et d'été, à la clarté de sa lampe, qu'il a écrit la plupart de ses lettres à Mlle Camilla Maunoir et à sa cousine évaporée, la charmante vicomtesse du Plessis. Il n'est donc pas étonnant qu'elles soient imprégnées de sa mélancolie. Les dernières surtout, celles qui sont datées de 1862 et de 1863, sont poignantes. La maladie d'estomac dont il se plaignait depuis longtemps déjà avait subitement empiré, et il était trop clairvoyant pour ne pas deviner, aux souffrances qu'il endurait, au régime particulier qu'on lui faisait suivre, qu'il était dévoré par un cancer.

Qu'on se représente alors la désolation de cet intérieur où, des deux malades, celui qui l'était le moins, celui qui veillait l'autre, pouvait à peine se tenir sur les jambes et dut bientôt s'appuyer sur le bras de deux personnes pour aller de son fauteuil à son lit !

Baucis devint tilleul, Philémon devint chêne.

Hélas ! le chêne qu'avait été Philémon jusqu'à l'âge de soixante ans n'était plus qu'un roseau, — le roseau pensant dont parle Pascal ; et quant à Baucis, ce n'était pas en tilleul, mais en cyprès qu'elle avait été métamorphosée sur le soir de la vie.

Abrégeons la fin de ce spectacle, qui ne dura que

trop lontemps. Le lendemain de la mort de sa
femme, — fin décembre 1862, — il écrivait à sa
cousine :

« ... Je possède à perpétuité un caveau de famille
à Montmartre, et il a fallu y faire trois sortes de
travaux : l'inhumation nouvelle des cendres de ma
mère, creuser plus profondément son caveau dans
la terre, former au-dessus un second caveau et y
descendre cette chère enfant que depuis 1825 je préservais de ce coup trop prévu qui frappe toute sa
famille, celle que je préservais de tout, et pour qui
j'avais sacrifié tous mes goûts de voyage, tous les
désirs de liberté ou de science, afin de me vouer à
son salut comme une mère à sa fille, toujours garde-
malade et inquiet nuit et jour, mais lui épargnant
toutes les peines de la vie, les prévoyances nécessaires des affaires. J'étais récompensé par une sorte
de joie secrète de l'avoir sauvée chaque soir après
l'avoir vue en péril presque chaque matin. Mais, hélas ! cette fois je suis vaincu. Elle semblait près d'être
guérie, je la pouvais conduire au bois de Boulogne.
Elle en venait avec moi et l'une de ses femmes, gaie
et ayant vu avec moi l'essai d'un ballon. Mais tout à
coup paralysée, elle dut être portée sur l'escalier, et
ce fut la dernière fois qu'elle le monta. La rapidité
de l'attaque fut inexorable ; mon médecin et le doc-

teur Cruveilhier y épuisèrent tous les secours de
leur science; et sans un moment d'espérance, mais
heureusement sans douleur, cette âme si pure et si
bonne me quitta en me disant : *Mon bon Alfred, je
ne souffre pas.* — Seule et dernière consolation...»

Neuf mois après, ce fut son tour. Barbier raconte
en ses *Souvenirs* que, la veille même de sa mort, il
disait au peintre Gigoux et à une autre personne
qui le visitaient : « Mes amis, mes amis, ne me laissez
pas mourir! » Ce n'était point la mort qu'il redou-
tait; il l'avait vue tant de fois s'asseoir à son foyer
que c'était pour lui une vieille connaissance.

Mais il aurait désiré vivre encore quelques jours,
fût-ce au prix de souffrances plus vives, pour exécuter une ou deux œuvres, de celles qu'il a notées
dans son *Journal*.

La mort ne lui en donna pas le temps, ou plutôt
elle eut pitié de son martyre; et, le 19 septembre
1863, il alla rejoindre dans son caveau du cimetière Montmartre celle qu'il appelait, après la
trahison de Marie Dorval, sa « seule amie » sur cette
terre (1).

(1) *Journal d'un Poète,* 7 novembre 1838.

MARIE DORVAL

d'après l'aquarelle de PAUL DELAROCHE.

LIVRE VI

MARIE DORVAL

§ I. — Une erreur d'Alexandre Dumas père. — Comme quoi Mme Dorval s'appelait bien *Marie*. — Acte de naissance de Marie Dorval. — Ses père et mère. — Une enfant de la balle. — Marie Dorval débute au théâtre de Lorient, sa ville natale. — Ses premiers rôles. — Sa première tournée théâtrale. — Elle épouse à seize ans Allan-Dorval. — Le mariage a lieu à Lorient. — En passant par Paris, Marie Dorval entend Talma dans *Hamlet*. — Elle joue le drame à Strasbourg. — Une lettre de recommandation pour Lafont. — « Vous soubrette ? » — Débuts de Marie Dorval à la Porte-Saint-Martin. — Thérèse dans *les Deux forçats*. — Elle joue à côté de Frédérick Lemaître dans *Trente ans ou la vie d'un joueur*. — Son triomphe dans *l'Incendiaire*. — Alfred de Vigny se lie avec elle. — Vers qu'il lui dédie sur un exemplaire du *More de Venise*. — Mme Dorval et la Malibran.

§ II. — Caractères de Mme Dorval et d'Alfred de Vigny. — Leurs affinités, leur dissemblance. — Deux sensuels et deux mystiques. — Chasteté des premiers rapports du poète avec la comédienne. — Ce que Pascal pensait de l'Amour. — Un billet inédit de Dorval à Dumas père. — Vigny offre à Mme Dorval son manuscrit de *la Maréchale d'Ancre* avec un sonnet.

§ III. — Comment ils se donnèrent l'un à l'autre. — Portrait de Dorval par A. de Vigny. — Il écrit *Quitte pour la peur*

11

pour elle. — Histoire du drame de *Chatterton*. — Souvenir
de Jousslin de la Salle. — Les répétitions à la Comédie-
Française. — La première représentation. — Le triomphe
de Dorval. — Joie immense d'Alfred de Vigny. — Ce que
George Sand pensait du poète.

§ IV. — Vigny rompt avec Dorval. — Douleur qui suivit cette
rupture. — Il se réfugie dans le silence. — *La Colère de
Samson*. — Crise de découragement de la comédienne. —
Elle veut entrer au couvent. — Ses confidences à George
Sand. — Quelques pensées de son album. — Ce qu'elle
écrivait en 1847 à Laferrière après une représentation du
Chevalier de Maison-Rouge. — Les derniers jours de Dorval. — Sa mort, ses funérailles. — Ce que Vigny écrivait
d'elle à sa cousine du Plessis le 7 octobre 1849.

Post-scriptum. — Histoire de la rupture d'Alfred de Vigny
avec Mme Dorval. — Huit lettres inédites du poète à la comédienne. — Dorval et Jules Sandeau d'après *les Confessions*
d'Arsène d'Houssaye. — La lettre d'un fou. — Mme Dorval
entreprend une tournée en province — Jalousie et pressentiments de Vigny. — Les conseils qu'il lui donne. — Engagement de Mme Dorval à la Comédie-Française. — L'adieu
de Vigny. — Cinq ans après. — Dorval et Mélingue.

I

Au lendemain de la mort de Mme Dorval (20 mai
1849), Alexandre Dumas écrivait « de souvenir »
dans le journal *le Constitutionnel* :

« Marie Dorval était née le jour des Rois de l'année 1798. Elle avait donc eu cinquante et un ans
le 6 janvier dernier... Elle ne s'appelait pas Marie
Dorval alors. Ces deux noms si doux à prononcer

qu'il semble qu'ils aient toujours dû être les siens,
ces deux noms n'étaient pas encore liés ensemble
par la chaîne d'or du génie. Elle s'appelait Thomase-
Amélie Delaunay...Elle avait épousé — sans amour,
comme épouse une pauvre enfant de quinze ans par
isolement — un de ses camarades qui jouait les
Martin; il se nommait Allan-Dorval.

« Ce mariage n'eut d'autre influence sur l'artiste
que de lui donner le nom sous lequel elle a été connue. Son autre nom, celui de Marie, c'est nous qui
le lui avons donné; Didier fut son parrain, Adèle
d'Hervey sa marraine. »

Les souvenirs d'Alexandre Dumas ne devaient
pas être très fidèles, ou bien Mme Dorval qui l'avait
renseigné était assez mal instruite elle-même de son
propre état civil, car ce récit contient plus d'une
inexactitude.

D'abord Mme Dorval s'appelait bien Marie. Née
à Lorient, patrie de Brizeux, de Jules Simon et de
Victor Massé, elle avait été inscrite sous les prénoms de *Marie-Thomase-Amélie*. Son père, qui
accusait vingt-sept ans (1), était d'origine normande

(1) Il en avait trente-trois, étant né le 5 décembre 1765, comme il
appert de son acte de baptême dont voici la teneur : « Paroisse Notre-Dame de la Ronde (Rouen). Marie Joseph-Charles est né du légi-
time mariage de Joseph-Charles Delaunay et de dame Marie-Jeanne
Deshayes, le cinq, et a été baptisé le six décembre mil sept cent

et répondait au nom de Marie-Joseph-Charles Delaunay.

Sa mère, qui en avait dix-sept, était native de Lyon et avait nom Marie Bourdais. Tous deux étaient artistes dramatiques ; ils avaient négligé de s'unir par les liens du mariage, mais quand la petite Marie vint au monde, Delaunay s'empressa de reconnaître qu'elle avait été « procréée par ses œuvres (1) ».

soixante-cinq, par M. le vicaire. Le parrain, monsieur François-René Dionis, avocat au Parlement, la marraine dame Marie-Barbe-Catherine Aubé, femme de Nicolas Lequesne. »

(1) Voici, du reste, son acte de naissance, d'après les registres de l'état civil de la commune de Lorient :

« Le dix-neuf nivôse an VI de la République française, nous Antoine-Philippe Prouleau, administrateur municipal, en l'absence de l'officier public, certifions qu'il nous a été présenté par Louis Cayeux, officier de santé et accoucheur, une fille à laquelle il a été donné les prénoms de *Marie-Thomase-Amélie*, née hors mariage, rue de la Comédie, le jour d'hier, à huit heures du soir, de Marie Bourdais, artiste dramatique, âgée de dix-sept ans neuf mois, née en la ci-devant paroisse de Saint-Pierre et Saint-Saturnin de la commune de Lyon, département de Rhône-et-Loire, du mariage de Antoine Bourdais et de Françoise Barrière ; témoins ont été Jacques-Vincent Kerlero, juge de paix, âgé de quarante-deux ans, et Antoinette-Thomase Boucher-Desforges, âgée de trente ans, épouse d'Isaac Valz, commissaire hollandais. — En l'endroit, Joseph-Charles Delaunay, artiste dramatique âgé de vingt-sept ans, né en la ci-devant paroisse Notre-Dame de la Ronde de la commune de Rouen, département de la Seine-Inférieure, du mariage de Joseph-Charles Delaunay et de Marie Deshayes, présent, a déclaré que l'enfant ci-dessus a été procréé par ses œuvres, de laquelle déclaration il a requis acte pour valoir à ladite Marie-Thomase-Amélie de reconnaissance de paternité. Tous les comparants et la mère de l'enfant domiciliés en cette commune. De tout quoy nous avons rapporté le présent acte sous notre seing et ceux de Cayeux, des témoins et de Delaunay. »

Voilà pour ce qui concerne la naissance de
Mme Dorval. Quant à son mariage, je m'étonne que
Dumas ait écrit qu'il « n'eut d'autre influence sur
l'artiste que de lui donner le nom sous lequel elle a
été connue ». Outre qu'il fut contracté dans la ville
même où elle avait vu le jour — ce qui est une par-
ticularité assez rare dans la vie des comédiens —
ce mariage eut pour résultat de développer chez
Mme Dorval, par les heureux effets de la maternité (1),
le sentiment qui devait faire d'elle une Kitty-Bell
incomparable.

Mme Dorval n'était donc pas seulement Bretonne
de naissance, elle l'était encore par l'acte capital de
sa vie et par les souvenirs ineffaçables qui se ratta-
chaient dans son esprit à l'acte intermédiaire de sa
première communion, car elle avait suivi le catéchisme sur les bancs de l'église de Lorient.

J'insiste tout particulièrement sur ces derniers
points, parce que ses biographes les ont ignorés ou
négligés et qu'ils nous expliquent, surtout quand on
tient compte de l'origine lyonnaise de sa mère (2),

(1) Elle avait eu trois filles de son mariage avec Allan-Dorval.
L'aînée épousa le poète romantique Fontaney, qui mourut de la maladie de poitrine qu'il avait contractée avec elle ; la cadette épousa
M. René Luguet, qui, jusqu'en ces derniers temps, remplit les fonctions de régisseur du théâtre du Palais-Royal.

(2) L'âme lyonnaise est, en effet, essentiellement mystique. Se rappeler l'admirable page que Michelet a écrite sur ce sujet.

le caractère mystique et chrétien tout ensemble de cette reine de théâtre.

Comme la plupart des enfants de la balle, Mme Dorval fut excessivement précoce. Elle avait à peine quatre ans qu'elle montait sur les planches pour jouer le rôle de M. Gigot pâtissier-traiteur, dans *la Flûte enchantée*.

Un peu plus tard, elle donnait la réplique à sa mère dans *Camille*, de Marsollier, et tout le parterre et aussi les coulisses battaient des mains, quand Mlle Bourdais chantait d'une voix larmoyante :

> Oh ! non, non, il n'est pas possible
> D'avoir un plus aimable enfant !

A sept ans, elle jouait les Betzy, et les Lorientais, dont elle était l'enfant gâtée, allaient au théâtre rien que pour l'entendre dire :

> Je ne sais pas si ma sœur aime !

A douze ans, sa communion faite, elle quittait Lorient dans une carriole d'osier pour aller à Strasbourg avec toute la troupe. Elle commença par jouer les Dugazon, mais comme elle chantait faux et qu'elle disait juste, on conseilla à sa mère de la pousser vers la comédie. Deux ans après « elle jouait Fanchette dans *le Mariage de Figaro*, et je ne sais plus quel rôle dans une autre pièce. Elle ne possédait au monde qu'une robe blanche qui servait pour les deux rôles. Seulement, pour donner à Fanchette une tournure espagnole, elle cousait une bande de calicot rouge au bas de la jupe et la décousait vite après la pièce pour avoir l'air de mettre un autre costume, quand les deux pièces étaient jouées le même soir. Dans le jour, vêtue d'un étroit fourreau d'enfant, en tricot de laine, elle lavait et repassait sa précieuse robe blanche (1) ».

Tel fut son apprentissage du théâtre et de la vie.

A seize ans elle prit l'anneau que lui tendait son camarade Allan-Dorval (2), et le mariage, ainsi que je l'ai dit, fut célébré à Lorient. Comment cela, par suite de quelles circonstances ? c'est ce que j'ignore. En ce temps-là, les longues étapes en carriole ou en diligence n'effrayaient pas plus les comédiens que les marches forcées et le sac au dos n'effrayaient les militaires. Du Rhin à l'Océan, il y a pourtant un joli ruban de route, mais on trouvait le moyen de le raccourcir en s'arrêtant pour jouer de distance en distance.

(1) George Sand, *Histoire de ma vie*.
(2) Il s'appelait Louis-Etienne Allan et était régisseur du théâtre de Lorient. Né à Paris, en la paroisse Saint-Etienne-du-Mont, le 25 décembre 1777, il était fils de Louis Allan et de Catherine-Françoise Landrin, ainsi qu'il appert de son acte de mariage. Il mourut vers 1819, à Saint-Pétersbourg.

Dès que le mariage fut consommé, les époux
Dorval reprirent le chemin de Strasbourg avec toute
la troupe Bourdais. Il n'y manquait que Delaunay.
Le père de Marie avait disparu depuis plusieurs
années, et c'est pour le remplacer, j'imagine, que sa
mère lui avait donné un mari qui avait vingt ans de
plus qu'elle. Elle jouait toujours la comédie et l'o-
péra-comique. Mais, en traversant Paris, elle avait
eu la curiosité d'aller entendre Talma dans *Hamlet*, et l'illustre tragédien lui avait fait une telle impression qu'à partir de ce jour-là elle ne rêva plus
que drame. Sur ces entrefaites, l'artiste de la troupe
de Strasbourg qui jouait le premier rôle dans *la
Mère coupable,* de Beaumarchais, s'étant cassé la
jambe en rentrant du spectacle, le directeur pria
Mme Dorval de l'interpréter à sa place. Elle le fit au
pied levé et avec tant de succès qu'elle se laissa
monter la tête et que, quelques jours après, elle
filait sur Paris avec une lettre de recommandation
pour Lafont, de la Comédie-Française. Mais elle y
était à peine arrivée qu'elle regrettait son théâtre
de Strasbourg.

D'abord toutes les portes des directeurs qui devaient s'ouvrir devant elle demeurèrent fermées à
double tour; ensuite Lafont, qu'elle alla voir, trouva, après l'avoir entendue dans une scène ou deux

d'*Andromaque*, que le sérieux n'était pas son lot,
et qu'avec une mine chiffonnée comme la sienne
elle jouerait mieux les soubrettes! Son éducation
était donc à refaire.

« —Vous soubrette! lui disait un jour Gozlan, ce
n'est pas moi qui aurais osé vous confier un plateau
chargé de porcelaines. A la vue d'un jeune homme
bâtard et malheureux, vous eussiez ouvert les bras
en criant : *Mon Antony, je t'aime!* Et mes porcelaines eussent été brisées. Dieu nous garde de pareil-
les soubrettes! »

Gozlan avait cent fois raison, mais Lafont avait
rendu son arrêt, et chacun sait que, lorsque le rival
de Talma avait parlé, il n'y avait plus qu'à se taire.
Dorval entra donc au Conservatoire; elle n'y resta
pas lontemps. Quand elle vit à quels exercices on
allait soumettre sa nature débordante et prime-
sautière, elle eut honte d'elle-même et crut qu'elle
allait devenir folle. A ce moment, passa Potier, le
grand comique. Elle lui raconta son cas; il se mit à
rire de l'oracle de Lafont, et comme il l'avait vue
jouer dans *la Mère coupable*, il la prit par la main
et la conduisit au directeur de la Porte-Saint-Martin,
qui de ce jour-là devint sa maison.

Et voilà comment, le mardi 12 mai 1818, Marie
Dorval débuta à Paris dans *Paméla*, de Pelletier de

Volmerange! Deux jours après, elle jouait Pauline
des *Frères à l'épreuve*, du même auteur; un mois
plus tard, Mathilde de *Malhek-Adhel;* puis elle
parut dans *la Cabane*, de Montainard, *le Jeune
Werther, le Banc de sable, le Lépreux de la cité
d'Aoste* et vingt autres pièces plus mauvaises les
unes que les autres. Enfin, les auteurs des *Deux
Forçats* lui taillèrent un rôle à sa mesure. Tout
Paris voulut voir en 1822 pleurer Thérèse, la belle
meunière. Et le lendemain de la première représentation de *Trente ans ou la vie d'un Joueur*, le nom
de Dorval, de sympathique qu'il était déjà, remplissait les journaux et courait sur toutes les lèvres. Il est vrai que dans ce drame de Ducange elle
avait un partenaire digne d'elle.

« Quelle surprise, quelle joie, s'écriait Jules Janin,
quand, tout disposés aux émotions de la vingtième
année, nous vîmes apparaître ces deux comédiens
de la même famille, Mme Dorval et Frédérick Lemaître! Le nouveau venu était un beau jeune homme
hardiment taillé pour son art, vif, hardi, emporté,
violent, superbe! La naissante Mme Dorval avait
dans sa personne de quoi justifier les plus vives
sympathies. Elle était frêle, éplorée, timide; elle
pleurait à merveille, avec une désolation, avec des
spasmes, un délire à tout renverser; elle excellait

à contenir les passions de son cœur et à dire comme
le héros de Corneille : « Tout beau, mon cœur! »
Rien qu'à les voir l'un et l'autre, ces enfants de
V. Ducange, qu'attendait une adoption royale, unis
dans la même action dramatique et parlant déjà
comme on parle et comme il faut parler, il était
facile de comprendre qu'ils avaient été créés et mis
au monde, celui-ci pour exprimer tous les emporte-
ments de l'âme humaine; celle-là pour en dire les
douces joies intimes et bienveillantes; celui-ci tout
prêt à tout briser et magnifique dans ses colères;
celle-là humble et résignée et toute courbée sous
le poids d'une immense douleur qui se faisait jour
de toutes parts (1). »

Nous approchons des grandes journées du Romantisme. Encore quelques passes d'armes entre
les deux écoles, et les troupes de Victor Hugo qui
avait déjà des amis dans la place prendront le théâtre d'assaut. Ce fut Alexandre Dumas qui eut l'honneur d'ouvrir la brèche, au mois de février 1829,
avec *Henry III et sa cour;* Casimir Delavigne suivit, le 30 mai de la même année, avec son drame
composite de *Marino Faliero*. Dorval y jouait le
rôle d'Elena. Elle se montra si touchante, elle fit
couler tant de larmes dans la scène où elle s'écriait:

(1) J. Janin, *Littérature dramatique*, t. IV, pp. 302-303.

« Voulez-vous me laisser seule entre deux tom-
beaux? Grâce! j'ai tant pleuré! », que, peu de temps
après, Alfred de Vigny était à ses pieds (1). Mais
c'est surtout dans *l'Incendiaire* qu'elle alluma en
lui la belle flamme qui faillit le consumer.

Qu'était-ce que cette pièce? Un gros mélodrame
où l'on avait eu le mauvais goût d'exploiter les passions antireligieuses qui avaient abouti, au mois de
février 1831, au sac de Saint-Germain-l'Auxerrois
et de l'Archevêché. On se souvient qu'après la chute
de Charles X des incendies terribles désolèrent
toutes les provinces et que le clergé en fut rendu
responsable par une partie de l'opinion.

Il y avait là, évidemment, matière à plus d'un
drame pour un homme de théâtre à l'affût de l'actualité. Les auteurs de *l'Incendiaire* (2) mirent en

(1) Dans les premiers jours de l'année 1830, à la suite des représentations du *More de Venise*, où Mlle Mars avait créé le rôle de
Desdémone, Alfred de Vigny adressait à Mme Dorval un exemplaire
de sa pièce avec les vers suivants :

> Quel fut jadis Shakespeare ? — On ne répondra pas.
> Ce livre est à mes yeux l'ombre d'un de ses pas,
> Rien de plus. — Je le fis en cherchant sur sa trace
> Quel fantôme il suivait de ceux que l'homme embrasse,
> Gloire, fortune, amour, pouvoir ou volupté !
> Rien ne trahit son cœur, hormis une beauté
> Qui toujours passe en pleurs parmi d'autres figures,
> Comme un pâle rayon dans les forêts obscures,
> Triste, simple et terrible, ainsi que vous passez,
> Le dédain sur la bouche et vos grands yeux baissés.

(2) Ce drame en trois actes, de B. Antier et A. de Comberousse,
fut représenté à la Porte-Saint-Martin, le 24 mars 1831.

scène un archevêque, un curé et une paysanne. L'archevêque était un royaliste fanatique. Il savait que toute la contrée subissait l'influence d'un industriel républicain qui faisait vivre des centaines d'ouvriers, et pour ruiner cette influence il avait conçu le projet de mettre le feu à la fabrique. Restait à trouver l'incendiaire. Justement, il y avait, dans un village, une jeune paysanne très dévote dont les allures mystérieuses excitaient l'admiration du bon vieux curé et de ses paroissiens. L'archevêque, ayant entendu parler de cette jeune fille, va la visiter au cours d'une tournée pastorale et lui suggère l'idée de mettre le feu à la fabrique de ce républicain. « En le faisant, lui dit-il, vous accomplirez un acte méritoire aux yeux de Dieu et de son Église. » Le crime consommé, la justice informe ; la coupable est arrêtée et mise en prison. Elle demande à s'entretenir avec son confesseur ; et voilà le curé du village instruit par la confession de la cause première du crime, — d'où une scène poignante entre lui et l'archevêque. C'était Provost qui faisait le prélat et Bocage qui faisait le curé, Mme Dorval fut admirable dans la scène de la confession. Agenouillée aux pieds du curé ou plutôt accroupie sur les talons ainsi qu'une Madeleine repentante, elle le regardait fixement avec de grands yeux vagues, elle pleurait,

elle se lamentait comme une folle à qui la conscience
revient tout à coup, et durant les quinze minutes
que durait cette scène, le public haletant, angoissé,
ne respirait plus. Ce fut le triomphe de l'hallucination et du mysticisme au théâtre... Or, comme Alfred
de Vigny était en ce temps-là hanté par l'esprit du
mystère et fasciné par le jeu de Mme Dorval, il allait
tous les soirs la contempler dans ce rôle d'incendiaire où elle était portée en quelque sorte par sa
nature mystique.

Et le fait suivant que je tiens de M. René Luguet,
gendre de la grande artiste, ne fut pas étranger,
j'imagine, à la passion qu'il conçut dès lors pour
elle.

Un soir qu'il était allé la féliciter dans sa loge,
elle lui dit que depuis deux ou trois représentations
elle était fort intriguée par la présence d'une dame
en noir qui, sans jamais relever son voile, ne cessait de s'essuyer les yeux.

— C'est une de mes bonnes amies, repartit le
poète, et, si vous le désirez, je puis vous la présenter à la fin du spectacle.

Mme Dorval accepta la proposition avec joie et
comme pour mieux mériter les compliments qu'on
lui réservait, elle fut encore plus belle et plus atten-
drissante dans la fameuse scène de la confession.

Quand le spectacle fut terminé, Alfred de Vigny
lui présenta l'inconnue qui, toujours voilée et lui
serrant les deux mains, lui dit, d'une voix encore
mouillée de larmes ;

— Ah! Madame, que vous êtes belle et touchante
dans cette pièce !

— Je suis bien heureuse de vos éloges, répondit
Mme Dorval, mais vous me rendriez plus heureuse
encore en me disant votre nom.

Alors la dame releva doucement son voile et, lui
montrant ses beaux yeux rougis par les pleurs :

— Je suis la Malibran, dit-elle.

— Ah! chère Madame, s'écria Mme Dorval, en
l'entraînant vers sa toilette, regardez ce petit
tableau : je n'ai jamais eu que cette image dans
ma loge, elle m'a suivie à travers tous les théâtres
de France : c'est votre portrait, c'est la Malibran
chantant la *Romance du saule;* c'est pour moi la
madone de l'art.

Et les deux actrices tombèrent dans les bras
l'une de l'autre (1).

II

Il y a parfois des affinités, des coïncidences sin-

(1) Ce récit de M. René Luguet est confirmé dans une lettre d'Alfred de Vigny en date du 30 mars 1831. Voir sa *Correspondance.*

gulières, dans la vie des âmes appelées à s'unir. On
dirait qu'elles sont aimantées et qu'une force irré-
sistible les pousse l'une vers l'autre en dépit des
distances sociales et des différences de leur tempérament réciproque.

C'est ainsi qu'il faut expliquer les relations d'a-
mitié et d'amour qui s'établirent en 1830 entre
Alfred de Vigny et Mme Dorval et ne durèrent pas
moins de sept années.

Extérieurement, physiquement, ces deux êtres
étaient les plus dissemblables qui se pussent accou-
pler. Autant Mme Dorval était animée, expansive,
débraillée, désordonnée dans ses mouvements et
ses allures, autant Alfred de Vigny était froid,
réservé, compassé, irréprochable en sa mise et son
maintien! Qu'on se figure un gentleman à côté de
Dolorida ou de Carmen.

Intérieurement, moralement, au contraire, il y
avait entre eux tant de points de contact qu'on aurait pu les prendre pour le frère et la sœur. Outre
qu'ils étaient à peu près du même âge (il avait à
peine un an de plus qu'elle), ils étaient tous deux
d'une sensibilité extrême ; seulement, la sensibilité
de Mme Dorval éclatait au grand jour sur tous les
traits de son visage par l'habitude qu'elle avait contractée au théâtre de pleurer et de souffrir tout haut,

tandis que celle de Vigny, après avoir été refoulée
dès l'enfance par ses maîtres, et à l'armée par la
discipline, demeura enfermée toute sa vie dans le
coin le plus secret de son cœur. Cette sensibilité
s'était accrue en eux, avec le temps, de leur disposition naturelle au mysticisme, car Dorval était superstitieuse comme toutes les Bretonnes, et Vigny,
de son côté, croyait aveuglément à la destinée, —
ce qui est un genre de superstition. Jeune, il s'était
nourri de la lecture de la Bible ; femme, dans ses
heures de trouble et d'angoisse, elle faisait la
sienne de *l'Ancien Testament*, de *l'Imitation* et
des *Psaumes*.

En matière de foi et d'amour, ils avaient à peu
près les mêmes sentiments. « Aimer, inventer,
admirer, voilà ma vie », disait-il. Ces trois mots
auraient pu servir de devise à Mme Dorval, car elle
ne vécut, elle aussi, que pour admirer, pour inventer et pour aimer. L'amour, pour elle comme
pour lui, était une bonté sublime. C'est pour cela
qu'il avait conçu le beau mythe d'*Éloa* et qu'elle
excellait dans les rôles de passion, de tendresse et
de sacrifice. Ils étaient nés ensemble à la poésie
des larmes et de la pitié. Au moment où le poème
d'*Éloa* mettait Vigny hors de pair, le rôle de
Thérèse, des *Deux Forçats*, tirait Dorval de l'obscu-

rité. Mais l'amour qui devait les réunir pour un temps trop court, hélas ! leur était apparu sous des figures différentes. Mariée à seize ans à un homme qui frisait la quarantaine, on peut dire qu'elle ne connut l'amour que dans la maternité. Elle fut mère avant d'avoir été femme. Ses premiers amants furent les héros imaginaires des drames qu'elle interpréta, ses premières amours des amours de tête. Aussi, lorsqu'elle vit, à trente-trois ans, s'age-nouiller devant elle le gentilhomme de race qu'était Alfred de Vigny, à l'aspect de son charmant visage encadré de cheveux blonds bouclés et doucement éclairé par des yeux d'un bleu tendre, elle éprouva un sentiment tout nouveau pour elle et que je ne saurais mieux comparer qu'à la sensation que procure un verre d'eau fraîche à des lèvres brûlantes. Elle qui n'avait vécu jusque-là que pour l'action et d'une vie qui rappelait celle de la salamandre, elle sentit tout à coup son âme apaisée, rafraîchie, s'entr'ouvrir au rêve.

La même révolution le même changement se fit, au contact de Dorval, dans l'état d'âme d'Alfred de Vigny.

Avant de la rencontrer sur son chemin, il vivait, suivant la remarque de Sainte-Beuve, dans une per-pétuelle hallucination séraphique. Il n'avait encore

aimé qu'en imagination, tant son idéal d'amour
était difficile à réaliser. L'idée abstraite, l'esprit
pur, la Muse, Psyché avait été sa première passion;
son âme tourmentée se reposait sur des idées revê-
tues de formes mystiques qu'il étreignait amoureu-
sement, et dont il jouissait comme si elles avaient
été de chair et d'os. La femme de son rêve, c'était
la Francesca de Rimini, qui montait vers le ciel
tenant entre ses bras l'âme bien aimée de Paolo.
Et ce sensuel mystique trouvait que la volupté de
l'âme était infiniment plus longue que celle des sens
et que l'extase morale était supérieure à l'extase
physique. Mais du jour où il vit pleurer les beaux
yeux de Dorval dans le rôle de Louise, de *l'Incendiaire*, du jour où il vit se briser en deux, sous
le vent de la douleur et du repentir, sa taille sou-
ple « comme la plume molle de son chapeau », il
lui sembla que son rêve prenait une forme humaine,
une enveloppe charnelle ; pour la première fois de
sa vie, il connut l'amour, et le rêveur qu'il était,
sous les philtres magiques de cette femme de théâtre, se sentit peu à peu devenir un homme de
théâtre, « un dramatique », un homme d'action.

Leur union fut donc en quelque sorte l'accord
mystique de l'action et du rêve.

Union mystique ! amour mystique ! avec un

tempérament de feu comme celui de Dorval et des
sens affinés comme ceux de Vigny, ces mots, à
première vue, ont l'air de jurer entre eux ; cependant jamais ils ne furent accolés plus judicieuse-
ment l'un à l'autre, et je ne crois pas que le mysticisme chrétien ait produit au moyen âge un cas
plus frappant de ce phénomène psychique.

Les relations du poète et de la comédienne furent,
durant de longs mois, une sorte de *flirt*. Je prends
ce terme anglais dans son sens le plus chaste.
Alfred de Vigny pensait de l'amour ce qu'en a
dit Pascal :

« Tant plus le chemin est long dans l'amour,
tant plus un esprit délicat sent de plaisir.

« Le premier effet de l'amour, c'est d'inspirer un
grand respect; l'on a de la vénération pour ce que
l'on aime.

« Le respect et l'amour doivent être si bien pro-
portionnés, qu'ils se soutiennent sans que ce respect
étouffe l'amour (1). »

Partant de là, le poète commença par éprouver
pour l'actrice un respect qui était fait d'admiration
profonde et de pieuse sympathie. L'admiration

(1) *Discours sur les passions de l'amour.*

s'adressait à l'artiste; la sympathie était pour la femme restée veuve à vingt ans avec trois petites filles, et qui, n'ayant pas assez de son propre malheur, avait pitié de tout ce qui souffre. Il ne vit d'abord en lui qu'une Muse. Il lui confia toutes ses pensées, il l'initia à tous les mystères de son art, sans se départir jamais, dans l'intimité qui finit par s'établir entre eux, de son attitude révérencieuse. Ses attentions pour elles étaient d'une délicatesse extrême et sa discrétion confinait au scrupule. Peu ou point de manifestations extérieures; point de protestations de dévouement ou d'amitié; point de bouquets au théâtre; point de promenades sentimentales (1), ni de sorties compromettantes. Les seules marques publiques d'intérêt qu'il lui ait données jusqu'en 1833 furent peut-être le compte rendu qu'il fit, dans *la Revue des Deux Mondes* (2), des *Anecdotes historiques et politiques sur Alger*, ouvrage de M. Merle (3), son mari, et les deux articles qu'il publia dans la même revue à la suite des représentations d'*Antony* et de *Jeanne Vaubernier*.

---

(1) Quand je pense, disait Dorval à ses amis, après sa rupture avec le poète, qu'il ne m'a jamais offert une seule fois à diner ! (*Gauseries* de Jean Gigoux.)

(2) 1833, t. III-IV, pp. 53-65.

(3) Ancien directeur de la Porte-Saint-Martin, collaborateur de M. de Jouy dans *l'Hermite de la Chaussée d'Antin*, ayant lui-même

« ... Mᵐᵉ Dorval, écrivait-il, avait le secret des
plus touchantes larmes, des plus puissantes émotions
de la tragédie et du drame ; elle vient de montrer
que le ton aisé et simple du monde, que les bonnes
manières de la comédie lui étaient familières... Elle
semblait une actrice anglaise venue de Covent-Garden ou de Drury-Lane avec toute la profondeur
de rêveries, d'émotions, de mistress Siddons, et elle
vient d'ajouter à cette puissance tragique (la première du théâtre) celle que donne une observation
fine de la société ; c'est un talent complet, et dont
l'avenir est bien vaste (1). »

Mᵐᵉ Dorval habitait alors sur le boulevard Saint-
Martin. Il allait la voir chez elle à des jours conve-
nus d'avance, ou quand il était à peu près sûr de
la trouver seule. Et là, assis auprès d'elle, dans
un tête-à-tête charmant qui était celui de deux
fiancés chastement épris l'un de l'autre, ils s'entre-
tenaient à bâtons rompus des choses du théâtre,
des œuvres littéraires du temps et aussi, cela va
sans dire, de leur vie passée et future. Peut-être le

remporté de grands succès au théâtre avec quelques vaudevilles, tels
que *Préville et Taconnet* et *le Ci-devant jeune homme*, Merle fit
longtemps à *la Quotidienne* le feuilleton dramatique, et ses opinions
royalistes lui avaient valu le surnom de *merle blanc*. C'était un
homme de beaucoup d'esprit et qui savait l'histoire aussi bien que le
théâtre.

(1) *Revue des Deux Mondes*, 1831, t. I-II, pp. 622-630.

soir à la sortie du spectacle, sous le coup de telle
scène de passion où Dorval lui avait donné une
secousse violente, sentait-il en y resongeant monter dans tous ses membres le frisson du désir, mais
il repoussait bien vite ce sentiment, et je suis sûr
qu'il se murmurait à lui-même, dans le silence de
la nuit, ces vers délicieux de son poème d'*Éloa :*

> D'où venez-vous, Pudeur, noble crainte, ô mystère,
> Qu'au temps de son enfance a vu naître la terre ?
> Fleur de ses premiers jours qui germez parmi nous,
> Rose du Paradis, Pudeur, d'où venez-vous ?

Et l'esprit finissait toujours par l'emporter sur
la chair. « Le premier effet de l'amour, c'est d'inspirer un grand respect. »

De son côté, Dorval, qui n'avait point été habituée par ses adorateurs de passage à ces hommages respectueux, Dorval, qui toute sa vie avait été
bousculée, traitée sans façon ou prise d'assaut,
éprouvait autant d'amour-propre que de secrète
jouissance à se voir traitée « comme une duchesse », à s'entendre appeler « mon ange » par un
poète dont les manières étaient aussi nobles que
le sang. Cela la changeait ; cela la reposait des con-
voitises brutales dont elle avait été si souvent l'objet et la victime. Elle sut gré à M. le comte de Vigny
de lui avoir fait comprendre que l'amour vraiment

digne de ce nom est un plaisir de l'âme encore plus
qu'un plaisir des sens; son bonheur fut si grand
de sentir qu'elle se purifiait, qu'elle était en train
de se refaire une virginité, sur les hauteurs serei-
nes où il l'entraînait derrière lui, que deux ans
après elle écrivait à Alexandre Dumas, qui ne cessait de la tourmenter :

« … Partez sans me voir, et je reçois votre adieu,
ou venez me voir. Je vous recevrai comme un ami
malade d'un mal qui fait souffrir, mais qui dure
peu. Je vous promettrai de vous revoir à votre
retour, si vous promettez, vous, de m'aimer comme
m'aime M. de Vigny (1). »

Cette lettre est du commencement de 1832. En la
recevant, Dumas, qui se souvenait évidemment de
leur conversation quelque peu débridée, le soir du
jour où Dorval l'avait fait coucher dans la chambre
de son mari absent, pour être plus sûre d'avoir le
lendemain matin son cinquième acte d'*Antony* (2),
Dumas qu'elle appelait alors « mon bon chien » et
qu'elle tutoyait pour se conformer à l'habitude
qu'il avait de tutoyer tout le monde, Dumas dut se
dire que M. le comte de Vigny lui avait changé son

(1) Lettre inédite.
(2) *Mémoires* d'Alexandre Dumas, t. VII, p. 182.

Adèle d'Hervey ; — car il n'y a pas à dire, quelque étrange que cela paraisse, ce petit billet de Dorval établit de façon certaine que jusqu'en 1832 ses relations avec le poète furent irréprochables. Une femme comme elle n'aurait pas écrit à un homme comme lui : « Aimez-moi d'amour chaste », si elle s'était livrée à celui qu'elle donnait en exemple.

D'ailleurs le ton de cette lettre est en harmonie avec celle que Vigny adressait à Dorval au mois d'août 1831 :

« Je vous envoie *la Maréchale d'Ancre* sous deux espèces, Madame ; c'est une pauvre défunte qui aurait dû revivre quelque temps sous votre figure, mais ce n'était pas écrit dans son jeu de cartes magiques. J'irai aujourd'hui dîner avec vous, selon votre gracieuse invitation, et vous suis mille fois dévoué.

« ALFRED DE VIGNY. »

C'est, en effet, pour Mme Dorval qu'il avait conçu le rôle de la Maréchale d'Ancre, mais des influences puissantes de théâtre l'avaient forcé de le donner à Mlle George (1) ; aussi, pour lui marquer à

(1) Vigny n'eut d'ailleurs, pas trop à s'en plaindre, si l'on s'en rapporte au petit billet qu'il écrivait à Mlle George, le 26 juin 1831.

la fois son chagrin et son estime, n'avait-il trouvé rien de mieux que de lui envoyer, quand il disparut de l'affiche, deux exemplaires de son drame. L'un était le texte imprimé en un volume richement relié, portant gravés ces mots en lettres d'or sur l'un des plats : *A Madame Dorval, la Maréchale d'Ancre, Alfred de Vigny, 1831*. L'autre était son propre manuscrit, le premier jet de son drame, avec toutes les corrections et les ratures, en un grand volume in-folio relié, portant sur la garde cette dédicace de sa main :

A Madame Dorval.

« Je n'ai que ce moyen de vous rendre ce drame qui fut écrit pour vous, Madame ; vous vouliez le jouer, mais vous n'êtes reine à votre théâtre que par le talent, et ce n'est pas une royauté toute-puissante que celle-là, au temps où nous sommes.

« ALFRED DE VIGNY. »

« Ce 15 août 1831. »

Sur les gardes du livre imprimé, il avait écrit le

Après l'avoir félicitée sur son rôle, il lui disait : « J'ai reconnu une surprenante transformation de votre talent dont j'ai eu le bonheur d'être la cause première ; c'est un hasard dont je ne conçois aucun orgueil, car tout le mérite en est à vous-même et mon admiration vous est bien acquise. » (Lettre inédite.)

petit billet ci-dessus par lequel il lui mandait qu'il irait dîner avec elle le soir ; et ce billet-dédicace était suivi du sonnet suivant qui n'a pas été recueilli dans ses œuvres (1).

A Madame Dorval

SONNET

Si des siècles mon nom perce la nuit obscure,
Ce livre écrit pour vous sous votre nom vivra.
Ce que le temps présent tout bas déjà murmure,
Quelqu'un dans l'avenir tout haut le redira.

D'autres yeux ont versé vos pleurs. — Une autre bouche
Dit des mots que j'avais sur vos lèvres rangés,
Et qui vers l'avenir (cette perte nous touche)
Iront de voix en voix moins purs et tout changés.

(1) Les iambes qui suivent ont eu le même sort. Ils figurent en tête d'un manuscrit donné par le poète à la grande actrice et qui a été vendu en décembre 1894 par le libraire Morgand sous le numéro du catalogue 25904.

A Madame Dorval.

A vous les chants d'amour, les récits d'aventures,
   Les tableaux aux vives couleurs,
Les livres enchantés, les parfums, les parures,
   Les bijoux d'enfant et les fleurs.
A vous tout ce qui rit aux yeux, qui plaît à l'âme
   Et fait aimer l'instant présent ;
Vous qui donnez à tous une vie, une flamme,
   Un nom tout jeune et séduisant ;
Vous que l'illusion consume, inspire, enivre
   De bonheur ou de désespoir ;
Reine des passions qui deux fois savez vivre,
   Pour vous le jour, pour tous le soir.
Pensive solitaire ou tragique merveille,
   Cœur simple, esprit capricieux,
Riant chaque matin des larmes que la veille
   Vous fîtes tomber de nos yeux ;
Des chants inspirateurs respectez l'ambroisie,
   Loin du vulgaire âpre et fatal,
Vivez dans l'art divin et dans la poésie
   Comme un phénix dans un cristal.

ALFRED DE VIGNY.

Mais qu'importe ! — Après nous ce sera pire chose.
La source en jaillissant est belle et puis arrose
Un désert, de grands bois, un étang, des roseaux.

Ainsi jusqu'à la mer où va mourir sa course.
Ici destin pareil. — Mais toujours à la source,
Votre nom bien gravé se lira sous les eaux.

ALFRED DE VIGNY.

26 juillet 1831.

III

Mais on ne joue pas impunément avec le feu. Il
vient toujours une heure, une minute, — à moins
d'être pétri de la chair des saints, et encore ! —
où le regard le plus chaste allume le désir et fait
jaillir la flamme. Je n'étonnerai personne en disant
que ce fut Dorval qui fut la moins forte. Le miracle,
et il n'est pas mince, c'est qu'elle ait résisté si longtemps à la tentation. Un soir donc qu'elle était
énervée, — je tiens cette anecdote d'un homme de
théâtre qui l'a beaucoup connue, — elle regarda
Vigny dans le blanc des yeux et lui dit à brûle-
pourpoint, de ce ton gamin qu'elle n'avait jamais
perdu tout à fait : « Quand les parents de monsieur le comte viendront-ils demander ma main ? »

Le mot était si provoquant et si spirituel que
Vigny, qui tout en jouant à l'ange ne voulait pas
faire la bête, ne se le fit pas dire deux fois. La

demande eut lieu le soir même et les noces suivirent incontinent. Tant il est vrai que le naturel revient toujours au trot, quand ce n'est pas au galop.

Leur lune de miel fut un long ravissement. « Elle recevait de lui non des baisers, mais ces douces caresses de main passée dans les cheveux, de doigts posés sur la bouche qui préparent à l'amour, qui répondent, pour ainsi dire, aux sens de l'âme (1). »

Et puis au pied de l'autel, c'étaient des oraisons, des *élévations*, suivies d'extases, qui avaient quelque chose de rituel, de liturgique.

Dorval avait un bracelet d'or qu'elle portait jour et nuit comme un talisman et auquel pendait une petite croix qui lui venait de sa première communion (2). Cette petite croix au bout de cette main d'amoureuse donnait à leur amour je ne sais quelle pointe de mysticisme et par moments devait en troubler le charme, car un jour il inscrivit sur son *Journal* ce projet de poème qui a tout l'air d'un souvenir.

« Un christ dans une alcôve. Rêve d'une femme

(1) *Journal intime*, inédit.
(2) Elle attachait à ce bijou une idée de bonheur, aussi cessa-t-elle de le porter à la mort de son petit fils Georges, estimant qu'il n'y aurait plus désormais de bonheur pour elle.

qui l'entend lui reprocher les plaisirs qu'elle a goûtés avec son amant devant la croix. Elle souffre et se sent percer les mains en expiation toutes les nuits. »

Quoi qu'il en soit, ce violent amour traversant la vie du poète à l'âge ou il était en pleine maturité exerça sur son esprit une influence considérable.

« Un jour qu'il était en belle humeur (c'est-à-dire était amoureux, ces jours-là sont rares dans sa vie), il écrivit pour Mme Dorval un acte en deux scènes : *Quitte pour la peur*, qui fut joué dans une représentation à son bénéfice, le 3o mai 1833, dans la salle de l'Opéra. Imaginez-vous une profusion à l'infini de tout ce qui brille et resplendit autour d'une tête intelligente, un style où tout pétille, une âme où tout soupire. Ah ! qu'il fut heureux ce jour-là ! comme il s'enivrait de poésie et comme il écoutait, passionné de lui-même et d'elle-même, cette étonnante Dorval laissant pour la musette enrubannée la flûte doublée d'airain ! Elle, de son côté, était-elle assez contente et ravie ! Elle se regardait souvent dans ces glaces biseautées à Venise, pour bien s'assurer qu'elle était elle-même et non pas une marquise arrivant en droite

ligne de son château de Bellevue et des courtils de
Choisy-le-Roi (1) !... »

En ce temps-là Dorval n'était pas précisément
belle, mais elle était *pire*, ainsi qu'elle l'avouait un
jour; et l'on aura une idée de la fascination qu'elle
exerçait sur Vigny, quand on lira le petit portrait
qu'il nous a laissé d'elle dans son *Journal :*

« Une actrice vraiment inspirée est charmante
à voir à sa toilette avant d'entrer en scène. Elle
parle avec une exagération ravissante de tout, elle
se monte la tête sur de petites choses, crie, gémit,
rit, soupire, se fâche, caresse en une minute. Elle
se dit malade, souffrante, guérie, bien portante,
faible, forte, gaie, mélancolique, en colère, et elle
n'est rien de tout cela ; elle est impatiente comme
un petit cheval de course qui attend qu'on lève la
barrière, elle piaffe à sa manière, elle se regarde
dans la glace, met son rouge, l'ôte ensuite; elle
essaie sa physionomie et l'aiguise, elle essaie *sa
voix en parlant haut;* elle essaie son âme en passant par tous les tons et tous les sentiments. Elle
s'étourdit de l'art et de la scène par avance, elle
s'enivre (2). »

(1) Jules Janin, *Débats,* 28 janvier 1867.
(2) *Journal d'un Poète,* p. 61.

Mais *Quitte pour la peur* n'était qu'un proverbe étincelant d'esprit dont la princesse de Béthune lui avait donné le sujet et qu'il avait porté au théâtre tout exprès pour montrer à ceux qui pouvaient en douter que Dorval était capable de jouer la comédie aussi bien que le drame. Et de même que Racine avait créé *Phèdre* afin de produire la Champmeslé dans un rôle où toutes les passions fussent exprimées, de même Alfred de Vigny qui, maintenant, connaissait à fond la nature ardente et passionnée de sa maîtresse et les ressources infinies de son art, écrivit pour Dorval le rôle de Kitty-Bell, qui fut sa plus belle création et qui demeure son plus beau titre de gloire au théâtre.

On sait comment il avait indiqué ce rôle : « Kitty-Bell, jeune femme mélancolique, gracieuse, élégante par nature plus que par éducation, réservée, religieuse, timide dans ses manières, tremblante devant son mari, expansive et abandonnée seulement dans son amour maternel. Sa pitié pour Chatterton va devenir de l'amour, elle le sent, elle en frémit ; la réserve qu'elle s'impose en devient plus grande : tout doit indiquer, dès qu'on la voit, qu'une douleur imprévue et une subite terreur peuvent la faire mourir tout à coup. »

Personne au Théâtre-Français, en dehors de

Mme Dorval, pas plus Mlle Mars que Mlle George,
n'était capable, aux yeux de Vigny, de réaliser le
type de Kitty-Bell. Aussi dès que la pièce fut reçue,
le poète refusa-t-il de sacrifier, cette fois, l'interprète qu'il avait choisie aux rancunes des uns et
aux intrigues des autres.

L'histoire de *Chatterton* à la Comédie-Francaise
vaut la peine d'être contée dans tous ses détails, et
je la rapporte ici d'après les souvenirs de Jousslin
de la Salle et d'après le récit que m'en a fait
M. René Luguet.

Mme Dorval avait été engagée à la Comédie-
Française par *ordre* de Dumas pour jouer *Antony ;*
mais par suite de circonstances qui donnèrent lieu
à un procès, gagné par l'auteur, ce drame ne fut
pas représenté cette année-là. Jousslin de la Salle
était donc très embarrassé de la comédienne à qui
il avait promis de la faire débuter dans une pièce
nouvelle, quand Vigny lui proposa de monter
Chatterton. Le comité de lecture est aussitôt réuni,
et *Chatterton*... refusé à l'unanimité. Jousslin de la
Salle n'osait faire connaître ce refus à Alfred de
Vigny et ne pouvait faire revenir les comédiens
sur leur décision. Il tenait cependant à jouer l'ouvrage. Il pense alors à faire intervenir le ministre.
Mais depuis le procès d'*Antony*, M. Thiers se

souciait peu de se mêler des histoires du Théâtre.
Or, voilà qu'un soir Jousslin de la Salle rencontre
le duc d'Orléans, comme il sortait de sa loge. Le
prince aimait beaucoup la Comédie-Française, et
l'engagement de Mᵐᵉ Dorval avait fait assez de
bruit pour qu'il s'informât de ses débuts.

« Je lui expliquai mon embarras, dit Jousslin
de la Salle, par le refus d'un ouvrage dont je lui
fis le plus grand éloge; il voulut le lire, et le
lendemain il me faisait dire que la lecture de
Chatterton l'avait tellement intéressé qu'il en avait
parlé à la Reine, et que, comme elle était curieuse
elle-même de connaître l'ouvrage, il lui en avait
fait remettre le manuscrit, ajoutant gracieusement
qu'il le lui avait fait remettre de ma part.

« En effet, dans la soirée, je reçus la lettre suivante :

« Monsieur, la Reine partait pour Neuilly, lorsque je lui ai apporté le manuscrit de *Chatterton*.
Sa Majesté a désiré l'emporter pour le lire en voiture ; la promenade du Roi s'étant prolongée, je
n'ai pu vous renvoyer la pièce aussitôt que je l'aurais voulu.

« Sa Majesté me charge de vous remercier tout
particulièrement de votre obligeance à laquelle sa

Majesté a bien voulu dire qu'elle était habituée.

« Agréez, etc.

« CUVILLIER-FLEURY. »

Desmousseaux et Perrier, tous les deux membres du Comité, étaient dans le cabinet de Jousslin de la Salle lorsqu'il reçut cette lettre. Après la leur avoir communiquée, il leur exprima le désir de jouer la pièce.

« Les comédiens ne peuvent pas revenir sur leur vote, dit Desmousseaux, et M. de Vigny ne se prêtera pas à une nouvelle lecture. Ainsi donc passez outre, le succès vous absoudra. »

Et Jousslin de la Salle suivit ce conseil. Mais quand les comédiens apprirent que l'auteur de *Chatterton* avait fait choix de Mme Dorval pour jouer le rôle de Kitty-Bell, ils crièrent au scandale, Mlle Mars ne cessant de ravaler à leurs yeux cette intruse du boulevard qu'elle ne pouvait sentir.

Cependant Vigny tenait bon.

Quelques jours après, le ministre des Beaux-Arts, l'ayant rencontré au foyer de l'Opéra, l'aborda et lui dit :

— Il paraît, monsieur le comte, que vous êtes à la veille d'un grand succès ! Je vous félicite de cet heureux événement et surtout d'avoir Mlle Mars pour principale interprète.

— Que Votre Excellence me permette de lui dire qu'elle est mal informée : ce n'est pas Mlle Mars, c'est Mme Dorval qui créera le rôle de Kitty-Bell, et je puis vous assurer qu'elle y sera magnifique.

— Cependant, monsieur le comte, Mlle Mars a des titres et une royauté !

— Que Dorval n'a peut-être pas encore conquis, mais qu'elle aura demain, je vous le jure.

Après le ministre ce fut au tour du roi.

Alfred de Vigny avait été invité à un bal aux Tuileries. Louis-Philippe, qui l'avait, en 1830, sur sa demande, nommé commandant de bataillon de la garde nationale (1), se le fit présenter entre deux contredanses :

— Permettez-moi, monsieur de Vigny, de vous adresser mes félicitations pour le grand succès qui se prépare en votre honneur et aussi pour l'heureux choix que vous avez fait de Mlle Mars comme interprète. C'est une admirable actrice, et nous irons, la reine et moi, l'applaudir dans cette nouvelle création.

— Que Votre Majesté daigne me pardonner, mais ce n'est point à Mlle Mars que j'ai confié le rôle

(1) *Souvenirs personnels* d'Auguste Barbier, p. 369. — Il ne l'était plus depuis 1832, comme en témoigne la lettre qu'il écrivait au lieutenant-major de la garde nationale le 18 juin de cette année. (Voir le chap. de ce livre sur *les Idées politiques de Vigny*.)

de Kitty-Bell, j'ai cru devoir en disposer en faveur de Mme Dorval, une grande actrice, elle aussi, et qui possède précisément la grâce, la poésie, la passion que j'ai prêtées à mon héroïne.

Le roi répondit un peu froidement :

— Je souhaite que votre détermination vous soit profitable, mais je crains bien que cela n'aille pas tout seul au théâtre.

De ce côté-là le roi était bien renseigné.

Loin d'aller tout seul, cela n'allait pas du tout. Tous les artistes qui jouaient dans *Chatterton* s'étaient conjurés contre Dorval et profitaient des répétitions pour signifier leur mécontentement à l'auteur.

Un jour, ils trouvèrent tout équipé sur la scène l'escalier légendaire et sa rampe en spirale au bas de laquelle Kitty-Bell vient mourir.

— Qu'est-ce que c'est que cette machine-là ? s'écrièrent-ils en chœur.

— Cette machine-là, dit Dorval d'un air bon enfant, c'est l'escalier du haut duquel je dois dégringoler pour venir mourir au dénouement. C'est très beau, cette scène-là, vous verrez.

Ils se regardèrent entre eux et regagnèrent la coulisse en chantonnant : *Tra la la la, elle dégringole!... comme à la Porte-Saint-Martin !*

Cette innovation de la mise en scène réaliste **les** mettait hors d'eux-mêmes.

Ils n'en répétèrent pas moins avec zèle, tout **en** se tenant sur une réserve glaciale à l'endroit **du** poète et de sa Kitty-Bell.

— Est-ce que c'est ce matin que vous *dégrin-golez ?* lui demanda un jour Joanny, qui **remplis-**sait le rôle du Quaker.

— Non, Monsieur, pas aujourd'hui.

— Bien, Madame.

Arriva la série des répétitions générales à **huis** clos. Joanny, l'air gouailleur :

— Alors, c'est aujourd'hui qu'on *dégringole?*

— Je vais tâcher.

— Bien, Madame.

Et le moment venu, Dorval prit tout bonnement ses jupes à deux mains, descendit tranquillement l'escalier et vint s'asseoir sur la première marche en disant à Joanny :

— C'est là que je meurs.

— Mais, enfin, Madame, je voudrais voir **votre** dégringolade pour régler mon attitude.

— Bah! riposta Dorval, voir mourir quelqu'un n'est pas chose si extraordinaire et si difficile! **tout** le monde s'en tire, mon cher camarade, et **après** m'avoir écoutée avec tout votre talent dans votre

rôle, vous ne serez pas embarrassé pour me regarder mourir. Enfin, Monsieur, s'il faut tout vous
dire, je tiens à garder secret jusqu'à la première
représentation le mouvement de cette scène sur
laquelle je compte et l'auteur aussi. Il faut que ce
soit un effet de surprise.

Et il fut fait ainsi.

Le soir de la première représentation (12 février
1835), le Tout-Paris était dans la salle où fermen·
taient les passions politiques non moins que les
passions littéraires.Le roi Louis-Philippe et la cour
occupaient les quatre avant-scènes. La pièce eut un
immense succès. Marie Dorval y fut admirable. « De
la loge d'avant·scène du rez-de-chaussée où j'étais,
dit Maxime du Camp dans ses *Souvenirs littéraires*,
je tenais mes yeux attachés sur elle ; elle me fasci-
nait. Est-ce une erreur de ma mémoire? Elle
essuyait des larmes réelles, elle ressentait les douleurs qu'elle n'avait qu'à exprimer (1). Je la vois
encore avec ses mitaines de dentelle noire, son
chapeau de velours, son tablier de taffetas ; elle
maniait ses deux enfants avec des gestes qui étaient
ceux d'une mère, et non ceux d'une actrice ; d'un

---

(1) Pareille en cela à Vigny qui, s'il faut en croire sa femme,.
pendant qu'il écrivait *Chatterton*,s'évanouit plusieurs fois par excès
d'émotion. (*Souvenirs* d'Henriette Corkran)

mouvement rapide et souvent répété de la main,
elle relevait une mèche latérale de ses cheveux qui
se déroulait sans cesse. Malgré sa voix trop grosse,
elle avait des accents plus doux qu'une caresse;
dans la façon d'écouter, de regarder Chatterton, il
y avait une passion contenue, peut-être ignorée, qui
remuait le cœur et l'écrasait. Les spectateurs étaient
anxieux, c'était visible; l'angoisse comprimait jusqu'à l'admiration. A je ne sais plus quel passage,
on cria: « Assez! » Immobile, appuyé sur le rebord
de la loge, étreint par une émotion jusqu'alors
inconnue, j'étouffais. Aux dernières scènes, lorsque
Kitty-Bell gravit en oscillant l'escalier de la chambre où Chatterton va mourir, lorsqu'elle glisse
renversée sur la rampe et retombe à genoux, lorsque, à la voix de son mari, elle se redresse, saisit
sa bible et va s'affaisser, expirante, pendant que
ses enfants accourent vers elle, la salle se leva; il
y eut un cri d'horreur, de commisération et d'enthousiasme. « Oh! dans ton sein, dans ton sein,
Seigneur! reçois ces deux martyrs... »

Cependant Mme Dorval ne trouvait pas un artiste
pour lui donner la main, au grand scandale des
spectateurs qui la rappelaient avec frénésie. Sans
en montrer la moindre impatience, elle saisit les
deux enfants de Kitty-Bell et s'avança ainsi au

bord de la scène avec la grâce tranquille d'une belle
madone, pendant que de la loge royale un bouquet
venait tomber à ses pieds.

Le rideau baissé, la grande artiste, toute songeuse, se dirigea vers sa loge ; mais quelle ne fut
pas sa surprise en voyant debout, tête nue, sur le
seuil, Joanny qui venait de créer le Quaker avec
tant d'autorité (1).

— Madame, lui dit-il d'une voix émue, je viens
vous demander pardon... Je n'avais pas l'honneur
de vous connaître, mais vous avez été sublime dans
cette création de Kitty-Bell, et jamais je n'oublierai l'émouvant spectacle que vous venez de nous
donner.

Mme Dorval, toute tremblante, lui sauta au cou
en lui disant :

— Cher et grand artiste, vous avez autant de
cœur que de talent.

Et elle lui donna le bouquet tombé de la loge
royale.

Le lendemain, la presse était unanime à célé-

(1) Joanny était un ancien militaire qui avait perdu deux doigts
en se battant sous les ordres du général Hugo. Il montrait,lors des
répétitions d'*Hernani*,sa main mutilée et disait à Victor Hugo : « Ma
gloire sera d'avoir servi jeune sous le père et vieux sous le fils. »
(*Victor Hugo raconté par un témoin de sa vie*, t. II, p. 292.)

brer ses louanges, et voici en quels termes Alfred
de Vigny parlait d'elle :

« Entre les deux personnages de Chatterton et
du Quaker, s'est montrée, dans toute la pureté
idéale de sa forme, Kitty-Bell, l'une des rêveries
de Stello. On savait quelle tragédienne on allait
revoir dans Mᵐᵉ Dorval ; mais avait-on prévu cette
grâce poétique avec laquelle elle a dessiné la femme
nouvelle qu'elle a voulu devenir? Je ne le crois pas.
Sans cesse elle fait naître le souvenir des vierges
maternelles de Raphaël et des plus beaux tableaux
de la Charité ; sans effort elle est posée comme
elles ; comme elles aussi, elle porte, elle emmène,
elle assied ses enfants, qui ne semblent jamais pouvoir être séparés de leur gracieuse mère, offrant
ainsi aux peintres des groupes dignes de leur étude,
et qui ne semblent pas étudiés. Ici la voix est tendre jusque dans la douleur et le désespoir; sa parole
lente et mélancolique est celle de l'abandon et de la
pitié ; ses gestes, ceux de la dévotion bienfaisante ;
ses regards ne cessent de demander grâce au ciel
pour l'infortune ; ses mains sont toujours prêtes à
se croiser pour la prière ; on sent que les élans de
son cœur, contenus par le devoir, lui vont être
mortels aussitôt que l'amour et la terreur l'auront
vaincue. Rien n'est innocent et doux comme ses

ruses et ses coquetteries naïves pour obtenir que
le quaker lui parle de *Chatterton*. Elle est bonne
et modeste jusqu'à ce qu'elle soit surprenante d'é-
nergie, de tragique grandeur et d'inspiration imprévues, quand l'effroi fait enfin sortir au dehors
tout le cœur d'une femme et d'une amante. Elle
est poétique dans tous les détails de ce rôle qu'elle
caresse avec amour, et dans son ensemble qu'elle
paraît avoir composé avec prédilection, montrant
enfin sur la scène française le talent le plus accompli dont le théâtre puisse s'enorgueillir. »

Vigny aurait pu ajouter, sans manquer de modestie : « et dont l'auteur aurait le droit d'être fier »,
car c'est l'amour qu'il avait su inspirer à la grande
actrice qui l'avait ainsi transfigurée (1).

IV

Après cette solennité dramatique, qui avait réuni
leurs noms dans un triomphe sans précédent au
théâtre (2), il semble que l'amoureuse amitié de

(1) Il faut, lui écrivait-elle un jour, que vous ayez la bonté de me
relire le rôle (de *la Maréchale d'Ancre*), car c'est en vous enten-
dant lire que je me mis à peu près à la hauteur de Kitty-Bell (Lettre
du 6 mai 1840).

(2) On n'a pas oublié les deux beaux sonnets que Musset composa
le lendemain de la représentation de *Chatterton,* ni la pièce de vers
d'Hégésippe Moreau qui commence ainsi :

Au Théâtre-Français deux beaux noms sur l'affiche
M'attirèrent un soir ; ce soir-là j'étais riche...

Dorval pour Vigny dût, sinon augmenter, au moins
devenir plus forte. Non seulement, en effet, il l'a-
vait couverte de gloire, mais elle savait qu'il disait
la vérité, quand il mandait à Brizeux, le lendemain
de la première représentation de *Chatterton* :

« ... Sans Kitty-Bell, celle qui la joue avec un
admirable génie était perdue au théâtre et succom-
bait sous les cabales; c'est là un vrai bonheur pour
moi (1). »

Cependant, par une de ces contradictions qui ne
sont pas rares chez la femme, c'est dans le moment
même où elle avait tant de raisons de lui être attachée que Dorval eut la faiblesse de le tromper. Je
dis faiblesse et non lâcheté, parce qu'en lui étant
infidèle elle ne croyait peut-être pas le trahir, et
que cette trahison se fit en quelque sorte malgré
elle, sans que le cœur, dans les commencements
tout au moins, y prît la moindre part. Il y avait
malheureusement en elle deux forces opposées et
que, pendant longtemps, Vigny avait équilibrées
comme par miracle : le cœur et le tempérament. Le
cœur était bon, généreux, sensible aux caresses,
facile aux séductions par conséquent. Le tempérament était de feu et finissait toujours par prendre

(1) Lettre du 21 février 1835.

le dessus. N'est-ce pas l'auteur de *Stello* qui a dit que « le tempérament ardent c'est l'imagination des corps » ? Eh bien, Vigny avait plutôt l'imagination du cœur et de l'esprit, et c'est pour cela que Dorval lui fut infidèle. Il avait beau être sensuel tout autant qu'un autre, il l'était d'une façon qui n'était pas la bonne. Au bout de quelque temps, il sentit qu'il était incapable d'éteindre les ardeurs qu'il avait allumées dans le sein de sa belle maîtresse (1), et c'est le sentiment de son impuissance qu'il a rendu dans ce cri douloureux : « O maîtresse de Raphaël, tu le vis s'épuiser dans tes bras. Qu'as-tu fait, ô femme, qu'as-tu fait ? Une idée par baiser s'écoulait sur tes lèvres (2) ! »

Toutefois, comme il ne cessait de l'aimer avec passion, il avait des accès de jalousie noire, il souffrait le martyre à la seule pensée qu'elle pouvait lui être infidèle :

« L'amour physique, écrivait-il dans son *Journal*, pardonne toute infidélité, mais toi, amour de l'âme,

---

(1) Se rappeler à ce sujet les vers de *la Colère de Samson :*

Elle se fait aimer sans aimer elle-même.
Un maître lui fait peur. *C'est le plaisir qu'elle aime ;*
L'homme est rude et le prend sans savoir le donner.

Cela me remet en mémoire un joli mot de Mme Dorval. On lui demandait un jour si Vigny était réellement bien ardent. — Oh ! répondit-elle, de temps en temps une petite *élévation !*

(2) *Journal d'un Poète*, p. 79.

amour passionné, tu ne peux rien pardonner (1). »

Il pardonna pourtant deux ou trois fois, comme
il le cria plus tard dans *la Colère de Samson*, et
les lignes suivantes, que j'extrais de son *Journal*,
témoignent du combat qui se livra alors en lui :

L'AME ET LE CORPS

« L'âme de Stello se sépara de son corps un jour
et, se plaçant debout, en face de lui, toute blanche
et toute grave, elle lui parla ainsi sévèrement :

« C'est vous qui m'avez compromise. C'est vous
qui m'avez forcée d'être faible quand j'étais si forte,
et de parler de choses indignes de moi, pour répondre à cet air douloureux que vous avez, et ne pas
démentir l'ardeur de vos yeux et les caresses de
votre sourire.

« Quittez cette femme et me laissez penser.

« Lorsque vint le jour, le corps se leva avec elle
pour partir et lui dit : Allons-nous ?

« Et ils allèrent rejoindre la belle maîtresse (2). »

Mais à force de pardonner, il commençait à
réfléchir, à se replier sur lui-même, à rougir de ses
faiblesses :

(1) *Journal d'un Poète*, p. 67.
(2) *Idem*, p. 247.

« Quand on se sent pris d'amour pour une femme, écrivait-il un jour, on devrait se dire : Comment est-elle entourée? Quelle est sa vie ? Tout le bonheur de l'avenir est appuyé là-dessus (1)! »

S'il s'était posé cette question au début de ses relations avec Dorval, il n'aurait jamais recherché son amour; il se serait rendu compte tout de suite que les femmes de son espèce peuvent vous procurer des jouissances d'une minute, mais jamais le véritable bonheur.

George Sand savait bien à quoi s'en tenir, lorsqu'elle écrivait à Kitty-Bell : « Je n'aime pas du tout la personne de M. de Vigny... Mais je vous assure que d'âme à âme j'en use autrement. Rends-le heureux, mon enfant; ces hommes-là en ont besoin et le méritent (2). »

Certes, Dorval n'aurait pas demandé mieux que de suivre le conseil de George Sand, car je crois qu'elle était sincère le jour où elle disait à Alexandre Dumas : « On ne trompe pas les hommes de génie ou tant pis pour celles qui les trompent (3). » Mais la nature, dont nous sommes tous plus ou moins les esclaves, en la soumettant au joug des

(1) *Journa d'un poète*, p. 77.
(2) *Alfred de Vigny*, par Maurice Paléologue, p. 54.
(3) *Mémoires* d'Alexandre Dumas, t. VII.

sens, ne lui avait pas donné la force de lui résister, et c'est peut-être la mort dans l'âme qu'elle glissa des bras de Stello dans les bras d'Antony.

Quoi qu'il en soit, le scandale de cette trahison fut tel, à un moment donné, que, sous peine de manquer à l'honneur, Alfred de Vigny dut rompre avec Dorval. Vainement lui cria-t-elle, comme l'amant de Dolorida :

> Je jure que jamais mon amour égarée
> N'oublia loin de toi ton image adorée ;
> L'infidélité même était pleine de toi,
> Je te voyais partout entre ma faute et moi !

Vigny, cette fois, ne voulut rien entendre. Il partit pour ne plus revenir.

Mais une rupture de ce genre, fût-elle cent fois motivée, occasionne toujours une grande douleur. Pour se faire une idée du chagrin de Vigny, il suffit de se rappeler cette phrase de son *Journal :* « Qui n'a senti manquer la terre sous ses pieds sitôt que l'amour semble menacer de se rompre (1) ? » En perdant cette femme, il lui sembla qu'il avait tout perdu et qu'il n'avait plus de raison de vivre. Si Port-Royal avait encore existé, je crois qu'à l'exemple de Racine, quand il eut brisé avec la Champmeslé, il y aurait cherché un suprême refuge,

(1) *Journal d'un Poète*, p. 110.

car au fond de son pessimisme, qui a fait l'objet de tant de gloses savantes, je reconnais, moi, l'esprit persistant, quoique dévoyé, de cette sainte maison. Port-Royal lui manquant dans cette crise douloureuse, il s'enferma dans sa tour d'ivoire qui devint la tour du silence, et, durant de longues années, il ne donna pas plus signe de vie que s'il avait été retranché du nombre des vivants. Son *Journal* même ne contient qu'une allusion discrète au malheur qui lui était arrivé. Voici la pensée que j'y relève, sous la date de 1836 :

« On ne peut répandre son âme dans une autre âme que jusqu'à une certaine hauteur. Là, elle vous repousse et vous rejette au dehors, écrasée de cette influence souveraine et trop pesante. »

Dieu lui avait envoyé un précieux dérivatif dans la maladie de sa mère. Quand elle mourut (1837), sa blessure ne saignait presque plus. Cependant, deux ans plus tard, au risque de la rouvrir, il décocha à son ancienne maîtresse ce trait du Parthe qui s'appelle *la Colère de Samson*. On sait que cette page superbe, la plus vigoureuse qui soit tombée de sa plume « de fer », fut écrite en Angleterre et qu'elle porte la date d'avril 1839. En ne la livrant pas à la publicité avant sa mort, Alfred

n

de Vigny obéit à deux sentiments respectables.
D'abord il avait la pudeur de son deuil ; il trouvait
que

Gémir, pleurer, prier est également lâche.

Ensuite, il n'aurait pas voulu donner cette
suprême satisfaction à Mme Dorval de lui laisser
entendre qu'il avait pris le masque de Samson pour
parler d'elle, car elle ne s'y serait pas trompée. Il
lui aurait suffi de lire les vers suivants pour deviner
qu'il s'agissait de sa propre histoire :

Une lutte éternelle en tout temps, en tout lieu,
Se livre sur la terre en présence de Dieu,
Entre la bonté d'Homme et la ruse de Femme,
Car la femme est un être impur de corps et d'âme.
L'homme a toujours besoin de caresse et d'amour ;
Sa mère l'en abreuve alors qu'il vient au jour,
Et ce bras, le premier, l'engourdit, le balance
Et lui donne un désir d'amour et d'indolence.
Troublé dans l'action, troublé dans le dessein,
Il rêvera partout à la chaleur du sein,
Aux chansons de la nuit, au baiser de l'aurore,
A la lèvre de feu que sa lèvre dévore,
Aux cheveux dénoués qui roulent sur son front,
Et les regrets du lit en marchant le suivront.

. . . .

Eternel ! Dieu des forts ! Vous savez que mon âme
N'avait pour aliment que l'amour d'une femme,
Puisant dans l'amour seul plus de sainte vigueur
Que mes cheveux divins n'en donnaient à mon cœur.
— Jugez-nous. — La voilà sur mes pieds endormie.
Trois fois elle a vendu mes secrets et ma vie,

Et trois fois a versé des pleurs fallacieux
Qui n'ont pu me cacher la rage de ses yeux ;
Honteuse qu'elle était plus encor qu'étonnée,
De se voir découverte ensemble et pardonnée ;
Car la bonté de l'homme est forte et sa douceur
Ecrase, en l'absolvant, l'être faible et menteur (1).

Elle n'eut pas cette satisfaction, ou plutôt cette honte. Car, entre la date du jour où elle était retournée, comme le chien de l'Écriture, à son ancien vomissement, et celle où Vigny avait écrit cette pièce, il s'était écoulé quatre ans, et Dorval n'avait pas attendu si longtemps pour se repentir. Une fois sa fringale de chair apaisée, elle s'était aperçue assez vite que l'*ami*, que le poète, lui manquait, et son âme, comme une barque sans avirons, n'avait pas tardé à s'en aller à la dérive. Elle eut même alors une crise de découragement et de larmes pendant laquelle elle songea à se retirer au couvent. Le théâtre la dégoûtait ; elle était lassée de lutter contre la jalousie de ses camarades, de déjouer leurs misérables intrigues. Elle se mit à fréquenter les églises et les cimetières ; elle reprit la lecture de la Bible et de l'*Imitation* qu'elle avait quelque temps délaissée ; enfin, je crois qu'elle aurait perdu la tête ou qu'elle serait morte, si Dieu, pour la rattacher à la vie, ne lui avait envoyé un

(1) *La Colère de Samson.*

petit-fils sur le berceau duquel elle concentra
toute son affection, toute sa puissance d'aimer (1).

(1) C'est la perte de cet enfant qui entraîna Dorval au tombeau.
Dans sa chambre il y avait, accroché à la muraille, un méchant
petit portrait du pauvre enfant, en pendant avec une vue d'Albi, d'où
avait rapporté le germe du mal dont il était mort. Et derrière
une esquisse de Georges expiré, faite par M. Edmond Hédouin,
Dorval avait écrit ce passage de la Passion : « Mon Père, tout vous
est possible ; transportez ce calice loin de moi ; mais que votre volonté soit faite et non la mienne. » Et cet extrait des *Psaumes :* « Si
je viens à t'oublier, ô mon fils, que ma main droite devienne sans
mouvement ; que ma langue demeure attachée à mon palais, si je
ne me souviens pas toujours de toi.., »
Voici la lettre poignante qu'elle écrivait à George Sand un mois
après la mort de son petit-fils :

                                   « Paris, 12 juin 1848.

        « Ma pauvre bonne et chère George,
    « Je n'ai pas osé t'écrire, je te croyais trop occupée ; et d'ailleurs
je ne le pouvais pas ; dans mon désespoir je t'aurais écrit une lettre
trop folle. Mais aujourd'hui je sais que tu es à Nohant, loin de
notre affreux Paris, seule avec ton cœur si bon et qui m'a tant aimée !... J'ai absolument besoin de t'écrire pour obtenir de toi quelques paroles de consolation pour ma pauvre âme désolée. J'ai perdu
mon fils, mon Georges ! Le savais-tu ? Mais tu ne sais pas la douleur
profonde, irréparable que je ressens. Je ne sais que faire, que croire !
Je ne comprends pas que Dieu nous enlève d'aussi chères créatures.
Je veux prier et je ne sens que de la colère et de la révolte dans
mon cœur. Je passe ma vie sur son petit tombeau. Me voit-il ? Le
crois-tu ? Je ne sais plus que faire de ma vie, je ne connais plus
mon devoir. Je voudrais et je ne peux plus aimer mes autres enfants. J'ai cherché des consolations dans les livres de prières. Je n'y
ai rien trouvé qui me parlât de ma douleur ; ni des pauvres enfants
que nous perdons. Il faudrait remercier Dieu d'un aussi grand
malheur ? Non ! je ne peux pas ! Jésus lui-même n'a-t-il pas crié :
« Mon Dieu, mon Dieu, pourquoi m'avez-vous abandonné ? » Si cette
grande âme a douté, que devenir, nous autres pauvres créatures ?
    « Ah ! ma chère, que je suis malheureuse ! C'était tout mon
bonheur... Je croyais que c'était ma récompense d'avoir été bonne
fille et très dévouée, toujours à toute une famille dont la charge était

Il faut avoir lu ses confidences à George Sand
pour se faire une idée de la surexcitation de son
esprit, du mysticisme vague, étrange, indéfinissable,
où elle versa aux approches de la quarantaine.

«... Elle se mit à pleurer. — Tu me caches
quelque chose, lui dis-je. — Non, vrai! s'écria-t-elle.
Tu sais bien que j'ai au contraire le défaut de
t'accabler de mes peines, et que c'est à toi que je

bien chère... mais aussi bien lourde à mes pauvres épaules... J'étais si
heureuse ! Je n'enviais rien à personne. Je luttais avec courage dans
une profession haïssable que je remplissais de mon mieux quand
la maladie ne m'arrêtait pas, dans l'idée de rendre tout mon monde
plus heureux autour de moi. Les révolutions, l'art perdu, nous étions
encore heureux. Mes pauvres petits faisaient des barricades, chantaient *la Marseillaise ;* les bruits de la rue redoublaient leur gaieté.
Eh bien ! quelques jours après, ces mêmes bruits aggravaient les
convulsions de mon pauvre Georges. Il a eu quatorze jours d'a-
gonie. Il est tombé à nos pieds le 3 mai. Il a rendu sa petite âme,
le 16 mai, à trois heures et demie du soir.
« Pardonne-moi de venir t'attrister, ma chère bonne, mais je viens
à toi que j'aime tant, qui as toujours été si bonne pour moi. Toi qui
es cause (car sans toi cela ne se pouvait pas) de ce beau voyage
dans le midi avec mon fils, ce voyage qui a rétabli ma santé (hélas !
trop), qui a rendu cet enfant si joyeux, qui a rempli de plaisirs, de
promenades, de soleil, sa pauvre petite existence si tôt finie.
« Je viens encore à toi pour que tu m'écrives une lettre qui donne
un peu de force à mon âme. Je te demande donc secours encore
une fois. Les belles paroles qui sortent de ton noble cœur, de ta
haute raison, je sais bien où les prendre, mais j'y trouverai un plus
grand soulagement si elles viennent de ton cœur au mien.
« Adieu, ma chère George, mon amie et mon nom chéri.

« MARIE DORVAL. »

(Lettre inédite.)

demande toujours du courage. Mais est-ce que tu
ne comprends pas l'ennui ? Un ennui sans cause,
car, si on la savait, cette cause, on trouverait le
remède. Quand je me dis que c'est peut-être l'absence des passions, je sens un tel effroi à l'idée de
recommencer ma vie, que j'aime encore mille fois
la langueur où je suis tombée. Mais dans cette
espèce de sommeil où me voilà, je rêve trop et je
rêve mal. Je voudrais voir le ciel ou l'enfer, croire
au Dieu ou au diable de mon enfance, me sentir vic-
torieuse d'un combat quelconque et découvrir un
paradis, une récompense. Eh bien, je ne vois qu'un
nuage, un doute. Je m'efforce par moments de me
sentir dévote. J'ai besoin de Dieu ; mais je ne le
comprends pas sous la forme que la religion lui
donne. Il me semble que l'Église est aussi un
théâtre, qu'il y a là des hommes qui jouent un rôle.
Tiens, ajouta-t-elle en me montrant une jolie
réduction en marbre blanc de la *Madeleine* de
Canova, je passe des heures à regarder cette femme
qui pleure, et je me demande pourquoi elle pleure,
si c'est du repentir d'avoir vécu ou du regret de
ne plus vivre. Longtemps je ne l'ai étudiée que
comme un modèle de pose, à présent je l'interroge
comme une idée. Tantôt elle m'impatiente, et je
voudrais la pousser pour la forcer à se relever ;

tantôt elle m'épouvante, et j'ai peur d'être brisée aussi sans retour...

« ... Et puis quoi ! ce Dieu-là, que vos philosophes et vos prêtres nous montrent les uns comme une idée, les autres sous la forme d'un Christ, qui me répondra qu'il soit ailleurs que dans vos imaginations ? Q'on me le montre, je veux le voir ! Je l'aimerai tant, moi ! Cette Madeleine, elle l'a vu, elle l'a touché, son beau rêve ! Elle a pleuré à ses pieds, elle les a essuyés de ses cheveux ! Où peut-on rencontrer encore une fois le divin Jésus ? Si quelqu'un le sait, qu'il me le dise, j'y courrai. Le beau mérite d'adorer un être parfait qui existe réellement ! Croit-on que si je l'avais connu, j'aurais été pécheresse ? Est-ce que ce sont les sens qui entraînent ? Non, c'est la soif de toute autre chose ; c'est la rage de trouver l'amour vrai qui appelle et fuit toujours. Que l'on nous envoie des saints et nous serons bien vite des saintes. Qu'on me donne un souvenir, un souvenir comme celui que cette pleureuse emporta au désert, comme elle, je pleurerai mon bien-aimé, et je ne m'ennuierai pas, je t'en réponds !

« Telle était cette âme troublée et toujours ardente (1). »

(1) George Sand, *Histoire de ma vie*, t. IX, pp. 120-164.

Et en attendant que le Christ lui apparût et
qu'elle emportât son souvenir au désert, celui
d'Alfred de Vigny, tout misérable qu'il fût, ne
cessait de hanter le cerveau de Dorval. Par une
coïncidence curieuse et qui tendrait à prouver que
le charme, le courant magnétique n'est jamais
rompu entre certaines âmes, au moment où Vigny
écrivait à Shavington (Angleterre) *la Colère de
Samson,* Dorval consignait, au Mans (1) où elle était
en représentation, sur son album qui la suivait
partout, ces pensées tirées de *Stello* et de *Chatterton:* « Les portraits ne font battre qu'un cœur,
et quand ce cœur ne bat plus, il faut les effacer. »
— « Les passions des poètes n'existent qu'à peine,
on ne doit pas aimer ces gens-là ; franchement ils
n'aiment rien , ce sont tous des égoïstes ; le cerveau se nourrit aux dépens du cœur. Ne les lisez
jamais et ne les voyez pas! »

L'abeille en s'envolant avait laissé son aiguillon
dans la chair vive de cette femme, et jamais, quelque effort qu'elle fît, elle ne parvint à l'en arracher.

En 1847, elle écrivait à Laferrière après l'avoir
applaudi dans *le Chevalier de Maison-Rouge.*

« Vous avez joué sous l'empire d'une émotion

(1) 18 mars 1839.

renouvelée, n'est-ce pas ? par la présence des gens
dont vous saviez que vous alliez être compris. Eh
bien, je vous ai trouvé parfait ! C'était charmant.
Ces mots : *Elle pleure ! elle ne m'aime pas !* et
d'autres encore, sont trouvés dans la nature d'un
cœur amoureux et désolé. Des mots dits avec cette
vérité remuent plus d'un passé dans le cœur de
bien des pauvres femmes qui sont là !... »

Elle pleure ! elle ne m'aime pas !

Ç'avait été le cri d'Alfred de Vigny, quand il
l'avait surprise au bras d'un autre. Et ce cri lui
revenait à présent comme un remords.

Deux ans après, quand elle se sentit mourir, elle
appela sa fille, Mᵐᵉ René Luguet, et lui remit un
paquet de lettres soigneusement enveloppées, en
lui recommandant bien de ne jamais consentir à ce
qu'elles fussent publiées. C'étaient les lettres d'a-
mour de Vigny. On peut dire que si son pauvre
corps expira dans les bras d'un autre, — et Dumas,
dans cette circonstance, fut tout simplement admirable — son dernier souvenir, sa dernière pensée
fut pour le poète qui l'avait tant aimée.

Quelques jours avant la mort de Dorval, Alfred
de Vigny écrivait à Brizeux, son confident habi-
tuel :

« Au Maine-Giraud, 29 avril 1849.

« ... Je n'ai point quitté mes belles sources, mes
rochers, mes vieux chênes, mes prés et toutes mes
géorgiques depuis le 3 mai 1848... La solitude qui
m'est chère me coûte beaucoup à quitter pour la
ville de boue, de fumée et de sang (1)... »

Il croyait alors que l'Académie Française l'avait
nommé directeur et il s'apprêtait à rentrer à Paris.
Le hasard ayant voulu que cette nomination, qui
devait le réconcilier avec l'Académie, eût été ren-
voyée à la fin de septembre, il ajourna son retour
au mois d'octobre et ne parut à l'Institut que le 15
novembre (2). Il était donc absent de Paris lors des
funérailles de Dorval. Oh ! comme il dut souffrir de
ne pouvoir se joindre à la foule des auteurs et des
acteurs qui accompagnèrent sa Kitty Bell jusqu'au
cimetière Montparnasse. Ce jour-là, j'en suis convaincu, il lui pardonna tout le mal qu'elle lui avait
fait, car il avait le cœur trop haut placé pour avoir
des rancunes d'outre-tombe (3). Et il avait aussi

(1) Lettre inédite.
(2) Note de M. Gaston Boissier, secrétaire perpétuel de l'Académie Française.
(3) Cinq mois après, le 7 octobre 1819, il écrivait du Maine-Giraud
à sa cousine, la vicomtesse du Plessis, à propos des représentations
de *Quitte pour la peur* qu'on venait de reprendre au Gymnase :
« Je serai peut-être le seul à Paris n'ayant pas vu cette représentation qui est fort courue, à ce que l'on m'écrit. Et si je la vois ja-

une trop haute opinion de son œuvre et du rôle qu'elle y avait joué, pour n'avoir pas le pressentiment que le nom de Marie Dorval serait uni au sien dans l'avenir par la chaîne d'or de l'amour et du génie, comme le nom de George Sand à celui d'Alfred de Musset.

—

POST SCRIPTUM

Nous vivons dans un temps où la vie privée des hommes en vue n'est séparée de leur vie publique

mais, faut-il vous le dire ? oui (pourquoi pas !) cela me pourra bien serrer le cœur, car il me semble, en pensant à celle pour qui ce fut écrit, que l'on jette sa robe au sort et que l'on se partage son manteau. — Du reste, je redeviens plus sérieux en parlant de ceux qui ne sont plus... Il y avait sept ans que je n'avais vu cette personne qui vous préoccupe, lorsque j'ai appris qu'elle avait tout à coup quitté cette vie dont elle était en possession avec tant d'ardeur et d'éclat ; et je l'ai su, comment ? comme vous, comme tout le monde, par un journal, comme on sait tout aujourd'hui. Repentez-vous donc, ange sévère, de votre jugement ! Je ne suis coupable ni envers vous, amie chérie, pour avoir fait jouer ce joujou de salon, ni envers la mémoire de celle qui réalisait mes inventions sur la scène et recevait sur son front les couronnes de fleurs qu'on lui jetait. Quand elle était en pays étranger, elle m'envoyait les couronnes, et il s'en trouva une un jour noire et blanche, comme on en jette sur les tombes. On l'avait jetée à Kitty-Bell d'une loge du théâtre de Bruxelles. — Je me tais, car savez-vous ce qui va arriver ? Vous pensez que j'oubliais ; vous trouverez à présent que je me souviens trop... » (*Revue des Deux Mondes,* 1er janvier 1897.)

Et beaucoup plus tard, dans un de ses derniers entretiens avec Jules Janin, parlant de Mme Dorval, Vigny lui disait : « Vous rappelez-vous son beau rire, et comme elle était gaie, aussitôt qu'elle avai quitté les terreurs de la scène ? »

que par un mur de carton plein d'yeux et d'oreilles.
En vain s'efforcent-ils de la cacher, suivant le pré-
cepte du sage, il suffit qu'une femme y soit entrée
par la petite porte et qu'ils aient commis la faute
de confier leurs épanchements à la poste aux lettres,
pour que le public, toujours friand des histoires
d'amour, pénètre un jour, à la faveur de leurs confidences, jusqu'au fond de leur alcôve. Car les écrits
ont bien plus de chance de rester, depuis qu'on fait
le commerce des autographes.

On vient de voir avec quelle discrétion j'ai parlé
des relations d'Alfred de Vigny avec Marie Dorval.
Pour raconter cette histoire douloureuse, je ne me
suis guère servi que du *Journal* du poète, de ses
poésies et de courts fragments de sa correspondance. J'avais bien entendu parler d'une lettre de
Vigny, d'une seule, qui, après avoir couru sous le
manteau des cheminées littéraires et défrayé quelque
temps la chronique scandaleuse par son accent
ultranaturaliste, avait fini par être jetée au feu, qui
purifie tout, mais jusqu'à plus ample informé je ne
croyais pas plus à l'existence de cette lettre qu'à sa
suppression, et de peur de diminuer le poète d'*Éloa*
dans le culte de ses dévots, je m'étais abstenu
d'y faire allusion dans mon étude. Je connaissais
également le nom de l'homme — je n'ose dire de

l'heureux mortel — qui l'avait supplanté dans le cœur de Dorval, mais comme je n'avais pas entrepris de le confesser, je le désignai tout bonnement sous le prénom d'Antony, que la comédienne donnait volontiers à ses adorateurs... de théâtre.

Cependant la curiosité du lecteur, une fois mise en éveil, ne se contenta pas de si peu. Elle voulut aller jusqu'au fond des choses, et mon article était à peine paru (1) que de tous les côtés on me demanda si, par Antony, j'avais voulu désigner Alexandre Dumas ou Jules Sandeau.

La vérité, je le dis bien vite, c'est qu'il ne s'agissait dans mon esprit ni de l'un ni de l'autre. J'ignore si Alexandre Dumas qui, de 1831 à 1833, brûla d'un si beau feu pour Dorval et qui reçut d'elle un jour la petite douche d'eau froide dont j'ai parlé ; j'ignore, dis-je, si Dumas finit par obtenir ses faveurs. Elle lui avait bien promis de lui faire signe avant tout autre, le jour où elle aurait assez des *élévations* de M. de Vigny (2), mais c'était une promesse en l'air, et Dumas avait trop d'esprit pour l'avoir prise au sérieux. En tout cas, il ne fut certainement qu'un hôte de passage. Quant à Jules Sandeau, ce n'est que plus tard, vers 1839, qu'il devint l'amant

(1) *Revue Bleue* d'octobre 1899.
(2) *Mémoires* d'Alexandre Dumas, t. VII.

de Marie Dorval (1). Encore cette liaison n'eut-elle
jamais le caractère violent et jaloux de celle de
Vigny. Et cela s'explique sans peine. En 1839, Marie
Dorval avait quarante et un ans, et Jules Sandeau
n'en avait que vingt-huit. Il était dans la force de
l'âge ; elle était sur le retour ; or, les femmes qui
déclinent n'inspirent généralement qu'une passion
médiocre, même quand elles demeurent très ardentes, à des hommes qui ont douze à treize ans de
moins qu'elles et qui ont vécu. J'ajouterai que Jules
Sandeau, quand il devint l'amant de Dorval, portait
encore le deuil de l'amour de George Sand. On n'a
qu'à lire *les Confessions* d'Arsène Houssaye (2)
pour être certain qu'il y pensait toujours. C'est
même ce qui faisait enrager Mme Dorval.

« Elle était si affolée de Jules qu'elle venait souvent dans sa chambre quand il n'y était pas. Elle

(1) Nous avons en effet une lettre d'elle à un M. de Thou, en date
du 24 octobre 1839, où elle dit en parlant de Jules Sandeau :
« Depuis votre départ, j'ai été d'une jalousie féroce et en vérité je
ne sais pas trop pourquoi. Ma tête se monte d'une façon incroyable
et me jette toujours au delà du vrai. Cependant je crois que c'est
fini. Je suis calme et Jules aussi. Je suis décidée à ne plus le tourmenter par des querelles qui me tuent moi véritablement... Sandeau
travaille au *Docteur Herbeau* et je voudrais l'entourer de soins dévoués qui lui enlèveraient tout souci. Je l'aime tant ! et toujours
davantage. »
        (Lettre inédite.)
        (2) *Les Confessions. — Les Larmes de Dorval.*

me disait : « J'y trouve autant de plaisir qu'à côté de lui. J'y respire sa vie et ses pensées. » Elle remuait tous les papiers du romancier d'une main jalouse et les regardait d'un œil inquiet.

« Quand je demeurais avec Jules, le plus charmant des compagnons, elle vint un jour en son absence. Comme nous causions, elle aperçut le commencement d'un portrait à la plume que Jules écrivait pour *les Belles Femmes de Paris*. J'ai conservé ces vingt premières lignes : le nom de George Sand n'y est pas, mais Mᵐᵉ Dorval le reconnut et s'écria : « Elle, toujours elle! cette femme me tuera! »

« Pendant que je parlais, l'amoureuse exaspérée, qui avait saisi un couteau à papier, — il n'y avait pas là d'autre poignard, — s'en donna un violent coup dans la poitrine, tout en relisant la feuille autographe de Jules, et elle s'évanouit dans mes bras. La pauvre égarée avait frappé ferme, car le sang jaillit. Je dégrafai son corsage et je vis une entaille très sérieuse. Je pris le rôle d'un médecin improvisé pour la rappeler à la vie. Son premier mouvement fut de ressaisir la feuille de papier et de la baigner dans son sang, non pas que le sang eût jailli à flots, mais enfin le sein était tout déchiré.

« Cette scène peint la femme. Quand Jules revint, il n'en voulut rien croire, car il jouait toujours au sceptique, quoiqu'il eût beaucoup de cœur. Il me dit même un mot que je ne puis rappeler ici. Je lui demandai à garder le papier dans mes autographes. « Oui, me dit-il, mais vous le montrerez à George Sand! »

Cela prouve une fois de plus que l'on revient toujours à ses premières amours. George Sand avait été le premier *amour* de Jules Sandeau : Marie Dorval fut sa dernière *affection* avant son mariage. J'emploie ces deux termes à dessein, pour bien marquer la différence des sentiments que Sandeau eut pour l'une et pour l'autre. George Sand avait eu le cœur, Marie Dorval n'eut que les sens ; encore les mauvaises langues prétendent-elles qu'ils étaient déjà passablement rassis. Je feuilletais, ces jours derniers, dans le cabinet d'un riche collectionneur, les lettres inédites de Jules Sandeau : ce sont les lettres d'un camarade. Peu ou point de cris, encore moins de scènes, mais de la bonne causerie littéraire ; et si les lettres de Dorval n'étaient là tout près des siennes pour leur donner du ton, on aurait presque le droit d'émettre un doute sur la nature de leur liaison. Elle ne fut pas de longue durée, d'ailleurs. Il y a dans le précieux dossier qui contient leur correspondance une lettre de 1843 où

Sandeau fait part à Dorval de la naissance de son
fils. A cette époque-là il n'y avait plus entre eux
que le souvenir très doux d'une amitié qui avait été
très tendre. Singulière destinée que la leur! Tous
deux devaient mourir de chagrin. Dorval mourut
de la perte de son petit-fils. C'est également la
perte de son fils qui entraîna la mort de Jules Sandeau.

Et noluit consolari quia non sunt.

Mais revenons à Alfred de Vigny.

Je disais donc que ce ne fut ni Dumas ni Sandeau
qui le dépossédèrent des bonnes grâces de Dorval.
A présent que j'ai déblayé le terrain, il me reste à
dire comment et au profit de qui cette dépossession
eut lieu. *Post-scriptum* plus triste encore que l'histoire même, et que je n'aurais certainement pas
écrit si le hasard des circonstances, avec qui il faut
toujours compter, n'avait fait tomber entre mes
mains les lettres de Vigny qui ont précédé sa rupture avec Dorval, et si M. Philibert Audebrand n'a-
vait presque en même temps soulevé le rideau qui
nous cachait ce drame intime (1). Le premier devoir,
en effet, de tout historien consciencieux est de tenir
son œuvre à jour. Mais que le lecteur se rassure, je

(1) Cf. *l'Intermédiaire des Chercheurs et des Curieux* du 30
novembre 1899.

dirai tout ce que je sais sans provoquer de scandale.

M. Paul Foucher raconte en ses souvenirs de théâtre que Mme Dorval demandait une fois « si M. de Vigny serait capable *d'aimer naturellement*. (1) » Nous savons maintenant par les lettres inédites du poète qu'il *aima naturellement* tout autant qu'un autre et que, loin de suivre le conseil de cet homme d'esprit qui ne comprenait pas qu'on mît sa tête aux pieds d'une jolie femme, il mit tout ce qu'il avait aux pieds de Dorval : ses sens, son cœur et sa tête ; car il fallait vraiment qu'il eût perdu la raison pour avoir écrit la lettre qui commence par ces mots : *Pour lire au lit*, et que j'ai lue et relue à deux ou trois reprises, n'en pouvant croire mes yeux.

D'aucuns regretteront sans doute, si jamais elle est publiée, — et elle ne pourrait l'être qu'à Genève ou à Bruxelles ; d'aucuns regretteront que Dorval n'ait pas brûlé, aussitôt reçue, cette lettre écrite avec la flèche d'Éros (2). Moi pas. Elle a beau constituer l'acte d'un fou ou d'un malade, elle m'explique une foule de choses qui, sans elle, demeure-

---

(1) *Entre Cour et Jardin.*

(2) Elle a été achetée récemment pour être brûlée par M. Arthur Meyer, directeur du *Gaulois*, et a fait l'objet, dans la presse, d'une foule de commentaires. Cf. à ce sujet le n° des *Annales roman tiques* de mars-avril 1913.

raient pour moi à l'état d'énigme. Et d'ailleurs, si
Dorval avait jeté cette lettre au feu, il est probable
qu'elle en eût fait autant de deux ou trois autres qui
l'accompagnent, car si la première trahit un peu
trop vertement la passion violente qu'elle avait inspirée à de Vigny, les autres l'accusent en termes
irréprochables d'ingratitude et d'infidélité. Mais
Dorval recevait tant de lettres d'amour que, n'ayant
pas le temps d'y répondre, elle avait encore moins
le temps de les brûler. Il n'y a vraiment qu'une
chose qu'elle brûlait, sans y prendre garde, c'était
la vie et les planches !... N'empêche que, depuis que
j'ai lu ces lettres de Vigny, je me demande par
qui elles ont bien pu être mises dans le commerce... (1).

Des huit lettres que possède M. Alfred Bégis, il
n'y en a qu'une seule de datée, mais, après quelques
recherches dans les journaux du temps, j'ai pu les

(1) Je ne veux accuser personne, mais il y a apparence qu'elles
proviennent du fonds de Jules Sandeau. D'abord, M. Alfred Bégis,
l'érudit collectionneur qui a bien voulu me permettre de les feuilleter
à loisir dans son cabinet, les a trouvées, il y a quelque vingt ans,
dans le même paquet que la correspondance de Sandeau et de Mme Dorval, ensuite Mme Dorval, en mourant, remit à sa fille les lettres d'a-
mour d'Alfred de Vigny, et ce précieux dépôt, d'après le témoignage
de M. René Luguet, serait toujours entre les mains de la famille. De
toute façon Jules Sandeau devait les connaître, et je m'étonne alors
qu'il ait osé dire, en recevant le successeur de Vigny à l'Académie
Française, que personne n'avait vécu dans son intimité. Mais il convient de ne pas trop appuyer sur ce sujet.

ranger par ordre chronologique et établir d'une
manière certaine qu'elles embrassent la période qui
s'étend du 3 juillet 1833 au 16 septembre 1835. A
l'encontre de celles de Jules Sandeau, qui sont toutes écrites d'une plume égale et reposée, quelquefois sur du papier au chiffre de Dorval (un M et un
D gothiques surmontés d'une couronne de laurier)
les lettres d'Alfred de Vigny sont écrites d'une main
fiévreuse et rapide sur la première feuille de papier
venue. On sent qu'elles ont jailli de son cœur,
comme des flots de sang, sous le coup d'une émotion trop vive, de noirs pressentiments ou de cruels
chagrins, et les traces qu'on y relève par endroits
pourraient bien être des traces de larmes.

Les lecteurs se souviennent qu'au début de ses
relations avec Dorval la comédienne habitait sur
le boulevard Saint-Martin. A l'époque où s'ouvre
la correspondance de Vigny que j'ai sous les yeux,
elle avait changé de domicile et demeurait au n° 44
de la rue Saint-Lazare. Or, de même qu'il y a des
maisons qui vous portent bonheur, il y en a d'autres où rien ne vous réussit, où chaque marche de
l'escalier vous semble la montée d'un calvaire. La
maison de la rue Saint-Lazare devait faire cette
impression à de Vigny, car voici ce qu'il écrivait à
sa maîtresse au mois de juillet 1833 :

« 3 juillet, mercredi.

« ... Tout ce que tu m'as fait souffrir depuis que
tu demeures dans cette rue, dans ce nouvel appartement, est incalculable. Ce n'est pas trop de toute
ta vie pour me le faire oublier ; mais enfin, hier, j'ai
revu ton âme tout entière, et, après nos quatre heures de baisers et d'amour, elle s'est rouverte, comme
tous les jours tes bras. Je t'en rends grâces mille
fois, mon ange, ma chère belle, je t'ai retrouvée.
Ton tendre repentir a effacé tout, mon enfant ; je
te confie à la garde *de ton amour, de ton honneur
et de ta bonté!* N'oublie jamais cela. Cependant ce
qui reste dans mon âme de tout cela et de ton
départ surtout est plus que de la tristesse, c'est du
malheur, c'est du découragement mortel. Je sens
en moi une honte secrète pour la première fois de
ma vie. Les mots que je me suis fait effort pour
prononcer hier m'ont outragé, plus que je ne puis
le dire, je me coupais moi-même au tranchant de
mon arme et en me vengeant je me blessais... Il
est affreux pour moi que cela soit arrivé et c'est
pour moi seul que cela est douloureux ! »

Et il ajoutait en *post-scriptum*, au haut de sa
lettre :

« A ce soir, réponds-moi, un mot de bonjour, attends-moi chez toi. »

Que s'était-il donc passé entre eux ? J'avais fait cette remarque que le refroidissement de Dorval pour Vigny avait suivi de près le triomphe de *Chatterton;* mais je n'aurais jamais cru qu'elle l'avait déjà trompé la veille ou le lendemain du jour où il avait écrit pour elle le délicieux proverbe de *Quitte pour la peur.* Car il n'y a pas à dire, les mots sont là qui laissent percer la trahison à travers leur sous-entendu. Un homme d'honneur comme Vigny et qui sait ce que parler veut dire n'aurait pas écrit : *Je sens en moi une honte secrète pour la première fois de ma vie*, si Dorval ne lui avait pas donné un sujet de honte. Pour qu'il se réjouisse de l'avoir *retrouvée*, il fallait au moins qu'il l'eût crue *perdue!*... Et ce n'est point la lettre suivante qui va nous enlever cette impression.

Comme il l'en avait prévenue,il est allé chez elle le soir; ils sont restés trois ou quatre heures en tête à tête, et en rentrant chez lui, à une heure du matin, il s'est mis à lui écrire.

« *Jeudi 4 juillet.*(En rentrant de chez toi, à une heure.)

« Je rentre le cœur navré mille fois plus que tous ces derniers jours. Que tu m'inquiètes, que tu m'affliges, ô ma chère ange ! Ma pauvre chère belle, que tu me désoles ! Mais quoi ? Tu penses à me faire écrire par Louise quelquefois ? Songe que si tu veux me faire mourir de chagrin, tu n'as pas d'autre chemin... Non, non, non, il me faut ton écriture, il me faut la trace de ton bras sur le papier, et tous les jours de ma vie, tous les jours ton écriture, et elle seule, et point d'autre qui s'en mêle !...

« Ah ! quelle cruauté que de m'accuser, moi, moi ! de ne pas t'avoir assez servie dans ton théâtre ! Tu sais ma vie, le pouvais-je ? Tu vas voir à présent, si tu me donnes confiance en toi, ce que je ferai alors pour toi aussi... »

Pour bien comprendre cette lettre, il importe qu'on sache exactement quelle était la situation de Dorval au mois de juillet 1833. Sa dernière création (car je ne compte pas le rôle d'Adèle Evrard dans *Dix ans de la Vie d'une Femme*, ni celui de Béatrix Cenci dans la pièce de ce nom (1), qu'elle

---

(1) Le marquis de Custine dit, dans l'avant-propos de *Béatrix Cenci* :

« Il faut le dire avec sincérité, la plus grande peine que l'auteur ait éprouvée à cette occasion a été le regret de voir arrêter dans son nouvel essor un talent comme celui de Mᵐᵉ Dorval, à qui on

FAC-SIMILE D'UN AUTOGRAPHE DE MARIE DORVAL

avait jouée à la Porte-Saint-Martin et qui n'avaient
été que des feux de paille) ; sa dernière création,
dis-je, avait été cette *Jeanne Vaubernier* qui lui
avait permis de parcourir en une soirée (1) toutes
les gammes de son génie dramatique. Elle y avait
même déployé une pointe de gaîté qu'on ne lui
soupçonnait pas. C'était trop de bonheur et de
gloire à la fois. Réduite bientôt par une jalousie
absurde à ne jouer que des rôles insignifiants, elle
avait commencé à prendre la scène en dégoût (2) et

ne sait quelle routine de coulisses faisait refuser une grande puissance tragique, par quelques personnes incapables de juger autrement que sur parole.

« Sortie de sa trop longue inaction, elle a montré dans Béatrix
qu'un talent d'âme se prête aux inspirations soudaines, aux mouvements les plus pathétiques de la nature, comme aux combinaisons
les plus profondes de l'art. Mais les talents d'âme où sont-ils ?... Par
la manière dont Mme Dorval a conçu le rôle long et fatigant dont
elle s'était chargée, par la noblesse morale qu'elle a su mêler à la
vive expression du désespoir et de la souffrance, elle a prouvé que
l'actrice la plus originale que nous ayons peut aussi devenir la plus
parfaite... »

(1) *Jeanne Vaubernier*, de Rougemont, Laffitte, etc., fut représentée à l'Odéon, le 17 janvier 1832.

(2) C'est peut-être à ce moment-là qu'elle écrivit les lignes suivantes, que je détache de sa correspondance inédite : « J'ai toujours
trouvé très juste cette opinion de Gui Patin sur les réjouissances et
les cérémonies publics (*sic*) où la populace se porte en foule, et ce
qu'il dit résume mon opinion sur ces sortes de cohues.

« Les spectacles publics ne me touchent guère, ils me rendent
mélancolique, au lieu qu'ils réjouissent les autres ; quand je vois
cette mondanité, j'ai pitié de la vanité de ceux qui les font, et, en
vérité, si le roi Salomon avec la reine de Saba faisaient ici leur entrée avec toute leur gloire, je ne sais si je me donnerais la peine d'y
aller. »

                                 « MARIE DORVAL. »

parlait de quitter le théâtre, quand elle se décida brusquement à entreprendre une tournée en province.

Et voilà justement de quoi se lamentait Vigny, qui ne pouvait se faire à l'idée de ne pas la voir pendant de longs mois, encore moins de ne recevoir de ses nouvelles que de la main d'une étrangère. Mais quoi ! lui répliquait Dorval, n'était-ce pas de sa faute si elle se voyait obligée, à trente-cinq ans, après tant de succès inutiles, de recommencer à courir le monde ! Que n'avait-il usé, comme il le devait, de ses relations, de son influence pour la faire entrer dans un théâtre de tout repos, à la Comédie-Française, par exemple, qu'administrait M. Taylor, son ancien camarade de régiment ! — Et c'est sur ce reproche qu'ils s'étaient quittés le jeudi à une heure du matin, et c'est pour y répondre qu'il lui avait écrit en rentrant chez lui : « Tu vas voir à présent, si tu me donnes confiance en toi, ce que je ferai alors pour toi aussi ! » — et qu'il lui avait adressé, pour finir, cette prière :

« Je t'en supplie, ma belle Marie, au lieu de m'effrayer et de me menacer comme tout à l'heure, ne fais plus autre chose que de me rassurer sur l'avenir, afin que je puisse penser et écrire pour toi. »

Là-dessus il s'était couché et endormi, mais la nuit avait été mauvaise, comme toutes celles qui s'ouvrent sur une trop grande appréhension, et le lendemain matin, en se levant, il avait ajouté ces mots au bas de sa lettre :

« *Vendredi matin.* Je tombais de fatigue hier et je me suis endormi pesamment. Je me suis étonné de trouver mon oreiller, mes joues, mes yeux remplis de larmes. J'avais rêvé à je ne sais quel chant triste qui me faisait sangloter. Tu m'as fait mal hier au soir, ô mon bel ange, c'est bien toi qui ne dois pas être jalouse. Je t'aime tant et avec une inquiétude si continuelle ! »

Cependant Mme Dorval était partie. La première ville où elle s'arrêta fut Rouen, la ville natale de son père. Elle donna au théâtre des Arts une douzaine de représentations, dont *Antony*, le 21 août, puis *Clotilde, Trente ans ou la Vie d'un Joueur*, et *les Enfants d'Edouard*. Le docteur Bouteiller, dans l'*Histoire complète et méthodique du Théâtre de Rouen* à laquelle j'emprunte ces détails, dit que, dès le premier soir, la grande actrice réconcilia le public rouennais avec le drame romantique, et *le Journal de Rouen* constate que son succès fut très vif. Elle-même s'empressa d'en informer Alfred de

Vigny, qui, le 29 août, lui répondit par la lettre
suivante :

« *Jeudi 29.* J'aime bien ta bonne petite lettre
écrite au moment d'aller jouer, mon cher ange, mais
en vérité j'aime bien aussi mes petits Rouennais
qui ont un sens exquis ; ce sont presque des Athé-
niens à mes yeux, à présent. Ils ont mieux compris
que la masse toujours renouvelée des Parisiens,
qu'un homme illustre, qu'une femme inspirée ont
un caractère unique important à ne pas altérer. La
France a un grand bon sens en cela. Jamais elle
n'a voulu adopter Chateaubriand comme poète.
Lamartine serait toujours poète, dût-il faire cent
volumes de prose. Tu seras toujours tragédienne,
quand tu jouerais cent comédies aussi parfaitement
que tu joues *Jeanne Vaubernier* et *la Jeune Femme
en colère*. Mais, je te l'ai dit, la première ressemble
trop à un vaudeville, l'autre à une parade où l'on
souffre de voir que tu daignes faire rire avec des
coups de pied et des coups de poing.

« C'est une nécessité à laquelle je n'aime pas te
voir soumise. La gravité de ta voix, de tes traits,
de ta démarche, la tristesse naturelle qui est en
toi, tout t'a créée tragédienne, ne pense plus qu'à
cela.

« Qui peut le plus peut le moins. Tu as pris d'en

haut la comédie comme Talma avait pris *l'École des Vieillards*, mais il n'en faut pas rester là, et à ta place, je ne créerais jamais de rôle comique. Tu vois quel trône tu as dans la pensée des hommes qui s'imaginent trouver en toi un être toujours rêveur, mélancolique, tendre et souffrant.

. . . .

« Travaille à ne pas travailler ta belle nature pour la changer et reste dans le tendre repos d'âme de ton amie Mme Duchambge (1)... Tes deux ennemies sont la gaîté bruyante et la colère... »

Le conseil était excellent et les observations fort justes; Dorval s'en aperçut un peu tard, lors de son grand succès dans *Chatterton;* mais comme elle excellait dans la comédie aussi bien que dans le drame, elle n'en continua pas moins à jouer *Antony* et *Jeanne Vaubernier.*

Alfred de Vigny lui demandait ensuite comment elle était mise dans *les Enfants d'Édouard*, ce qu'elle avait fait de la scène des enfants, et si le public l'attendait à la porte du théâtre, comme à l'Odéon (2). Il finissait ainsi sa lettre :

(1) Pauline Duchambge était l'amie intime de Marceline Desbordes-Valmore, dont elle avait mis un certain nombre de romances en musique.

(2) Elle était descendue à Rouen, à l'hôtel du Midi, situé rue des Charrettes, 48, près du théâtre des Arts. Cet hôtel a cessé d'exister

« Tu vas lire ces questions-là et tu m'écriras debout sur la cheminée sans répondre à aucune. Songe que je suis seul, que je t'aime, que je souffre encore de mes douleurs de tête, que j'ai bien des afflictions toujours et que tu es *ma chère Marie.* »

Et se reprenant, moitié souriant, moitié sévère, il ajoutait :

« Non, tu ne l'es plus, car tu ne m'écris pas, tu te plains toujours et c'est moi qui suis seul à plaindre. Tu vis au milieu des fêtes, et moi-même dans une sorte d'hôpital. Tu fais de la jalousie et de la colère pour avoir l'air bien plus occupée de moi que tu ne l'es. Je n'aurai pas un mot aujourd'hui. »

Et c'était vrai : chaque fois que Dorval « faisait de la jalousie », elle en profitait pour le laisser quelques jours sans nouvelles, — ce qui le rendait plus triste encore. Toutefois, il n'eut pas trop à se plaindre d'elle pendant cette tournée qui ne dura pas moins de huit mois, et, malgré la menace qu'elle lui avait faite en partant, toutes les lettres qu'elle lui adressa de Rouen, du Havre ou de Bordeaux

dans *l'Annuaire* de Rouen à partir de l'année 1860. La maison est occupée actuellement par un carrossier, et une partie sert encore de maison meublée. (Note du conservateur de la Bibliothèque de Rouen.)

avaient été écrites de sa main. Il faut dire aussi que, pour lui donner du cœur en voyage, il avait soin de la tenir au courant des démarches qu'il avait commencées auprès de MM. Taylor et Buloz (1), en vue de la faire entrer à la Comédie-Française. On sait qu'elles furent couronnées de succès et que Mme Dorval fut engagée dans les premiers jours de l'année 1834 au théâtre de la rue Richelieu. Elle apprit cette bonne nouvelle à Rouen (1), où elle s'était arrêtée de nouveau en rentrant à Paris, et naturellement elle en manifesta une grande joie.

« N'est-ce pas que tu vas être bien douce quand tu reviendras ? lui écrivait Alfred de Vigny. Ne t'effraies-tu pas en songeant à tant de soirées que tu as perdues dans les humeurs noires et capricieuses ? Hélas ! que ne donnerais-je pas pour en avoir ? L'autre jour quand j'allai voir Volnys aux Français, je sentis une frayeur véritable d'être là sans te voir, et je fus obligé de sortir de ma loge en ce moment. Je ne veux plus retourner aux Français. Que

---

(1) Taylor dirigeait alors la Comédie-Française et Buloz était commissaire royal près de ce théâtre.

(2) Elle donna dans son second séjour à Rouen onze représentations, qui commencèrent, le 26 décembre, par *Clotilde* et se terminèrent, le 15 janvier 1834, par *Antony*. Dans l'intervalle elle joua *la Tour de Nesle*, *Henri III*, *l'Incendiaire* et le rôle d'Elmire, dans *Tartufe*. (Note du conservateur de la Bibliothèque publique de Rouen.)

fais-tu ce soir ? Qui sait si tu n'es pas en conversation de coquette avec quelque nouvel amoureux ?
Prends garde ! je le saurai, prends garde ! non, ce
n'est pas vrai, je le sais bien, va !... »

Et il terminait par ce cri du cœur qui fait mal
quand on connaît la fin du roman :

« Une maîtresse ! une maîtresse ! quel mot charmant on a fait là ! ne vas-tu pas m'apporter la
mienne, dis-moi ? »

Elle la lui rapporta vers la fin de janvier 1834,
mais pour peu de temps, hélas ! car les pressentiments de Vigny ne l'avaient pas trompé, son âme
s'était prise en voyage aux charmes d'une nouvelle
figure, et rien dorénavant, ni les caresses amoureu-
reuses du poète, ni la gloire dont il allait bientôt
la couvrir dans le rôle de Kitty-Bell, ne sera capable de l'arrêter sur le chemin du parjure et de la
trahison.

Le 3 avril 1835, — six semaines après *Chatterton* — Alfred de Vigny lui écrivait :

« Il m'est impossible de ne pas soulager mon cœur
en me plaignant de toi à toi-même. Tu me rends
très malheureux. Je ne puis plus vivre ainsi. Hier
au soir c'était mettre le comble à tant de choses

méchamment calculées que de me dire devant ton
mari ce que l'on peut dire de plus froid et de plus
ingrat.

. . . .

« Toutes les heures de mes jours et de mes nuits
se passent, depuis quatre ans, à chercher comment
te rendre heureuse et pendant ce temps-là tu sem-
bles t'occuper à trouver comment tu m'affligeras
et quelle peine nouvelle tu me réserves pour le
lendemain. Le contraste devient trop douloureux à
présent.

« Je savais bien, l'été dernier, lorsque j'étais
malade et que, te voyant pleurer de voir ta destinée tourner si mal au théâtre, je savais à quelles
attaques j'allais m'exposer en essayant de te sauver,
quelle eût été la gravité d'une défaite dans ce
combat, combien j'avais d'ennemis et combien peu
d'amis. Tu te plaisais alors à m'affliger et à me
tourmenter de toutes manières par des familiarités
qui m'effrayaient.

« J'étais sérieusement malade, et cependant je
passais les nuits à écrire pour toi. Je souriais
encore en te voyant et ne parlais pas même de mes
travaux, de mes douleurs, de peur de m'en faire
un mérite.

« Que faisais-je pour moi? Etait-ce une grande gloire que de mettre au théâtre une idée de l'un de mes livres (1) ? C'était pour toi, tu l'as oublié...

« Ne conduis pas tes offenses plus loin que ne pourraient aller mon amour et ma bonté ? Je les sens toujours en moi veillant sur toi, mais, en vérité, je commence à ne plus savoir comment les employer, tant tu me reproches et tant je suis las de cette lutte continuelle !

« Réponds-moi par écrit. Ce soir je n'aurai pas le temps de t'entendre, ni toi aussi de me parler.»

C'était la première fois qu'il lui écrivait sur ce ton. Elle dut se dire en recevant cette lettre qu'elle avait cessé de lui donner le change et qu'il n'était plus dupe de son manège. Mais elle le dominait de si haut encore, et au fond elle lui était si attachée, si reconnaissante qu'elle le ressaisit en essayant de se ressaisir elle-même. Efforts inutiles ! Quand le vase est fêlé, l'eau qu'il contenait fuit goutte à goutte ; ainsi l'amour, quand le cœur se détache !...

Quelques mois plus tard, Dorval entreprenait une nouvelle tournée. Le fil n'était pas encore rompu, mais il ne tenait plus guère, si j'en juge par le

(1) *Chatterton*.

billet suivant que Vigny lui adressait le 16 septembre :

« *Mercredi 16*. J'apprends par *le Vert-Vert* que
tu es à Douai (1). Pourquoi n'ai-je pas de lettre ?
Je ne t'écrirai plus à Bruxelles que je ne sache
où tu es !... Que tes zigzags sont difficiles à suivre ! Tu ne me reconnaîtras plus en revenant.
Sais-tu bien de quelle couleur sont mes yeux?... »

C'est qu'en effet rien ne s'oublie aussi vite que
la couleur des yeux de l'homme ou de la femme
que l'on n'aime plus !

A peine rentrée à Paris, elle repartit pour Lyon,
où elle joua *Chatterton*. Et tel fut son succès que
Mme Desbordes-Valmore, qui assistait à ses représentations, en fut toute bouleversée. Longtemps
après, quand elle parlait de la scène finale où
Kitty-Bell tombe à la renverse comme une colombe
blessée, elle ne pouvait retenir ses larmes. Mais elle
plaignait Vigny de ne pas être aimé comme il le
méritait. Et le 22 août 1836 elle écrivait à Frédéric
Lepeytre : « Savez-vous par hasard si Mme Dorval
compte revenir et jouer à Lyon ? et quand ? Je suis

(1) Marie Dorval donna quatre représentations à Douai. Elle joua
Antony, le 4 octobre 1835; *Clotilde*, le 5; *Angelo*, le 9, et *Clotilde*,
le 11.

toute confondue de sa *distraction* qui lui fait
oublier que tout ce qu'il y a de plus sincère, de
plus noble et de plus tendre l'attend à Paris et
souffre mille peines de son absence (1). »

Dorval ne retourna pas à Lyon ; elle courut la
province quelque temps encore, et puis elle revint
à Paris pour recevoir l'éternel adieu d'Alfred de
Vigny (2). Certes, il avait été long, très long à

(1) *Marceline Desbordes-Valmore, lettres inédites, recueillies et
annotées par son fils*, 1912.

(2) Vigny n'en continua pas moins d'écrire de loin en loin à Marie
Dorval chaque fois qu'elle eut besoin de ses conseils, ou de son appui
au théâtre.

C'est ainsi qu'en 1841, quand elle conçut le dessein de rentrer à
la Comédie-Française, où elle avait créé, le 29 avril 1840, le rôle de
Cosima, dans la pièce de George Sand, il lui adressa la lettre suivante en réponse à celle qu'elle lui avait écrite pour le prier de la
recommander à Buloz.

« En vérité, Madame, jusqu'à trois heures, j'ai cru pouvoir me
rendre chez vous avant-hier. Voyant que je n'en avais pas le temps, je
vous ai écrit à la hâte un billet très innocent, que je ne me rappelle
plus, mais où j'ai peine à comprendre que vous ayez trouvé la moindre ironie : elle était loin de mes idées, très graves en ce moment.
Lorsque je parle de représentations où vous pourriez paraître, je
suis accoutumé à me figurer toujours cet éclat si vrai, si sérieux qui
vous accompagne partout.

« Vous aviez bien raison, en effet, lorsque, l'année dernière, vous
avez désiré jouer deux de mes ouvrages, je ne les regardais pas
comme autre chose que deux costumes de votre toilette et j'ai mis
tous mes soins à ce qu'il n'y manquât rien. Vous me trouverez toujours aussi prompt à vous être utile. Mais j'ai voulu seulement, en
vous parlant de ma répugnance pour le théâtre, vous empêcher de
compter trop immédiatement sur une pièce nouvelle de moi. Je me
serais trouvé coupable si je vous avais laissée dans une fausse attente
qui pouvait changer vos calculs et vos plans. Je pensais être mieux
compris de vous. Je ne me souviens pas que M. Buloz m'ait dit un

s'apercevoir de ses infidélités quasi publiques, mais
enfin il s'en était aperçu, et comme il n'avait pas

seul mot à votre sujet depuis bien longtemps, et vous me connaissez
assez pour bien savoir que jamais je ne parle de vous que de manière à seconder vos projets, et si par hasard j'étais consulté, ce qui
arrive rarement, je conseillerais tout ce qui serait dans vos intérêts.
Il serait bon seulement de me les faire connaître, car, je vous le répète, je ne sais rien de ce qui se passe à la Comédie-Française, mais
personne ne désire plus que moi d'apprendre que vous vous y trouvez établie d'une façon durable et qui vous rend heureuse.

    « 14 février 1841.

« ALFRED DE VIGNY. »

(Extrait de l'*Amateur d'Autographes* du 15 mars 1899.)

Cette lettre, où le cœur perce encore entre les lignes, n'eut pas
l'heure, de plaire à Mme Dorval. Elle écrivait, en effet quinze jours
après à Pauline Duchambge :

« 1er mars.

« Ma chère Pauline, je pars sans avoir pu venir vous embrasser
et vous dire adieu. J'ai eu beaucoup de chagrin. Il est arrivé de très
grands malheurs dans la famille de Sandeau. Il m'a affligée comme
toujours. Je l'aime et cependant je suis heureuse de partir. — J'ai
eu besoin de M. de Vigny. Je lui ai écrit. Il n'a pas voulu venir et
m'a écrit la lettre la plus *faquine* qu'on puisse jamais écrire. Oh !
tout cela est bien triste ! On ne peut même pas vivre dans un souvenir. Je vous envoie deux petits pots que j'ai rapportés de Nîmes. Je
vais à Mons. Je vous écrirai, Pauline. Vous me répondrez, n'est-ce
pas ? Je suis bien triste et je ne sais pas ce que je vais devenir.
Adieu, chère amie. Adieu, chère amie. Je vous aime bien et je vous
embrasse de toute mon âme.

    (Lettre inédite).   « MARIE. »

Pauline Duchambge, qui était leur amie commune, s'était interpo-
sée entre Vigny et Marie Dorval pour empêcher leur rupture, mais
Vigny n'avait rien voulu entendre.

« ... Croyez bien, lui mandait-il le 6 octobre 1838, que je sens
tout le prix de cet attachement et que rien ne m'échappe de tout ce
qu'il y a de parfait dans les ménagements de votre conduite, si difficile dans une circonstance si grave. Permettez que je n'y revienne
plus et que je ne rouvre pas mes blessures pour vous écrire avec mon
sang... Tout est fini... »

encore bu toute « la honte secrète » dont elle l'avait
couvert en lui avouant sa première faute, elle le
trouva cette fois sans miséricorde.

Quel était donc le nouvel amoureux qui venait
de faire la conquête de Mme Dorval? M. Philibert
Audebrand prétend qu'elle avait été distinguée, au
cours d'une assez longue tournée dans l'Ouest,
par un jeune et beau romantique de ces pays-là,
qui montait à cheval, faisait des vers, avait des
moustaches en croc, l'allure d'un gentilhomme des
Espagnes, de l'emportement, et que l'actrice avait
surnommé *Don Paez*, à cause de la ressemblance
qu'elle lui trouvait avec le héros d'Alfred de
Musset.

Mes renseignements confirment les siens, à cette
différence près qu'au lieu d'avoir été *distinguée
par lui*, c'est lui qui fut distingué par elle, voici
dans quelles circonstances.

Quand Dorval arriva à Rouen pour y donner ses
représentations, il y avait alors, au théâtre des
Arts, un jeune homme de vingt-cinq ans qui, sous
le nom de M. Gustave, et moyennant le prix de
2.000 francs par an, jouait tous les rôles qu'il
plaisait à l'administration de lui distribuer.

Le premier soir, il joua avec elle le rôle du mari
d'*Antony* : il fut excellent ; le second jour, il joua

Raphaël Bazas dans *Clotilde* : il fut magnifique;
le troisième jour il joua Buridan dans *la Tour de
Nesle* : il fut superbe. Mme Dorval ne pouvait faire
moins que de le remarquer, et un soir qu'il était
venu dans sa loge pour lui adresser ses compliments, elle lui dit, après l'avoir regardé pendant
quelque temps avec ses beaux yeux doux et clairs :

— Voulez-vous que je vous donne un conseil?

— Je crois bien.

— Le suivrez-vous ?

— Je tâcherai.

— Croyez-moi, allez à Paris.

— Je ne demande pas mieux.

— En province, on est classé dans un emploi ;
une fois classé dans cet emploi-là, on n'en sort
plus.

— Je m'en aperçois bien.

— Vous jouez les pères nobles.

— Ce n'est pas ma vocation, croyez-le bien.

— Votre emploi, ce sont les grands premiers
rôles.

— C'est mon avis aussi, mais...

— Oui, mais il faut connaître quelqu'un, voulez-vous dire?

— Oui.

— Et vous ne connaissez personne.

— Je connais Mlle Duchesnois.

— Eh bien?

— Elle m'a envoyé à Soumet.

— Et Soumet?

— Il m'a envoyé à Seveste.

— Et Seveste?

— Il m'a classé dans les basses-tailles et dans les pères nobles.

— Vous ne connaissez pas Dumas?

— Non.

— C'est votre homme.

— Mais puisque je ne le connais pas !

— Je le connais, moi.

— Ah !

— Et je vais vous donner un mot pour lui.

— Mais je suis engagé pour six mois encore.

— Bon ! vous arrangerez cela avec Valter.

— Et s'il ne veut pas ?

— N'avez-vous jamais joué *le Déserteur* ?

M. Gustave se mit à rire.

— C'est un de mes meilleurs rôles, dit-il.

— Eh bien ! voilà tout. Venez prendre votre lettre chez moi demain.

Le surlendemain, M. Gustave partait pour Paris

et remettait à Alexandre Dumas la lettre que
voici :

« Mon cher Dumas,

« Je t'adresse M. Gustave, qui vient de jouer la
comédie avec moi à Rouen.

« C'est, comme tu vois, un beau premier rôle,
plein d'inexpérience et de bonne volonté, et qui a
sa place marquée à la Porte-Saint-Martin.

« Quelque chose que tu fasses pour lui, il est
homme à te le rendre en te jouant un jour tes rôles
comme personne ne te les jouera.

« D'ailleurs, cause avec lui, dis-lui de te raconter sa vie, et tu verras que tu as affaire à un véritable artiste.

« Ta bien bonne amie,

« MARIE DORVAL. »

« P.-S. — S'il n'y avait point de place pour lui
en ce moment au théâtre de la Porte-Saint-Martin,
tâche de lui être utile en lui faisant avoir un
travail quelconque comme sculpteur ou comme
peintre. »

Comme sculpteur ou comme peintre! Ah ça! se
dit Dumas, ce M. Gustave est donc un artiste à
tout faire! et après l'avoir toisé des pieds à la tête
et constaté qu'avec ses longs cheveux, ses yeux

magnifiques, son nez droit d'une belle proportion et son teint d'une belle pâleur, ce comédien faisait un magnifique cavalier dans le sens qu'on donnait à ce mot sous Louis XIII, il le retint à déjeuner.

Une heure après il savait toute son histoire, et quelle histoire ! une extraordinaire vie d'aventures qu'il venait de couronner à Rouen en faisant au pied levé la statue du grand Corneille pour son anniversaire au théâtre des Arts !

— Vous êtes mon homme, lui dit Dumas.

Quelques jours après, le régisseur de la Porte-Saint-Martin faisait cette annonce au public :

« M. Delaistre s'étant trouvé subitement indisposé, M. Gustave, non, M. Mélingue, arrivant de Rouen et se trouvant par hasard dans les coulisses, s'offre pour jouer le rôle de Buridan. Il réclame l'indulgence du public (1). »

Le successeur immédiat de M. de Vigny dans le cœur de Mme Dorval pourrait bien avoir été Mélingue.

(1) Alexandre Dumas, *Une vie d'artiste.*

LIVRE VII

CAMILLA MAUNOIR

I

Alfred de Vigny, dont l'œuvre est si sobre et qui, contrairement à ses camarades de l'école romantique, a mis, en apparence du moins, si peu de sa vie dans ses livres, a écrit des lettres qui feraient aujourd'hui l'étonnement de Jules Sandeau, car s'il est vrai que de son vivant personne n'entra dans l'intimité familière du poète, il est non moins vrai que, au fur et à mesure qu'elles sortent des tiroirs, les lettres de Vigny nous permettent de pénétrer plus avant non seulement dans son intérieur, qui fut si triste, mais encore dans son âme, qui fut si complexe.

Et c'est le caractère intime de ces lettres, tout autant que leur valeur littéraire, ce sont les confidences inattendues du « Docteur Noir » à la vicomtesse du Plessis, sa cousine, à Mᵐᵉ Lachaud, sa filleule, à Mˡˡᵉ Maunoir, sa « chère puritaine », qui font le charme et l'intérêt de leur publication posthume.

A présent, ne me demandez pas pourquoi Vigny, qui était si réservé de sa nature, correspondait de préférence avec des femmes et se montrait si expansif avec elles. Je serais fort embarrassé pour vous répondre, ou plutôt je le sens mieux que je ne puis l'expliquer. Il disait, en mourant, à l'abbé Vidal, son confesseur, qu'il était de *race religieuse et presque sacerdotale*. Ce mot, qui est profondément juste, est peut-être une explication. Il y avait, en effet, du prêtre en Vigny : *sacerdos et pontifex*. Et le prêtre, dont la principale force aux yeux du

monde est d'être le tombeau des secrets qui lui
sont confiés, se sent naturellement et comme d'instinct, par une de ces contradictions qui sont le
fruit du mysticisme, attiré vers la femme, qui passe
pour ne point savoir les garder.

Je m'empresse d'ajouter que le poète avait trouvé
dans Mlle Maunoir et dans Mme Lachaud des cor-
respondantes dignes de lui. La première « unis-
sait l'esprit sérieux d'un homme à la grâce d'une
femme » ; la seconde, qu'il appelait tendrement
sœur Ange-Louise, était sa fille spirituelle et peut-
être quelque chose de plus.

Quant à la vicomtesse du Plessis, sa cousine, c'é-
tait surtout une jolie femme et une mondaine ; aussi
les lettres qu'il lui a écrites n'ont-elles point le ton
des autres : elles sont enjouées, galantes, voire
un tantinet amoureuses : elles nous le montrent
sous un jour que son intrigue avec Mme Dorval
nous laissait deviner. En un mot, c'est du Vigny
de *Quitte pour la peur*.

Avec Mme Lachaud, née Louise Ancelot, et
Mlle Maunoir, nous avons affaire, au contraire, au
Vigny de *Stello* et du *Journal d'un poète*.

Il est gracieux, il est aimable, mais les choses de
ce monde le préoccupent infiniment moins que le
problème de la vie future. Et comme Mme Lachaud

est une fervente catholique, et que Mlle Maunoir
est une protestante puritaine, son âme foncière-
ment religieuse, mais inquiète et troublée dans sa
foi, va de l'une à l'autre en quête de la vérité,
comme un oiseau voyageur qui dans une tempête
ne sait où se diriger ; elle hésite entre Rome et
Genève.

C'est donc son inquiétude morale, sa préoccupa-
tion du lendemain de la mort, qui forme le fond,
j'allais dire la trame de sa correspondance avec ces
deux femmes d'élite.

J'analyserai plus loin les lettres de Vigny à
Mme Lachaud. Sans vouloir analyser ici toutes celles
qu'il a écrites à Mlle Maunoir, j'en tirerai du moins
la note essentielle, celle qui fait leur caractéristique
et qui les distingue des autres.

Mais avant, il faut que nous fassions connaissance
avec Mlle Camilla Maunoir.

Elle était née à Middlessex (Angleterre) en 1810,
mais était, par son père, d'origine française. Charles Maunoir, qui était natif d'Angers, s'était établi
à Genève vers la fin du xviiie siècle et avant de
devenir bourgeois de cette ville (1779) il avait épousé,
étant régent de troisième au collège, une demoiselle Campbell, qui était Anglaise et parente de
Mme Alfred de Vigny, et dont il avait eu cinq ou

six enfants. C'est donc par sa femme que le poète
d'Éloa fit la connaisance de Mlle Maunoir. A cette
époque-là elle habitait à Londres ; mais vers 1845
elle vint se fixer à Genève, où elle fonda avec sa
belle-sœur, Mme Maunoir-Fick (sœur du célèbre
imprimeur genevois), un pensionnat de jeunes filles
qui lui a survécu et qui est très prospère.

C'était, dit M. Philippe Godet, auquel j'emprunte
ces renseignements, une personne d'une piété profonde, peu austère, en même temps que très cultivée. Elle avait traduit en vers anglais, quand elle
était à Londres, quelques poèmes d'Alfred de Vigny,
et c'est même à ce propos que le poète était entré
en correspondance avec elle. Les lettres que j'ai
sous les yeux vont de 1838 à 1852 ; mais Mlle Maunoir dut en recevoir d'autre postérieurement à cette
dernière date, car Alfred de Vigny n'est mort qu'en
1863, et je ne vois pas pour quelle raison il aurait
cessé tout d'un coup de lui écrire (1). Quoi qu'il en
soit, les fragments de cette correspondance que
M. Philippe Godet a livrés il y a près de seize ans
au public ont à mes yeux un double intérêt (2).

Dans ses premières lettres, Alfred de Vigny nous
donne sur quelques-unes de ses poésies des notes

(1) Mlle Maunoir est morte en 1889.
(2) Cf. *la Revue de Paris* des 15 août et 15 septembre 1897.

qui équivalent en leur raccourci aux Commentaires
dont Lamartine a fait suivre ses *Méditations*. Dans
les suivantes, il nous expose les tourments de son
âme religieuse. Or, comme rien de ce qu'il a écrit
n'est insignifiant ni négligeable, nous allons pouvoir, à la lumière de ces fragments de miroir,
éclairer tout un coin de sa vie littéraire et intime.

Et d'abord le côté littéraire.

Nous avons dit que Mlle Maunoir avait traduit
en vers anglais quelques pièces de vers du poète. Au
nombre de ces pièces étaient *Moïse* et *Paris*. Sur
Moïse, voici ce que nous lisons dans deux lettres
du mois de décembre 1838 :

« Que vous êtes bonne de vous souvenir ainsi de
moi ! Mais moi, puis-je me souvenir de mes poèmes au point de répondre à votre question ? Aucun
d'eux encore n'a dit toute mon âme, mais s'il y en
a un que je préfère aux autres, c'est *Moïse*. Je l'ai
toujours placé le premier, peut-être à cause de sa
tristesse dont le sentiment se continue dans
Stello (1).

« ... Oui, le vrai *Moïse* peut avoir regardé au
delà de la tombe, mais le mien n'est pas celui des

---

(1) C'était également celui de tous ses poèmes que préférait Lamartine. Cf. *les Entretiens de littérature*, article sur Vigny, 1864.

Juifs. Ce nom ne sert que de masque à un homme
de tous les siècles et plus moderne qu'antique :
l'homme de génie, las de son éternel veuvage et
désespéré de voir sa solitude plus vaste et plus
aride à mesure qu'il grandit. Fatigué de sa grandeur, il demande le néant. Ce désespoir n'est ni
juif ni chrétien, c'est peut-être un criminel mouvement ; mais tel qu'il est, il me semble ne manquer
ni de vérité ni d'élévation, et je pense que votre
nouvelle version l'exprime mieux.»

Sur *Paris* :

« ... Vous me demandez autre chose encore.
— Oui, Lyon pourrait être un exemple de ces
rouages brisés, mais lorsque j'écrivis *Paris*, en
1831, cette révolte n'avait pas éclaté. Je pensais
alors aux Girondins, fédéralistes qui voulurent inutilement séparer le mouvement des provinces de
celui de Paris. Cette centralisation n'a fait que
croître et se fortifier depuis.

« J'ai nommé ces poèmes *Élévations*, parce que
tous doivent partir de la peinture d'une image toute
terrestre pour s'élever à des vues d'une nature
plus divine et laisser (autant que je le puis faire)
l'âme qui me suivra dans des régions supérieures.

la prendre sur terre et la déposer aux pieds de
Dieu.

« Voilà quelques-unes de mes idées. »

Sur *la Sauvage* (lettre du 31 janvier 1843) :
« Je désire bien que *la Sauvage* vous occupe
dans vos réflexions sérieuses. J'ai voulu prouver
que la *civilisation* pouvait être chantée ainsi que
la *raison* et que les races sauvages étaient *coupa-
bles* envers la famille humaine de n'avoir pas su
vénérer la Femme, la culture, l'hérédité, former
une société durable, et qu'il était juste que l'Europe
les forçât d'en recevoir une. Quoique j'aime Jean-
Jacques Rousseau, ma conscience m'a forcé de
prendre le thème contraire au sien. »

Quelques lignes plus haut, Alfred de Vigny, répondant à Mlle Maunoir, qui l'accusait de dévorer ses
enfants comme Saturne, lui écrivait :

« Mais non, je les fais *moines* sitôt qu'ils sont
nés, et je les garde longtemps dans leur couvent.
A présent seulement j'ouvre les portes du cloître et
ils sortent lentement en procession. »

Et, un peu plus loin, parlant de ses habitudes
de travail, il lui disait :

« C'est toujours vers minuit, à l'heure des esprits, que la poésie devient ma souveraine maîtresse. Le travail du jour n'est guère qu'un prélude : il me semble, tant que le soleil est sur l'horizon, que j'attends quelqu'un qui ne doit venir que plus tard. »

Dans les premiers temps de leurs relations, c'est le poète, ai-je besoin de le dire, qui dirigeait les lectures et la conscience littéraire de sa correspondante, et nous voyons qu'il lui avait conseillé de lire André Chénier :

« Eh bien, ce pauvre André Chénier vous a donc un peu scandalisée ? Savez-vous ce qu'il faut faire ? Relisez-le et cela se passera.

« Vous vous apercevrez que André est un traducteur presque perpétuel, ici Catulle, là Ovide, là Tibulle, ailleurs Anacréon, Virgile plus loin ; c'est un corsaire véritable et tous ses péchés ne sont pas siens, ils ont dix-huit cents ans de date, vous pouvez l'absoudre. — Ce qui est charmant de lui, c'est sa grâce dans l'arrangement de ses biens dérobés, et la forme latine et concise de son vers. Quelquefois aussi, quand il est lui-même, comme dans *les Iambes* et l'*Ode à Charlotte Corday*, voyez comme il est grand. Sa destinée si touchante et son goût d'atticisme presque tout à fait païen en font une

figure intéressante et justement aimée en France.
Vraiment relisez-le et vous trouverez dans le détail
de ses vers des richesses imprévues. Faites-vous un
peu garçon ! »

Mais Vigny ne tarda pas à s'apercevoir que cette
jeune femme timide et prude avait l'esprit aussi
libre, aussi élevé que celui du *garçon* le plus sérieux, et qu'il ne fallait pas trop se fier à ses dehors
de puritaine. Il lui avait conseillé de relire André
Chénier. Elle lui envoya un jour à méditer Carlyle.
Et quand l'Irlande, à la voix d'O'Connell, secoua
le joug de l'Angleterre ; quand l'École presbyté-
rienne se souleva contre l'Église anglicane et que
les Puseystes s'échappèrent à grands cris vers
l'Église catholique, c'est elle qu'il interrogea sur le
fond et la portée de chacun de ces mouvements.

Il avait commencé par la rassurer sur son catholicisme, qui n'était « pas trop romain ». Au bout
de quelque temps elle avait agi si fortement sur lui,
elle l'avait si bien endoctriné qu'il craignit « un
moment d'être entraîné vers la religion *prétendue
réformée* ».

« J'ai toute ma vie rêvé Genève et n'ai pu la
visiter, lui écrivait-il en février 1849. J'avais entrepris un livre sur cette cité et son histoire, et ne l'ai

pas achevé par conscience, parce que je n'avais pas
vu le pays. Si je l'achevais au bord du lac, cela me
ravirait. J'ai toutes mes notes depuis 1833, je les ai
même ici à la campagne, et maintenant je ne déses-
père point de pouvoir aller sans scrupule visiter
vous et le lac. »

1833! retenons bien cette date. C'est l'année où
Lamennais fut condamné en cour de Rome et où il
écrivit *les Paroles d'un croyant*. Que de choses
nous donnent à entendre ces quelques lignes sur
Genève ! Après la révolution de 1830, Alfred de
Vigny avait embrassé le parti de Lamennais. Il était
devenu démocrate en religion et en politique. Mais
quand le grand Féli, à son retour de Rome, répondit aux foudres du Vatican par la publication de
son pamphlet, il sentit tout à coup le terrain politique et religieux lui manquer sous les pieds, — et
je pense que c'est à ce moment qu'il se tourna
vers la ville de Calvin.

Que s'il s'arrêta en route, c'est qu'il était trop
pondéré de son naturel, et trop attaché aussi aux
traditions religieuses de ses pères pour verser dans
le protestantisme, bien qu'il y fût attiré par la piété
de sa femme et par la « douce gravité de Mlle Maunoir ». Avait-il d'ailleurs la foi qui agit, en 1833?
J'en doute. S'il n'avait pas encore « construit en

lui-même l'édifice immuable de ses idées *philoso-*
phiques, théologiques et *théosophiques* », s'il n'avait
pas encore « étudié à fond toutes les doctrines et
toutes les théories antiques et modernes », il était
déjà trop philosophe et trop raisonneur pour céder
en matière religieuse à un coup de tête, voire à un
coup du cœur.

Du reste, ce qui prouve que sa tentation de se
faire calviniste ne fut qu'une tentation passagère,
qu'un moment de mauvaise humeur, c'est l'admirable langage qu'il tint quelques années plus tard
au célèbre écrivain et pasteur protestant Félix Bungener (1).

II

Mlle Maunoir, qui ne perdait pas une occasion
de le catéchiser sans en avoir l'air, lui avait fait
passer les deux ou trois ouvrages de Bungener
dont le succès avait dépassé les frontières de la
Suisse, à savoir : *Un sermon sous Louis XIV,*
Trois sermons sous Louis XV et *Voltaire et son*

(1) Félix Bungener, l'écrivain le plus connu de l'église de Genève
au xixe siècle, était né à Marseille, le 13 septembre 1814. Il est mort
à Genève le 14 juin 1874. Cf. : la thèse soutenue devant la Faculté
protestante de Montauban par Henri Gambier sous le titre : *Félix*
Bungener, sa vie, ses écrits et sa controverse, 1 vol. in-8°, Genève,
1891.

temps. Et Vigny, après avoir lu ou plutôt dévoré ces livres, s'était étonné que la critique parisienne n'eût pas attaché ses soins les plus attentifs à leurs rares mérites (1). Le *Sermon sous Louis XIV* surtout, où Bungener met en scène tous les prédicateurs du grand siècle : Bossuet, Bourdaloue, Fénelon et Claude de Charenton, l'avait littéralement conquis.

« Claude de Charenton, disait Vigny, est fort séduisant pour moi. Etait-il aussi parfait, simple, modeste, que M. Bungener l'a peint? A-t-il écrasé à ce point notre Bourdaloue et foudroyé le Père La Chaise ? J'ai cru et veux croire fermement à ce récit, qui est celui des *Aventures d'un sermon*. Ce sermon est le héros du roman, et moi-même, qui ai depuis si longtemps prêché en faveur de la *vérité dans l'art*, j'attache bien plus d'importance à la thèse qui est soutenue dans le livre qu'au vrai historique de la formation du sermon et du dénouement dramatique de sa péroraison. L'excellent écrivain, votre ami, a pris ce cadre pour entourer ses doctrines et ses théories, et il l'a fait avec un bien rare talent. La doctrine est bien purement

(1) « Il écrivait, en effet, du Maine-Giraud à Busoni, le 28 mars 1852 : « J'ai reçu ici les œuvres de M. Bungener, ministre protestant de Genève, homme de talent dont la presse française a trop peu parlé. Ne connaissez-vous pas ses écrits? »

protestante assurément, et sévère pour le catholicisme, mais c'était à quoi il fallait s'attendre, et
la satire est juste quand elle frappe les prédicateurs courtisans. Si j'avais à former un jeune orateur de la chaire, je crois que je lui donnerais ce
livre à étudier des premiers. Les délibérations de
Bossuet et de ses célèbres amis sur l'*art du sermon*, la place secondaire qu'ils assignent au prédicateur dans leur opinion ; la critique des sermons
littéraires lus, récités et improvisés, le discours de
Claude sur la manière dont un prédicateur doit
étudier l'Écriture sont les parties supérieures du
livre à mes yeux, et dignes d'avoir été entendues
de Bossuet et approuvées par lui. »

Qu'est-ce donc que ce *Sermon sous Louis XIV* ?
C'est un heureux mélange de théorie, d'histoire et
de roman. Le sermon dont il s'agit est prêché par
Bourdaloue devant Louis XIV, en 1675, le jour du
Vendredi-Saint, dans la chapelle de Versailles. Un
prêtre avait refusé à Mme de Montespan l'absolution qui lui était nécessaire pour faire ses Pâques.
Irrité, le roi avait consulté le duc de Montausier et
Bossuet. Tous deux avaient pleinement approuvé
la conduite du prêtre. Bossuet avait même eu le
courage de déclarer au roi qu'il était adultère et

de demander en personne à Mme de Montespan de quitter la Cour. Mais le roi ne l'avait pas écouté, et la favorite lui avait répondu qu'elle ne voyait pas pourquoi on lui refusait l'absolution quand on l'avait donnée au roi qui était beaucoup plus coupable qu'elle. C'est alors que Bourdaloue monta en chaire et prononça le sermon à la suite duquel Mme de Montespan fut éloignée de Versailles. Mais cette victoire éclatante, Bourdaloue la devait à Claude de Charenton, le fameux ministre protestant, qui, dans une entrevue à laquelle assistaient Fénelon et Bossuet, avait adjuré le prédicateur de dire toute la vérité au roi, et, resté seul avec lui, avait dicté la péroraison qui avait eu de si heureux effets.

Voilà le roman, tel que l'imagina Félix Bungener. Je ne m'étonne pas qu'il ait tant plu à l'esprit critique et philosophique d'Alfred de Vigny, car, outre qu'il est écrit de main d'ouvrier et d'une plume qui trahit les origines et la culture toutes françaises de l'auteur, il nous apporte sur l'éloquence de la chaire et sur les grands sermonnaires du xviie siècle des vues, des rapprochements, des comparaisons dont on ne saurait méconnaître la justesse et la nouveauté.

C'est ainsi, par exemple, qu'après avoir signalé la grande influence que Bossuet avait acquise de son vivant, grâce à son génie, il démontre qu'on s'est trop habitué à ne voir en lui que l'orateur :

« A certains égards, dit-il, on a raison, et sa réputation s'en est bien trouvée ; mais, au point de vue historique, on se trompe. En 1675, six ou sept ans après qu'il eut cessé de prêcher habituellement, Bossuet orateur passait déjà assez loin derrière Bossuet controversiste, érudit, avocat du gallicanisme, *Père de l'Eglise*, comme on disait lors de la fameuse assemblée de 1682, et comme La Bruyère, en 1695, ne craignit pas de le dire en pleine Académie. C'est un de ces faits qui vous échappent tant que l'attention n'est pas averti, et dont les preuves surgissent en foule dès que l'on commence à s'en douter. Il est donc prouvé que, dès que Bossuet ne prêcha plus, l'éloquence de la chaire fut considérée, sinon au-dessous de lui, du moins comme au-dessous du rôle qu'il remplissait dans l'Église de France. Mais ses oraisons funèbres, dont les plus belles sont postérieures à cette époque, on ne les considéra que comme des morceaux de circonstance. On les louait, sans doute, mais on n'avait pas l'idée que cela dût aller plus loin ; on était à cent lieues de penser que sa réputation dût un jour dépendre, en quoi que ce fût, du mérite de ses discours. Et comme il ne resta que trop fidèle, pendant les dix-neuf dernières années de sa vie, à l'engagement qu'il avait pris « de ne plus célébrer la mort des autres », cette manière de voir eut tout le temps de devenir universelle. »

Et Bungener d'établir que la renommée de Bossuet comme orateur, après avoir subi une éclipse de près d'un siècle, ne fut vraiment consacrée qu'à partir du jour où La Harpe, qui l'avait longtemps combattu comme tel, déclara qu'il était, devant lui, « terrassé d'admiration ».

Voilà pour Bossuet. Quant à Massillon, Bungener ne le ménage pas ; il lui reproche d'être de ceux qui « ont vécu par leur style », et d'avoir poli et repoli, sous l'influence énervante d'un siècle usé, les discours qui lui ont valu tant de triomphes et qu'il métamorphosa peu à peu en pièces littéraires :

« On les fait apprendre par cœur au jeune roi devant qui ils venaient d'être prêchés, le magistrat les a sur son bureau, la femme à la mode sur sa toilette. On est étonné de lire des sermons avec tant de charmes. Et moi aussi je suis pieux ! semble-t-on dire ; et les gens du monde élèvent aux nues celui qui, d'un seul coup, les a si bien réconciliés avec eux-mêmes. »

A Fénelon, Bungener reproche de mépriser l'art. Il a pour sa douceur, sa charité et la limpidité de

sa parole une grande admiration, mais il ne peut
lui pardonner de n'avoir pas un goût sévère.

« Il a le goût du cœur développé plus que personne; celui de la raison, il l'a beaucoup moins et
ne paraît pas vouloir l'acquérir; c'est un homme de
théorie qui aime les extrêmes. »

Reste Bourdaloue. Pour celui-là, Bungener est
plein d'enthousiasme. Il ne manque pas une occasion de le défendre et il loue son caractère égal.

« Bourdaloue, dit-il, n'est ni élégant comme
Massillon, ni majestueux comme Bossuet, ni grave
comme le Pascal des *Pensées*, ni spirituel comme
celui des *Provinciales*, ni concis comme La Rochefoucauld, ni sec comme Descartes, ni onctueux
comme Fénelon. Qu'est-il donc? Il est *lui;* et le cachet
de son *individualité*, comme on dit de nos jours,
est profondément empreint sur toutes les pages,
disons mieux, sur toutes les lignes de ses discours...
Bourdaloue a donc été populaire par l'excès même
de ce qui nuit ordinairement le plus à la popularité
des prédicateurs. La plupart de ceux qui échouent
n'échouent que parce qu'ils raisonnent; lui, plus
il raisonnait, plus on l'admirait... Vous l'aimez parce
qu'il vous dompte. »

Et ici nous touchons du doigt la raison des pré-

férences de Bungener pour Bourdaloue. Sainte-
Beuve disait qu'il était le plus janséniste des jésuites,
Bungener aurait pu dire qu'il en était le plus protestant, car ici c'est tout comme, ou plutôt cela
revient à dire qu'il se rapprochait des uns et des
autres par la sévérité évangélique de sa morale et
son idée de la pénitence.

Tout n'était pas, d'ailleurs, fiction dans *le Sermon sous Louis XIV* ; il y avait une part de vérité.
Nous savons, par exemple, d'une façon certaine, —
et le R. P. Du Lac n'a pas oublié de consigner ce
fait historique dans le plaidoyer *pro domo* qu'il a
publié récemment sous le titre un peu général de
Jésuites (1), — nous savons pertinemment que
Bourdaloue ne ménagea pas la vérité à Louis XIV
dans le carême qu'il prêcha à Versailles et que, le
carême fini, le roi lui dit : « Mon père, vous allez
être content de moi : j'ai renvoyé Mme de Montespan à Clagny. » A quoi le prédicateur répondit
avec autant de fermeté que d'esprit : « Sire, Dieu
serait bien plus content si Clagny était à septante
lieues de Versailles (2) ! »

Mais je doute fort que Bourdaloue ait cédé dans

(1) *Jésuites*, par le R. P. Du Lac, 1 vol. chez Plon, p. 15.
(2) *Mémoires de Mme de Maintenon*, par Languet de Géry, pp. 113
et 166.

la circonstance aux objurgations de Claude de Charenton, quoiqu'il soit établi que les jésuites entre-
tenaient de bonnes relations avec ce protestant par
haine des jansénistes.Faut-il rappeler, à ce propos,
ce que le Père Annat disait à un calviniste pendant
que Claude guerroyait contre Nicole et les gens de
Port-Royal sur *la Perpétuité de la foi de l'Église
catholique touchant l'Eucharistie* :

« Vous avez bien traité les jansénistes ! Je suis
marri qu'ils soient unis avec nous sur ce point ;
mais si vous vouliez revenir avec nous sur celui-là,
nous les accablerions sur les autres (1)... »

Quoi qu'il en soit, je m'explique sans peine que
Vigny ait pris un réel plaisir à la lecture du *Sermon sous Louis XIV*. Les protestants genevois sont
rares qui ont la légèreté de plume et la finesse
d'esprit de Félix Bungener. Il trouva cependant que
notre pasteur avait trop tiré la couverture du côté
calviniste et voici la très belle lettre qu'il lui écrivit
après avoir lu son livre. Je remercie M. Bungener
fils de me l'avoir communiquée :

« *Mardi, 10 août 1852.*

« J'ai voulu attendre pour vous remercier, Mon-

(1) *Port-Royal*, par Sainte-Beuve, t. IV, p. 448.

sieur, le moment où il me serait permis d'oublier, en vous relisant et en causant avec vous, les inquiétudes que me donne sans cesse une santé qui m'est chère avant toute chose et qu'enfin j'ai réussi à rendre moins fragile par un bien long séjour à la campagne. Je ne sais rien de plus aimable que la bonté que vous avez eue de répondre par l'envoi de vos œuvres à une question que je faisais à notre spirituelle et excellente amie.

« J'ai lu vos livres dans l'ordre de leurs publications, qui se trouve être aussi celui du temps, et j'ai commencé par écouter *le Sermon sous Louis XIV*. Après m'être promené avec lui dans le silence de mes bois, j'ai passé de Bourdaloue et Claude au règne de Louis XV, au Père Bridaine et à Rabaud, avant de m'enfermer avec votre Voltaire, ce que j'ai fait depuis. Je m'applaudis d'avoir pu vous lire dans la solitude, sans être influencé par un seul écho des bruits du succès ou de la critique, sans avoir jamais connu vos partisans ou vos adversaires, sans même vous connaître encore. Comme l'un de vos orateurs, vous étiez pour moi seul dans la chaire, et moi seul dans l'église, sans les frémissements approbateurs ou les murmures de la multitude, sans rien de ce qui peut prévenir, entraîner ou troubler.

« Je pourrai donc vous dire, Monsieur, mes impressions et mes réflexions sans aucun alliage, sans autre chose que ma pensée répondant à la vôtre. Je vous ai cherché vous-même dans vos livres, et il me semble que je vous ai vu tout entier aujourd'hui en achevant votre troisième ouvrage : *Voltaire et son temps*. A travers le voile des deux *Romans historiques* (car ne doivent-ils pas porter ce nom ?) je vous ai entrevu déjà. Ce dernier livre vous découvre et vous ne pouvez qu'y gagner. Je suis content d'avoir résisté au premier inconvénient qui me portait à vous parler des œuvres d'art avant d'avoir écouté l'œuvre du critique philosophique. Je vois que vous savez plus que personne mettre au rang qui leur convient les éloges uniquement littéraires et tout le matériel de la forme que vous pouvez cependant créer et modeler avec une rare habileté.

« La pensée seule vous importe, l'excellence de sa direction, la beauté de son but et la grandeur de ses enseignements.

« Malgré cela, je ne puis m'empêcher de vous parler d'abord de la forme et des séductions de vos portraits, du plaisir que j'ai goûté à me promener avec votre *Concile* dans l'allée des philosophes, à entendre discuter nos hommes de l'Église de France, sur l'improvisation réelle et celle qui montre les *soufflets de l'orgue;* à voir commencer, entre l'abbé de Fénelon qui est déjà le *doux homme d'opposition* et Bossuet lui-même, une discussion prélude des controverses futures. Bourdaloue admiré déjà par M. de Condom, ce Bourdaloue qui *croît* encore, tandis que Massillon *décroît.* Vous lui avez donné, Monsieur, un bien dangereux adversaire dans Claude de Charenton et vous en avez fait son maître, son guide sévère, vous l'avez placé devant lui comme l'ange à l'épée flamboyante. Il l'avertit sévèrement par sa lettre, il en répète devant Bossuet les leçons redoutables pour le roi, il impose, il dicte une péroraison courageuse, et comme Bourdaloue hésitait à déplaire, Claude lui apparaît, le foudroie d'un regard ; au moment où il allait être infidèle à la leçon qu'il devait donner et qu'il avait reçue, l'orateur catholique est relevé par l'esprit protestant et ne triomphe que soutenu par lui.

« Pour ne point sortir des mérites de la forme, je veux vous dire encore le gré que je vous sais d'avoir encadré la composition entre la lecture du cantique XIV d'Isaïe et sa paraphrase. Tout ce livre est bien composé, et si le fait est rigoureusement vrai, Genève a dû s'enorgueillir et applaudir

au sacrifice d'une victime telle que Bourdaloue sur
l'autel de Calvin.

« Vous ne vous êtes pas contenté, Monsieur, de
la mettre au pied de Luther, vous avez écrit un
autre livre que vous auriez pu intituler : *les Martyrs protestants*, et nous, Français, nous ne savons
que trop combien celui-là est cruellement historique dans vos plus sanglantes pages. Ici, en
vous embarquant sur les eaux plus empoisonnées
du siècle de Louis XV, vous avez vu, en les son-
dant, que vous auriez à combattre d'un côté le
grand navire catholique, et de l'autre les corsaires
encyclopédiques. Aussi vous avez fait feu de tri
bord et de bâbord et cette fois vos pièces sont char-
gées à mitraille. Il me semble que vous vous êtes
irrité en marchant.

« La Société de Jésus n'est pas seulement atta-
quée, tous les dogmes du catholicisme sont frappés
de vos traits redoublés. La confession, la direction
des consciences, le célibat des prêtres, les légendes,
la transsubtantiation et la présence réelle, la communion, les couvents, les sacrements, les frais du
culte, la messe, les soins alors mal donnés aux
malades, vous attaquez tout ce qui est vulnérable
dans l'Église romaine. Le martyre des ministres
Rochette et Grenier ajoute à l'horreur du supplice

de Calas. Vous n'avez rien omis de ce qui pouvait flétrir le catholicisme et indigner contre ses dogmes et ses actes. La grâce des dialogues et des scènes de la cour ne m'a point empêché de suivre partout votre sentiment inexorable. Vous poursuivez votre ennemi avec un talent plein de souplesse. Le Père Bridaine et Rabaud sont les deux lutteurs, et les figures du xviii° siècle tournent autour d'eux. Vous connaissez le temps de Louis XV comme *le chapelain de Frédéric II*, mais, permettez que je vous le dise, je vois avec tristesse le soin que vous prenez de réveiller les souvenirs presque éteints de ces persécutions qui durèrent, hélas ! jusqu'à Louis XVI. La France est depuis près d'un siècle le pays de la tolérance la plus complète, il me semble. Tout est ouvert à tous les cultes. Des hommes politiques de l'Église protestante ont assez longtemps gouverné la France actuelle pour qu'elle soit à l'abri de tout soupçon de partialité. Elle a bien plutôt mérité le reproche *d'indifférence en matière de religion*, qui lui fut fait avec éloquence. Si l'on évoquait trop souvent les ombres des victimes, si Montluc renvoyait à *Des Adrets* ses fantômes, si le protestantisme et le catholicisme recommençaient cette lutte des morts, ce serait, je le crois, le christianisme qui en souffrirait. Dans un

temps où, près de vous, Strauss a enseigné et prêché en Suisse, où nous avons vu à Paris le pouvoir à demi saisi par ceux qui disaient : *La propriété c'est le vol*, et : *L'idée de l'existence de
Dieu est cause de tous les maux de l'humanité*, à
présent qu'il ne suffit plus de dire comme un poète
de nos jours qui m'est cher :

O Christ, il est donc vrai, ton éclipse est bien sombre (1) !

« A présent que la *Divinité* même est menacée
par le matérialisme et le panthéisme à la fois, n'est-
il pas permis d'espérer que les ministres chrétiens
emploieront l'autorité de leur parole à resserrer
s'il se peut, et rapprocher les barrières de tous les
cultes ? Ce n'est pas trop de toute l'armée du Christ
pour faire face à la barbarie intérieure qui, de tous
côtés, est sortie de ses ténèbres.

« Mais vous avez voulu faire la *guerre au mal*
dans le xviie et le xviiie siècle et vous l'avez faite
avec une telle indépendance que vous l'avez combattu même dans le Genevois J.-J. Rousseau, votre
compatriote. Vous le poursuivez encore, le mal,
dans notre époque tourmentée. Hélas ! Monsieur,
notre pauvre France vous a donné d'étranges spec-

(1) Lamartine.

tacles. Nous sommes encore *l'arme au bras*, et
depuis le peu de temps où vos livres furent publiés, vos idées ont déjà pu se modifier sur bien
des points.

« Je compte sur l'amitié et la belle et sage intelligence de Mlle Camilla Maunoir pour m'avertir dès
que de nouveaux écrits auront suivi ceux dont vous
m'avez fait possesseur.

« Peut-être prendrez-vous encore la forme du
Roman historique. Je m'en féliciterais, car vous
avez prouvé qu'il n'y a point de question, si grave
qu'elle soit, et pas de vues si hautes qui ne puissent
s'y déployer dans un langage pur et dans une
composition aussi chaste que la pensée qui inspire et soutient votre religieux ministère.

« Vous voyez, Monsieur, par la longueur de cette
lettre, expression bien incomplète encore du plaisir
que je vous dois, combien il me sera précieux de
voir l'auteur, après avoir vécu ici avec ses ouvrages.
Je serai peut-être un jour assez heureux pour vous
rencontrer dans notre beau pays et pour vous prier
dans des entretiens pareils à ceux de votre grave
Concile, de ne regarder mes remarques et mes
regrets sur l'ardeur militante du protestantisme
que comme une preuve de plus de l'impression
sérieuse que produisent sur moi vos écrits, et de la

haute estime qu'ils m'ont inspirée par votre présence.

« ALFRED DE VIGNY

« au Maine-Giraud, Blanzac (Charente) (1). »

Le poète, qui depuis quinze ans rêvait d'aller à
Genève, en pèlerinage, ne put jamais réaliser son
dessein, et ce n'est qu'au mois de février 1855 qu'il
lui fut donné de faire la connaissance personnelle
de Félix Bungener.

Un matin, le pasteur protestant, qui était venu
passer quelques jours à Paris, reçut la lettre suivante :

« Je vous cherchais partout, Monsieur, votre
carte ne portait point d'adresse, et Mlle Camilla
Maunoir ne m'avait indiqué que la rue *Pavé*, sans
savoir qu'il y en a trois à Paris et que j'ai cru devoir vous trouver dans celle de la rue Saint-André-
des-Arts, qui n'est pas la vôtre (2).

« Je vous remercie de m'avoir éclairé sur votre
demeure. Permettez-moi de vous indiquer la manière que mes amis emploient ici pour se retrouver et qui est la plus simple du monde et le seul
recours aux déceptions causées par les distances,

(1) Lettre inédite.
(2) C'était rue Pavée-au-Marais, que M. Bungener était descendu.

c'est de prendre un jour rendez-vous. J'ai le projet d'aller chez vous, Monsieur, lundi prochain,
26 février, à 3 heures après-midi. Si vous pouvez
m'attendre, ne vous donnez point la peine de me
répondre : *oui*.

« Sinon, indiquez-moi un autre jour, pourvu que
ce ne soit pas *jeudi*. J'y serai fort exact, ayant un
très grand désir de vous voir après avoir lu les
excellents écrits que j'ai reçus de vous.

« Croyez, Monsieur, à mes sentiments de haute
considération.

« ALFRED DE VIGNY (1). »

« Mercredi, 21 février 1855. »

Que se dirent-ils dans cet entretien? Sur quoi
porta-t-il? Quelles en furent les suites morales?
Nous ne le saurons probablemeut jamais, car le
poète et le pasteur semblent avoir emporté leur
secret dans la tombe (2). Mais le silence persistant
que Vigny garda vis-à-vis de Bungener à dater de
ce jour me donne à penser que le fossé qui les
séparait au point de vue religieux, loin de se combler, ne fit que se creuser davantage.

(1) Lettre inédite.
(2) Lettre à Mme de Saint-Maur, publiée par *la Revue de Paris* du
15 février 1900.

A partir de 1852, sous l'action de sa maladie et des événements, sans parler de l'influence de ses proches, il s'était opéré dans les idées de Vigny un changement notable dont ses lettres à Mme Lachaud font foi. Le démocrate qu'il avait été de 1830 à 1848 avait fait un retour sur lui-même; le socialiste s'était converti, et le sceptique qu'il avait été avait perdu les trois quarts de son assurance. Dès lors que lui restait-il? à quoi pouvait-il se raccrocher? Comme il était de « race religieuse », il revint à la religion de son berceau, ainsi qu'un enfant revient à sa mère, sans éclat, sans *meâ culpâ*, sans fausse honte. Tout en plaignant dans son cœur « la faiblesse égoïste des pauvres âmes qui s'appuient encore sur des pratiques païennes (1) », il ne pouvait s'empêcher de sourire aux âmes dévotes qui, durant sa longue maladie, couvraient son lit de toutes sortes d'amulettes. A la fin, il demandait même des prières à sa filleule pour mettre un terme à ses souffrances. Et quand il se vit sur le

---

(1) J'avais prié M. Bungener fils de consulter les notes de son père dans l'espoir qu'il y trouverait peut-être quelques indications sur le sujet de son entretien avec A. de Vigny. Mais son carnet ne contient, paraît il, que ces mots sous la date du 26 février 1855 : « Visité l'église de Saint-Germain-l'Auxerrois. Retour pour attendre M. de Vigny qui m'avait annoncé sa visite pour trois heures. Excellente et longue visite (une heure et demie). S'il a été sincère, il fait un très grand cas de mes ouvrages; ce qui est sûr, c'est qu'il les connaît fort en détail et à fond. »

point de mourir, il se confessa humblement à un
saint prêtre.

Certes, ce n'était pas la mort que Bungener
aurait désirée pour Vigny, mais je gagerais bien
qu'en l'apprenant Mlle Maunoir sera tout de même
tombée à genoux et aura récité le *De Profundis!*

LIVRE VIII

VIGNY ET LES JEUNES FILLES

I

MARIE DE CLÉREMBAULT

Maisonfort. — Vigny se rapproche de Napoléon III. — Lettre inédite. — Il est fait officier de la légion d'honneur *proprio motu*. — Le *Vivat imperator*, de Méhul. — Souvenirs de la pension Hix. — Les deux Mourawieff. — Source d'inspiration du poème de *Wanda*. — Vigny *précepteur* du prince impérial. — Marie de Clérembault perd un fils de quinze ans. — Nouvelle lettre inédite de condoléances du poète. — *Le Revenant*. — Marie met au monde une petite fille. — Lettre inédite de Vigny à ce sujet. — Mort de Jehan de Clérembault. — Autre lettre inédite de Vigny.

I

Tout le monde s'accorde à dire qu'il est presque impossible d'écrire pour les jeunes filles. Si les enfants ont, grâce à Mme de Ségur, une excellente bibliothèque rose, les jeunes filles attendent encore une bibliothèque bleue qui soit vraiment digne d'elles. Toutes les revues de jeunes filles ont échoué piteusement chez nous pour avoir versé dans une pudibonderie excessive ou dans l'enfantillage.

En fait d'écrivain je ne vois guère que M. Marcel Prévost qui, dans la littérature contemporaine, ait su parler comme il convient à l'imagination et au cœur de nos lycéennes de quinze à vingt ans. A cet égard il a fait, dans ses *Lettres à Françoise*, ce qu'aucun de nos poètes idéalistes n'a su faire encore. Et pourtant ces buveurs de rosée ont tou-

jours eu la prétention de comprendre, de charmer
mieux que personne « l'éternel féminin ».

Lamartine, par exemple, qui fut un chaste, la
plume ou la lyre à la main, et qui composa pour
son innombrable clientèle féminine tant de vers
de circonstance, n'a pas fait une seule pièce
qui soit pour la jeunesse de la femme ce qu'est
pour l'enfance de tous l'admirable *Prière de l'Enfant à son réveil.* Vous pouvez ouvrir *les Recueillements,* où sont presque toutes ses poésies fugiti-
ves, vous n'en trouverez pas une qui, dédiée à une
jeune fille, ne dépasse de beaucoup son âge. Peu ou
point de conseils, rien qui soit de nature à lui servir de leçon ou de direction dans la vie. Ou bien,
c'est un *lamento* de violoncelle sur un thème usé,
tel que celui de la vanité des choses de ce monde,
ou bien c'est sa propre personnalité qui est en jeu.

Envoie-t-il des vers *à une jeune fille qui prédi-
sait l'avenir,* il lui dit :

> En vain, sous le mystère où se cache le sort
> Le regard des humains dans l'avenir enfonce,
> Le jour, hélas ! dément ce que la veille annonce,
> Notre âme se consomme en inutile effort.
> Le destin n'a pour tous qu'une même réponse :
>   L'oubli, le silence et la mort !
>
> Ne soulève donc plus, ô jeune prophétesse,
> Le rideau dont la vie aime à s'environner.
> Chaque heure apporte un rêve et trompe une promesse ;

Ne tresse plus d'erreurs pour nous en couronner.
Mais si tu veux encor qu'à l'oracle on s'adresse
Ne prédis de bonheur, ô jeune prophétesse
    Que celui que tu peux donner !

Répond-il *à une jeune Polonaise* qui lui avait demandé des vers, il s'écrie :

Mon asile et ma gloire, à moi, sont dans mon âme.
Qu'importe si le temps de mes chants est vainqueur ;
Vivre même inconnu dans un songe de femme,
    Avoir un écho dans son cœur !...

Le jour, la suivre seul dans les bois, sur la grève ;
De sa lampe, la nuit, prolonger la clarté ;
Etre le nom qu'elle aime ou l'ombre qu'elle rêve,
    Voilà mon immortalité !

Et c'est une chose curieuse, presque invraisemblable, que dans les quatre volumes de *la Correspondance* du grand poète il n'y ait pas une seule lettre adressée à une jeune fille.

J'en pourrais dire autant de Victor Hugo.

Avec Musset c'est autre chose. Lui qui s'entendait si bien à faire parler les jeunes filles à l'heure où elles rêvent d'amour, et dont le cœur bondissait comme un jeune faon à la rencontre de quelque Aimée d'Alton, il était gêné et comme interdit quand il se trouvait en face d'un front candide ou de deux beaux yeux inpertinemment innocents. Il réservait ses conseils de sagesse aux Parisiennes, qu'il savait un peu folles. Et pourtant c'est un fait qu'il fut poursuivi, entre trente et quarante ans, par deux ou trois jeunes filles de la société, à qui il avait littéralement fait tourner la tête. Une entre autres s'était si fortement éprise qu'elle entra plusieurs fois sans frapper dans sa chambre, les lèvres tendues vers les siennes. Mais il sut toujours se tirer à son honneur de ce pas dangereux ; quand ces jeunes amoureuses devenaient trop pressantes, il les prenait dans ses bras et les rapportait respectueusement à leurs mères.

Alfred de Vigny est peut-être le seul des grands poètes romantiques qui ait compris les jeunes filles et ait entretenu toute sa vie un commerce de lettres avec elles. Pourquoi ? parce qu'il était d'une nature essentiellement féminine, qu'il fut un éducateur dans toute la force du terme, et que, sous sa plume, en amour comme en amitié, le sentiment se cachait ordinairement sous une leçon de morale. Il aimait la société des jeunes filles et les jeunes filles recherchaient la sienne. Lui dont l'esprit planait si haut, et dont la philosophie était par instants si amère, il ne dédaignait pas, tant s'en faut, de descendre jusqu'à elles et de se mettre à leur portée. Il les amusait en les instruisant comme font les vrais maîtres d'école, sans se départir

jamais du respect qu'on doit avoir pour elles. Il
leur baisait la main cérémonieusement, comme il
faisait toutes choses, leur apprenait à chanter ou
à dire des vers, et de temps en temps, avec la permission de leurs parents, les menait au spectacle.
Et dans toutes les circonstances de leur vie, en dépit
de son pessimisme philosophique, il leur tenait un
langage chrétien. Il disait en mourant à son confesseur qu'il était d'une famille sacerdotale. C'est
surtout dans ses rapports avec les jeunes filles que
le prêtre apparaissait en lui. Il connaissait toutes
les formules sacramentelles et toutes les prières
liturgiques. Après s'être penché religieusement sur
leur berceau, et les avoir tenues sur les fonts du
baptême, il les assistait de ses conseils au moment
de la première communion; se mariaient-elles, il
s'intéressait à leur jeune couvée, prenait part à leurs
joies et à leurs peines et ne laissait passer aucune
occasion de les affermir dans le chemin du devoir.

On ferait un recueil unique, un bouquet blanc,
sentant le lis et la rose, avec toutes les lettres
qu'il a écrites aux filles de ses parents et de ses
amis. Celles que j'ai mises en œuvre dans les
portraits qui vont suivre sont parmi les plus belles.
Je les livre aux méditations des jeunes âmes
qu'elles intéressent.

II

Marie de Clérembault descendait, par son père, du maréchal de Clérembault qui fut le compagnon d'armes du grand Condé, et dont Mme Cornuel, son amie, disait spirituellement le jour où ils se brouillèrent, faisant allusion ainsi à la peine qu'il avait à s'exprimer : « J'en suis fâchée vraiment, car je commençais à l'entendre (1). »

Sa mère, qui était d'origine bretonne (2) quoique Parisienne de naissance, avait été élevée avec Mlle Pelleport, seconde femme de Bernardin de Saint-Pierre, à la pension tenue à Paris par Mme Le Grouin de la Fromagère, que, dans son livre sur l'auteur de *Paul et Virginie*, Aimé Martin désigne seulement par ses initiales, n'osant l'appeler par son nom qui sentait trop la métairie.

Marie de Clérembault vint au monde à Paris, le 22 novembre 1822. Vingt jours après, Alfred de Vigny, qui cousinait avec ses parents, étant sur le point de quitter Rouen pour aller rejoindre son régiment à Strasbourg, fit pour elle ce qu'il ne fit pour personne. Il lui dédia deux pièces charmantes qu'il n'a pas jugées dignes de figurer dans son recueil

(1) *Mémoires du marquis de la Fare.*
(2) Elle était née du Coëtlosquet.

de poésies, et dont l'original est entre les mains de
Mme Charles de Lesseps (1).

Voici les deux premières strophes **autographes**
de la pièce intitulée *le Berceau* :

Dors dans cette nacelle où te reçut le monde ;
Songe au ciel d'où tu viens, au fond de ton berceau,
Comme le nautonnier qui, sur la mer profonde,
Rêve de la patrie et dort dans son vaisseau.

Le matelot n'entend au-dessus de sa tête
Qu'un bruit vague et sans fin sur le flot agité,
Et quand autour de lui bouillonne la tempête,
Il sourit au repos qu'hélas ! il a quitté.

On me permettra de citer intégralement la pièce
du *Rêve :*

Ton rêve, heureuse enfant, n'est pas un vain mensonge,
L'imagination n'est pas encore en toi ;
Elle tient à la terre, au lieu que ton beau songe
N'est qu'un moment d'absence où Dieu t'appelle à soi.

Les anges sont venus près de ta jeune oreille
Et t'ont dit : « O pourquoi nous as-tu donc laissés ?
« A notre éternité la tienne était pareille,
« Tes yeux vers les mortels ne s'étaient point baissés.

« Tu touchais avec nous la harpe parfumée
« Et l'or de la cymbale et le sistre argentin,
« Tu flottais avec nous dans la sainte fumée
« Qui tourne autour des feux de l'éternel matin.

(1) C'est Mme Ch. de Lesseps, fille de Marie de Clérembault, qui
m'a communiqué le texte original de ces deux pièces de vers et les
lettres de Vigny qui font tout l'intérêt de ce chapitre.

âgé de 20 jours.

de Béranx..

Jours dans cette nacelle où le reçut le monde
Songe au ciel et où tu viens, au fond de tes berceaux,
Comme le nouveau-né qui, sur la mer profonde
rêve de la patrie et dort dans son vaisseau

Le matelot n'entend au-dessus de sa tête
qui mi sous vague et ... si sur le flot agité
et quand autour de lui bouillonne la tempête
il s'ouvrir en repos qui l'élan! il a quitté.

« Tu soutenais le bras de la céleste Vierge,
« Lorsque l'enfant de Dieu l'accablait de son poids,
« Ou bien tu te mêlais à la flamme d'un cierge
« Devant l'Agneau sans tache et le livre des Lois.

« Au char d'Emmanuel tes ailes attelées
« Guidaient la roue ardente et son essieu vivant,
« Et, pour nourrir le feu des lampes étoilées
« Aux voûtes de cristal on t'envoyait souvent.

« Des tabernacles d'or les secrètes enceintes
« Etaient les lieux cachés, choisis pour ton repos.
« Tu te posais aussi sur les genoux des saintes,
« Ecoutant leur cantique et leurs pieux propos.

« Tu seras bien longtemps sans revoir nos merveilles,
« Ange ami, tes instants seront tous agités,
« Tu pleures à présent sitôt que tu t'éveilles,
« Depuis vingt jours pourquoi nous as-tu donc quittés? »

Ainsi pour t'éloigner d'une vie éphémère
Les anges t'ont parlé, discours plaintif et doux.
Tu leur as répondu : Vous n'avez pas de mère.
Et tous ont vu la tienne avec des yeux jaloux.

Ces stances, datées du 13 décembre 1822, sont de
la même époque et de la même inspiration que le
poème d'*Éloa*. Comme Alfred de Vigny vivait alors
par la pensée au milieu des anges et des séraphins,
il a employé dans la texture de ces vers le même
vocabulaire et les mêmes images que dans la partie
descriptive de son poème. Mais il porta malheur à
sa cousine en disant que les anges étaient jaloux de

son bonheur. Sa fille n'avait pas un an, qu'elle perdit son premier-né.

En apprenant cette perte cruelle, Alfred de Vigny, qui se trouvait à Bordeaux, prêt à partir pour la guerre d'Espagne, lui adressa la lettre que voici :

« Bordeaux, 28 août 1823.

« Je vous demande pardon, ma bonne, ma malheureuse cousine, d'une faute qui est celle de nos usages et n'est pas la mienne.

« J'ai déchiré votre cœur de mère en vous écrivant une lettre indifférente, une de celles qui montrent le mieux quels maux peut causer l'absence sans la peine qu'elle fait par elle-même. Je vous félicitais de votre bonheur, pendant que vous pleuriez la plus grande calamité qui vous pût frapper. Je ne me console pas plus de vous avoir fait ce mal involontaire que du malheur qui l'a causé. Ce malheur était le seul que vous eussiez redouté ; tous les autres, me disiez-vous un jour, n'étaient rien à vos yeux tant que Dieu vous épargnait celui-là, et il vient de vous blesser où vous étiez le moins préparée comme un ennemi qui frappe au défaut de la cuirasse. J'ai versé des larmes bien amères à ce récit affreux, en regrettant de ne pouvoir apaiser les vôtres.

« J'aurais partagé les soins que ma bonne mère a été si heureuse de vous donner. J'aurais serré dans mes bras comme un frère votre noble Charles que j'aime bien plus depuis sa conduite.

« Rien ne peut diminuer votre juste douleur, et l'on aurait honte de le tenter, mais nous en aurions parlé ensemble et j'ai l'orgueil de penser qu'en vous cherchant une consolation dans le livre que Dieu a fait pour les malheureux, c'est-à-dire pour tous les hommes, j'aurais rencontré celle que cherche votre âme... Cette religion à laquelle on pense sitôt qu'on souffre me fait voir que vous êtes placée à présent entre deux anges : l'un qui vous attend, hélas ! et, près de vous, l'autre qui vous suit et vous consolera ! Conservez-vous pour celui-là. Que vos pleurs n'empoisonnent pas le lait que vous lui donnez, vous vous devez toute à ce jeune être, puisez votre force dans la pensée de sa faiblesse et l'amour de la vie dans votre amour pour elle.

« Adieu, ma bien chère cousine, croyez à mon attachement et à ma douleur.

« ALFRED DE VIGNY (1). »

Au mois de juin suivant, Vigny était à Pau, où l'entrée de son régiment donnait lieu à des troubles

(1) Lettre inédite.

assez graves. Comme les officiers du 55ᵉ de ligne passaient à juste titre pour avoir les opinions de la Vendée et de la Garde, la jeunesse libérale de la ville, excitée par un ancien garde du corps chassé de sa compagnie, nommé Beauvais-Poque, manifesta bruyamment contre eux et les poursuivit un jour jusque dans l'église Saint-Jacques, où ils avaient eu l'*audace* de faire chanter le *Domine salvum*. Arrêté de ce chef et mis en prison pour quelques heures, Poque trouva des vengeurs non seulement parmi les bourgeois de la ville, mais encore dans les rangs des fonctionnaires et des membres du barreau de la Cour. Et pendant que les officiers du régiment étaient frappés sur le pont et que le lieutenant-colonel était renversé sur le parapet et presque jeté dans le Gave, le colonel de Fontanges s'avançait les bras croisés au milieu de cinq cents furieux et défendait aux soldats de faire usage de leurs armes — ce dont on ne lui tint aucun compte. Dénoncé en haut lieu comme le principal fauteur des troubles, ce brave colonel risquait d'être blâmé, quand Alfred de Vigny, se souvenant que le directeur général du personnel au ministère de la Guerre, le comte du Coëtlosquet, était le propre frère de la comtesse de Clérembault, sa cousine, pria celle-ci d'agir auprès de lui. Elle fut assez heureuse pour obtenir gain de cause. Cela résulte de la lettre qui suit :

« Pau, 27 août 1824.

« On dit que vous n'êtes pas plus heureuse que
lors de mon départ, chère et bonne cousine, on dit
aussi que j'ai un remerciement à vous faire ; rien
de tout cela ne m'étonne,connaissant la méchance-
té des hommes et votre bonté. J'essaierais de vous
donner du courage si je n'avais pas été témoin de
celui que vous conserviez dans des circonstances
bien autrement douloureuses, mais vous avez été
plus forte que ne l'est une femme et vous le serez
encore. Vous m'avez rendu un vrai service en con-
tribuant à empêcher M. le comte du Coëtlosquet
de juger défavorablement la conduite de mon régiment et surtout de M. de Fontanges (1), que tout
le monde a admiré ici pour sa modération. Il me
témoigne en toute circonstance une estime et un
attachement qui augmente beaucoup le mien. Je ne
suis pas heureux, mais je n'éprouve pas de chagrins nouveaux. Il est vrai que ce serait trop aussi, j'en ai un qui me suffit. Je ne suis point assez
habile à solliciter et j'en ai été puni, puisqu'il m'a
fallu renoncer à une grande espérance de bonheur.

(1) Le colonel de Fontanges avait succédé au comte de Montrivault, cousin d'Alfred de Vigny.

A présent je me livre tout entier à l'état militaire que j'ai toujours aimé, que j'ai choisi avec une volonté ferme quand j'étais encore presque un enfant et auquel je n'aurais voulu renoncer que pour le mariage que j'abjure pour toujours. Je viens de refuser quelqu'un qui me faisait de nouvelles propositions pour les gardes-à-pieds, je veux porter une épée qui ne soit pas toujours un ornement et puis à présent qu'il ne s'agit plus que de moi je ne veux plus rien demander. — Je vous écris en face des plus belles montagnes de la terre au pied desquelles je voudrais bien vous voir avec Marie ; eh ! que ne venez-vous vous y reposer de tous vos ennuis, je vous ramènerais à Paris. Vous aurez [ici le papier est déchiré, il est probable qu'il y avait *pendant quel*] que temps l'air le plus pur et vous oublierez qu'il y a des Anglais et des procès dans le monde.

« On dit que votre fille devient aussi jolie que les petits anges ses amis, je voudrais bien voir cela. Ecrivez-moi un peu, ce sera une bonne action, vous voyez que je connais votre faible et comment on vous prend. Dites-moi des nouvelles de Charles et de ses frères. Adieu, si une lettre était une conversation, comme bien des gens le disent, je ne cesserais d'écrire avec vous, mais c'est un monologue dont la réponse est bien lente et quelquefois même n'arrive pas, qu'en dites-vous ? Je ne sais pourquoi je signe, car vous savez quel sincère ami vous avez dans celui qui [autre déchirure du papier, mais on peut supposer qu'il y avait : *vous écrit*] si mal.

« ALFRED DE VIGNY. »

« Je me [déchirure de papier, il devait y avoir : *recommande aux*] pieuses prières d'Angélique (1).»

Le passage de cette lettre où Vigny « abjure pour toujours le mariage » a besoin d'un petit commentaire. On sait qu'il aurait voulu épouser la belle Delphine Gay et que sa mère s'y opposa pour des raisons d'intérêt. C'est la première fois que nous entendons Vigny faire allusion à cet événement qui eut pour lui des suites si fâcheuses; nous ne connaissions jusqu'ici de ce mariage manqué que ce que nous en ont appris les lettres de Sophie Gay à Mme Desbordes-Valmore, publiées par Sainte-Beuve. Cette lettre de Vigny est donc très précieuse. Nous comprenons mieux à présent le dépit qu'il éprouva à la nouvelle que son régiment n'irait pas en Espagne : il avait compté sur cette guerre pour noyer son chagrin. Mais un clou chasse l'au-

(1) Lettre inédite. — Angélique Picard était la bonne bretonne qui élevait Marie de Clérembault.

tre, dit le proverbe; un an ne s'était pas écoulé qu'il épousait Lydia Bunbury, rencontrée à Pau. A partir de ce moment il n'eut plus qu'une idée en tête : quitter l'armée, où son épée ne lui était qu'un vain « ornement » et le billet suivant adressé à la comtesse de Clérembault, sa cousine, prouve que les raisons de santé qu'il fit valoir pour être mis en réforme (1) n'étaient pas de simples prétextes :

« S. d. [1827].

« Je vous réponds, ma chère et bien gracieuse cousine, avec une main qui tremble de la fièvre, et dans la position horizontale d'un homme dont la poitrine est couverte des sangsues favorites de nos docteurs Sangrado. J'ai tant souffert de cette subite inflammation de poitrine que je vois bien qu'il me faudra souffrir le séjour de mon lit jeudi, et le regret de ne pas vous voir.

« Mille amitiés tendres de ma mère et de ma Lydia que voici près de mon lit.

« ALFRED DE VIGNY (1). »

Sur ces entrefaites, Mme de Clérembault perdit sa

(1) Lettre inédite. — Le 30 mars 1827, quand il passa la visite réglementaire, on reconnut qu'il était atteint de pneumonie chronique et d'hémoptysie assez fréquente, et il fut mis en réforme par décision royale du 22 avril de la même année.

mère. Cette nouvelle épreuve affligea sincèrement
Vigny, qui essaya de l'en consoler par la lettre suivante :

« 18 juin 1827.

« Chère cousine, voyez que je suis bien loin de
penser que votre oubli ait eu rien d'offensant pour
moi. Je ne ressens que votre profonde douleur que
j'étais loin de croire si prompte à vous frapper,
mais, hélas ! qu'espérer d'un monde où nous venons
avec deux malheurs inévitables, ceux de perdre nos
père et mère, nos plus chers parents (1) ? Vous avez
été bien éprouvée depuis deux ans, le sort vous
doit des consolations, ne doutez pas qu'elles ne
viennent de vos enfans. C'est de là que viennent
pour les mères des félicités si grandes qu'elles rem-
placent des pertes immenses. Tout nous assure ce
bonheur prochain puisque tous peuvent déjà vous
rendre et sentir vos tendres soins. Appuyez-vous
sur eux, et vos larmes seront moins amères. Ne
doutez pas surtout qu'elles ne soient bien comprises
de votre dévoué.

« ALFRED DE VIGNY. »

(1) On retrouve cette pensée au chap. XL de *Stello :* « Qu'attendre
d'un monde où l'on vient avec l'assurance de voir mourir son père
et sa mère ? »

« Ma mère et ma Lydia se joignent à moi pour
vous dire qu'elles sont affligées comme vous et pour
vous (1). »

<h3>III</h3>

Le temps passa, qui sèche à la longue toutes les
larmes. Marie de Clérembault grandit et fut bientôt en âge de faire sa première communion.

Je serais bien surpris qu'à cette occasion Vigny
ne lui ait pas écrit quelque jolie lettre dans le goût
de celle qu'il adressa plus tard à une autre petite
cousine, Mlle Valentine de Saint-Chamans (2). Mais
il y a dans les papiers de Marie plus d'une lacune
regrettable. C'est ainsi qu'il nous faut arriver jusqu'en 1856 pour y retrouver l'écriture du poète
de *Moïse* (3). A cette époque, Marie était mariée

(1) Lettre inédite.
(2) Voir cette lettre au t. I de cet ouvrage, livre IV.
(3) Cependant il est question de temps en temps de Mme de Clérembault dans la *Correspondance* de Vigny avec ses amis et ses proches. Il écrivait, par exemple, à Busoni, le 20 octobre 1845 :
« ... Voulez-vous venir mardi soir ou mercredi soir ? Ces deux
jours-là nous ne sortons pas. Or, voici ce que vous trouverez autour de nous, choisissez : le mardi, l'abbé Vidal (a), seul, prenant
le thé entre ma femme et moi et partant à six heures pour la Bas-
tille. — Le mercredi, trois belles dames : Mme de Peyronnet, Mme de
Clérembault et sa fille, puis une jeune beauté française avec son
mari, tout cela prenant aussi le thé et jasant jusqu'à deux heures.
Voilà !... »

(a) C'est l'abbé Vidal qui reçut la confession de Vigny à son lit de mort.

depuis longtemps. Elle avait épousé dans sa dix-huitième année Philibert Conte, fils du directeur des Postes sous Louis-Philippe, de qui elle avait eu un garçon et trois filles. Et je n'ai pas dit que le marquis de la Maisonfort, qui fut à l'ambassade de France à Turin, sous le règne de Louis XVIII, le chef direct de Lamartine, l'avait adoptée dès l'enfance, ce qui lui avait donné le droit de timbrer ses lettres d'une couronne de marquise et d'ajouter à son nom celui de la Maisonfort.

De son côté Vigny, qui, depuis la chute de Charles X, et malgré les avances réitérées du roi Louis-Philippe, n'avait cessé de bouder la monarchie de Juillet, et qui s'était rallié, derrière Lamartine, à la République de 1848, Vigny, sous l'empire des événements, inclinait de plus en plus vers le gouvernement de Napoléon III, moins par sympathie pour le régime que pour la personne même du prince. On en aura la preuve manifeste par la lettre ci-dessous qu'il adressait, le 28 juillet 1856, au général de Clérembault, frère de Marie (1) :

(1) Né à Paris le 15 mars 1806, Charles-Philippe-Marie-Antoine, comte de Clérembault, entra comme page dans la maison du roi, le 1ᵉʳ juillet 1821, et fut nommé sous-lieutenant aux chasseurs à cheval de l'Allier le 17 mars 1824. Promu chef d'escadron, le 6 janvier 1844, au 2ᵉ hussards, il fut envoyé avec son régiment au Maroc et prit part à la bataille d'Isly. Général de brigade en 1855, il fut fait commandeur de la Légion d'honneur sur le champ de bataille de Sol-

« Que tu m'as envoyé un aimable vivat, mon ami !
je l'ai entendu d'ici et je me suis imaginé voir ce
tableau de famille. Le sourire affectueux de ta
mère passant sur les lèvres de Marie et gagnant les
petits *inconnus* assis à table près de leur père et de
toi. Les voilà donc qui savent avoir dans le monde
un cousin qui a vu naître leur jolie petite maman,
et qui a comme toi-même appris par *le Moniteur*
qu'il passait de l'âge d'argent à l'âge d'or de la
Légion d'honneur. Il y avait 24 ans que je portais
la croix des soldats de cette nombreuse légion,
mais comme le service n'est pas fatigant, je n'en
souffrais point et ne pensais pas à l'avancement.

« J'ai été d'autant plus touché de ce souvenir
qu'il est venu de très haut *proprio motu*, comme
on dit à Rome du Souverain Pontife. J'ai deviné la
main qui pressait la mienne dans l'exil (1). C'est la
même qui traçait à Biarritz le plan de campagne de
Sébastopol et qui tirait du Rhône les enfants sub-
mergés. Cette main-là mérite bien qu'on l'aime, et

férino, pour sa belle conduite, et nommé général de division le
12 août 1864. Placé, dès le début de la guerre contre la Prusse, à la
tête de la division de cavalerie du 3ᵉ corps de l'armée du Rhin, il se
signala dans le beau combat de cavalerie livré à Gravelotte, fut fait
prisonnier de guerre à la suite de la capitulation de Metz, et à son
retour de captivité passa dans le cadre de réserve. Il mourut le
13 février 1878.

(1) Vigny avait rencontré, comme je le dis plus haut, le prince
Louis-Napoléon chez lady Blessington.

je te prie de dire à Marie qu'elle apprenne à ses
enfants qui, dit-on, sont une couvée de rossignols,
le *Vivat imperator* de Méhul. C'est le plus beau
de tous. Je le chantais avec une voix d'enfant de
chœur lorsque j'étais écolier, avec des élèves dont
l'un était M. de Ravignan (dont je viens d'entendre les prières éloquentes il y a peu de temps aux
Tuileries), l'autre un peu moins pieux qui était,
comme toi, assis dernièrement près du canapé où
j'étais retenu dans l'attitude de Philoctète, c'est
M. de Moncorps ; l'un des autres élèves qui chantaient avec moi ce beau *Vivat* se nommait Hérold
et est devenu le grand compositeur que tu sais ; un
autre petit enfant blond s'appelait Denis Benoist (1)
(ne sais-tu pas sa vie politique et parlemen-
taire?). Il y avait dans ce chœur Alfred d'Orsay
qui vient de mourir ici aussi jeune et aussi beau
que lorsqu'il avait treize ans, et, parmi les voix les

---

(1) Denis Benoist d'Azy, né à Paris le 3 février 1796, mort à Saint-
Benin-d'Azy le 25 février 1880. Nommé député de Château-Chinon
(Nièvre) en 1842, il vota constamment avec la droite. Envoyé par
les électeurs du Gard à l'Assemblée législative, il s'associa à toutes
les mesures qui tendaient à renverser la République, mais au coup
d'Etat ce fut lui qui, dans la réunion des représentants du peuple à
la Mairie du X° arrondissement, donna lecture de l'acte de déchéance
du prince Louis-Napoléon. Rentré alors dans la vie privée, il n'en
sortit à nouveau qu'en 1871, comme représentant de la Nièvre à
l'Assemblée nationale, dont il présida les premières séances à Bordeaux, en qualité de doyen d'âge, et vota toutes les lois qui avaient
pour but d'empêcher la constitution définitive de la République.

plus angéliques deux jeunes Russes, les petits prin-
ces *Mathieu* et *Serge Mourawieff ;* ils étaient fort
de mes amis, ces camarades de billes et de balles, et
leur destinée a été moins douce que celle des autres.
Tous deux colonels de la Garde impériale russe
ont conspiré à l'avènement au trône du czar Nicolas. L'un a été *pendu* sur place et l'autre envoyé
à pied, avec un boulet à la jambe, en Sibérie où il
est encore (1). Ils avaient alors de longs cheveux
blonds bouclés qui tombaient jusqu'à leur ceinture.
Le jour du baptème impérial du jeune Prince à
Notre-Dame, le 14 juin dernier, en écoutant ce
Vivat de Méhul, il me semblait entendre encore les
voix de mon enfance qui chantaient cet *Hosannah*
de l'Empire avec de si naïfs transports, et lorsque
j'ai parcouru ainsi en un moment le cercle de ces
souvenirs, il m'a paru que j'avais vécu trois siècles.

« Ne le pensez-vous pas aussi, ma chère Marie,
et n'allez vous pas apprendre à vos enfants qu'ils
ont là-bas à Paris pour cousin un patriarche à
longue barbe blanche? Cela devrait être, mais enfin
il n'en est rien. Puisque Charles veut que je vous
parle, puisqu'il dit que vous tenez toute l'année
une plume prête à m'écrire, laissez-la donc tomber

---

(1) C'est cette affaire tragique qui a inspiré à Vigny le poème de
Wanda, des *Destinées.*

sur le papier et dites-moi les noms de vos enfants.
Dites-leur, en chantant ce *Vivat*, de prier pour le
salut de tous ceux qui le chantaient avec moi ;
plus encore pour les vivants que pour les autres
qui ne sont plus en danger de pécher autant que
nous.

« Ne viendrez-vous jamais à Paris (1) avec vos
chérubins ? Il n'y a que votre gracieuse mère qui y
passe quelquefois, mais pour une heure.

« Tu vois, Charles ! voilà ce que c'est que de
m'avoir dit d'écrire à Marie, je me tourne de son
côté et je lui parle par ta bouche qui lui lira sa
lettre.

« Prends-y ta part, cher ami, qui es un très
bon cœur. Ton cousin qui ne peut cesser de t'être
tout dévoué.

« ALFRED DE VIGNY. »

« Lydia me confie mille paroles d'amitié en
anglais pour les traduire à ma cousine et à Marie (2). »

Cette lettre est un document de premier ordre
pour la biographie d'Alfred de Vigny. Sans parler
de l'intérêt qu'offre le passage relatif à la pension

(1) Elle habitait alors à Châteauroux, où son mari était receveur
général des Finances.
(2) Lettre inédite. — C'est une preuve de plus que la femme du
poète ne put jamais s'assimiler notre langue.

Hix, on ne savait pas encore que le poète-philoso-
phe eût tant de reconnaissance à l'empereur de la
rosette qu'il lui avait donnée. Et l'on s'explique
mieux maintenant l'ambition que lui prêtait Lamartine de devenir un jour ou l'autre le précepteur
du Prince impérial. Certes, personne n'était plus
qualifié que lui dans la littérature contemporaine
pour remplir ces hautes fonctions, mais alors même
qu'il eût assez vécu pour pouvoir y être appelé, je
doute qu'il eût jamais obtenu ce poste de confiance
et d'honneur. D'abord il était trop fier pour le
solliciter même indirectement, et puis je sais par
une lettre de Persigny, demeurée inédite, qu'il
n'avait pas l'oreille des courtisans. La maladie,
d'ailleurs, ne tarda pas à le faire renoncer à ce
rêve ambitieux, si tant est qu'il l'ait jamais nourri.

Au mois de janvier 1858, Marie, qui avait déjà
perdu une fille, eut encore la douleur de perdre un
fils âgé de douze ans.

En apprenant l'affreuse nouvelle, Alfred de
Vigny lui écrivit en ces termes :

« 6 janvier 1858.

« Votre lettre de deuil m'a causé une peine bien
profonde, chère Marie, et en même temps je me
suis senti touché et reconnaissant de l'effort que

vous avez fait pour moi d'ajouter quelques lignes
à la lettre de Jeanne (1), si affectueuse pour sa
famille et si pleine de sentiments élevés et douloureux exprimés avec une mesure parfaite.

« Elle doit sentir qu'elle est à elle seule, en *ce
moment*,tout votre avenir maternel et votre unique
application du cœur et de l'intelligence.

« Hélas ! chère Marie, lorsqu'un jour je crus
voir des anges autour de votre berceau, je ne pensais pas être destiné à vous savoir assise en larmes
près du lit de votre fils.

« Ce n'est pas à moi qu'il appartient de vous dire
ce que l'Église ne cesse de vous répéter,ce que vous
enseignez à votre fille sur nos épreuves. La douleur vient de lui enseigner elle-même ces choses et
elle est entrée bien sombre dans votre heureuse
maison pour reprendre ce bel enfant qui vous
avait été donné. L'amour des arts était en lui déjà,
et pouvait-il en être autrement, dans un fils né de
vous ? Vous de qui l'âme est un sanctuaire de
toutes les harmonies ?

« Je comprends vos regrets et toute votre douleur. Vous étiez deux fois sa mère, vous aviez
créé ce jeune esprit, et puis vous l'aviez doué,

---

(1) C'était la future Mᵐᵉ Charles de Lesseps.

d'année en année, de tous les dons qui sont en vous.

« Il était, dites-vous, *plus qu'un enfant*, et il vous a laissé des traces de ce talent trop précoce. Une mère jeune et attentive comme vous sait tous les secrets des aptitudes de ses enfants et vous en surprendrez de semblables et d'égales peut-être dans cette jolie Jeanne qui vous reste.

« Il ne vous est pas interdit d'espérer même qu'un jour vous lui rendrez un frère qu'elle élèvera avec vous.

« Marie, songez-y donc, votre jeunesse n'a pas le droit de renoncer aux espérances des mères et *l'espoir de trois* familles peut vous sembler à présent anéanti pour toujours, mais pardonnez-moi de croire qu'il n'est que suspendu pour un temps.

« Vous le voyez, chère Marie, je vous cherche, je vous invente des consolations. Je crois voir l'avenir vous sourire plus que vous ne le voulez voir vous-même. Je conçois qu'aujourd'hui la douleur vous absorbe et que vous ne vouliez pas être consolée. Aussi je ne le tente qu'avec hésitation et je ne suis que trop pénétré moi-même de cette sombre vérité que j'écrivais un jour :

Je ne sais d'assurés dans le chaos du sort
Que deux points seulement : la douleur et la mort (1).

(1) Ces deux vers qu'il aimait tant à citer se trouvent dans la pièce intitulée *Paris*.

« Mais ce qui n'est point assuré peut nous être accordé comme une grâce inespérée, comme un dédommagement, comme un secours.

« Si j'étais près de vous, je vous dirais encore d'autres choses qui peut-être vous seraient douces à entendre. Mais que puis-je ? Que sont les froides lettres en comparaison de la présence réelle ? L'absence est le plus grand des maux. Y devez-vous persévérer et ne viendrez-vous plus ici ? vous y trouveriez non des *consolations*, car la consolation n'est qu'un mot, mais des distractions et quelques rares moments d'oubli.

« Souvenez-vous que vous y trouveriez en moi l'ami de votre berceau et de votre mère ; dites-le à votre douce et chère famille qui est la mienne.

« Votre cousin, votre ami, chère Marie, bien triste de vos peines et bien dévoué,

« ALFRED DE VIGNY (I). »

Le grand poète avait raison : quand les mères sont encore jeunes, le plus sûr moyen de se consoler de la perte d'un enfant c'est d'essayer de le remplacer par un autre. Rappelons-nous *le Revenant*, de Victor Hugo. Marie, sans attendre le conseil d'Al-

---

(1) Lettre inédite.

fred de Vigny, eut recours au même moyen, et nous allons voir qu'elle fut exaucée.

« Je le savais bien, lui mandait Vigny, le 18 août 1858. Je l'avais pressenti, lorsque je reçus votre double lettre de deuil, chère Marie; la lettre de Jeanne toute mouillée de vos larmes était du 18 novembre 1857. N'y a-t-il pas neuf mois? Chère enfant, jeune et charmante petite mère, ne rougissez pas ! allons ! voyons ! ne baissez pas même vos yeux noirs. Rappelez-vous plutôt ces vers qui reviennent dans ma mémoire je ne sais d'où :

> La jeune épouse heureuse et sage
> Laissait lire sur son visage
> Le bonheur qu'elle avait donné.

Oui, j'ai été un moment prophète (qui ne l'est au moins une fois dans sa vie ?) et il me semble qu'il faut que je le sois encoe aujourd'hui. J'élève hautement la voix, je parle comme Mahomet dans l'*Al-Koran* et je dis : J'affirme par le Pair et l'Impair que c'est un garçon. Les paris sont ouverts ! Le gage est jeté. *Alea jacta est.*

« Un voile charmant, un voile virginal et maternel est jeté sur votre lettre, Marie, et il couvre d'une ombre si étendue votre joli secret qu'il est permis d'y entrevoir que le nouveau-né a déjà paru. Les

mêmes petits anges qui voyaient votre mère assise
près de votre berceau et la voyaient, dit-on, *avec
des yeux jaloux*, les mêmes, absolument les mêmes
sont dans les plis de vos rideaux. Que voient-ils,
s'il vous plaît ? Lydia soutient qu'il n'est pas né et
qu'on l'attend d'heure en heure. Moi, je relis le texte
de votre lettre et je dis : Que sais-je ? Que voudraient
dire ces paroles modestes et charmantes : « Vous me
cherchiez de nouveaux devoirs, je *n'ose* plus dire
des espérances ? » — Vous avez donc une certitude !
mais de quel sexe est-elle ? Voilà la question. Moi
j'assure que je le sais. Et vous-même n'écrivez-vous
pas *un envoyé du Ciel ?* Vous qui savez et devez
savoir toutes choses dans ces mystères?

« Jadis, lorsque le conclave était fatigué des
luttes de l'élection d'un nouveau Pontife, il se pré-
cipitait à genoux et nommait l'*Élu* par *adoration*,
cela s'appelait comme cela.

« Vous allez tous agir ainsi, et ce sera un petit
bienheureux qui apparaîtra.

« ALFRED DE VIGNY (1). »

Vigny s'était trompé : le petit *bienheureux* fut
une fille à qui l'on donna le nom de Marthe. A part
cela, ses espérances et celles de Marie se réalisèrent,

(1) Lettre inédite.

et cette fois Dieu eut pitié d'elle, je veux dire qu'il
lui laissa ses deux filles. Mais un autre deuil lui
était réservé peu de temps après. Elle avait un
frère, officier de marine qui était l'orgueil des siens
et qui promettait de jeter sur son nom un nouveau
lustre. Il mourut des suites de la fièvre jaune qu'il
avait contractée à Saint-Jean-d'Ulloa, lors de l'occu-
pation de Vera-Cruz par les Français, laissant dans
la désolation tous ceux qui l'avaient connu, à commencer par Vigny, qui s'était intéressé plus d'une
fois à sa carrière (1).

C'est au mois de septembre 1860 que le poète
apprit la mort de Jehan de Clérembault. Aussitôt
il écrivit à Marie :

« 6 septembre 1860.

« Vous m'avez écrit, en partant avec ma cousine,
une lettre dont je me suis senti très touché, ma
chère Marie. Soyez tranquille, j'ai été bien doulou-
reusement surpris de la fatale nouvelle, mais je
n'ai pas été offensé d'un oubli que tant de choses
ont pu entraîner. J'ai toujours eu, au fond du
cœur, une indulgence sans bornes pour ceux de

(1) C'est ainsi qu'en 1848, alors qu'il n'était encore qu'enseigne de
vaisseau, il l'avait recommandé à son ancien camarade de collège,
le comte d'Orsay, pour tâcher de lui obtenir l'autorisation de visiter
les arsenaux anglais.

qui je me sens aimé, et surtout pour mes parents.
C'est d'ailleurs l'un de nos usages les plus pesants
que celui de multiplier à l'infini les lettres de deuil
et de répéter de sa main même les expressions
d'une douleur qui souvent est inexprimable. Vous
aviez pu croire ; en effet, que votre belle-sœur s'était
souvenue de mon nom, du fond des Pyrénées.
Mais ne faut-il pas tenir compte à une jeune veuve,
non seulement de sa douleur, mais de cette épouvante où nous laisse la solitude et l'étonnement où
l'on reste en voyant succéder aux douces paroles le
silence éternel ? Quelle cruauté n'est-ce pas d'exi-
ger qu'une femme ou une jeune fille écrivent quelque chose à quelqu'un, qu'elles puissent penser
seulement qu'il existe autre chose au monde que
leur douleur et un autre langage que leurs larmes ? Oh ! comme tout est froid dans ce qui s'appelle usages et convenances, à côté de la véritable
et profonde désolation... Tout ce que je vous
écris là, je le pensais en un moment et n'en ai
voulu à personne lorsque le hasard me fit savoir
cette perte qui vous afflige tant. Je marchais lentement en suivant les funérailles du roi Jérôme, et
c'est en allant ouvrir cette tombe d'un vieillard que
j'ai appris que déjà celle de votre jeune frère était
fermée.

« Eh ! mon Dieu ! depuis longtemps elle était entr'ouverte à nos yeux et je m'étonnais quelquefois qu'il résistât au mal intérieur sans beaucoup espérer que la résistance fût longue.

« J'ai toujours pensé que cette délicate nature n'était pas née pour la rude existence des marins. Je crois bien que c'est à Saint-Jean-d'Ulloa, dans les subites douleurs de la fièvre jaune, qu'il a reçu les grandes atteintes qui ont ébranlé pour toujours son organisation. Vous avez raison, Marie, il m'aimait avec sincérité, il savait aussi quel était pour lui mon attachement. Il se souvenait de moi tantôt à Athènes, tantôt en Amérique et m'envoyait une fleur des tropiques ou un marbre du Parthénon. Il savait que rien de ce qui vient du cœur n'est perdu pour moi et que tout souvenir se conserve en moi sans s'altérer. Ceux qui viennent de lui, de sa mère et de vous, Marie, sont en mon âme de cette nature intarissable, sachez-le bien. Seulement, je gémis de cette perpétuelle absence. Depuis combien d'années la vie de ce charmant ami était séparée aussi de la nôtre ! Que de sentimens, que d'idées sur toutes choses demeurent ainsi inconnus de l'un à l'autre ! Aujourd'hui, vous le voyez, nos nombreuses familles sont dispersées. Les lettres ne remplissent point les vides de ces longues sépa-

rations. A peine de loin en loin elles reparaissent
à l'occasion d'une naissance, d'une espérance,
d'une perte, et l'on ne sait rien de l'état du cœur
dans lequel se trouvent ceux qui vous sont chers,
rien de ce qui vous aurait été appris par un regard,
par un mot, par un serrement de main. Ne faut-il
pas dire de toute chose humaine : Hélas ! et Pourquoi ?

« Ne quittez pas votre charmante mère, qui doit
beaucoup souffrir.

« Parlez avec elle de Jehan tous les jours et, s'il
se peut, quelquefois de moi qui vous aime.

« ALFRED DE VIGNY. »

P. S. — Lydia ne veut pas que je l'oublie et me
prie de vous dire que s'il y a un lieu au monde où
celui que nous pleurons soit toujours invisible et
présent, c'est bien dans notre salon où tant de fois
il s'est assis entre elle et moi, où sont conservés
ses jolis dessins, ses lettres et les souvenirs de ses
récits animés par sa parole vive, joyeuse, détermi-
née, qu'il nous semble encore entendre et dont la
mémoire redouble notre regret (1). »

Tous ces deuils successifs s'ajoutant à ses propres tourments irritaient le mal indéterminé qui

(1) Lettre inédite.

dévorait ce pauvre de Vigny, et sa constitution délicate allait s'affaiblissant de jour en jour. Bientôt ce
fut au tour de Marie de le réconforter. Par malheur
elle continuait de vivre assez loin de lui, et, à part
sa cousine d'Orville, qui ne le quittait pas, on peut
dire que dans sa dernière maladie il fut privé de la
vue des chères créatures entre les bras desquelles
il eût aimé mourir.

Je ne sais même pas si Marie put assister à ses
obsèques.

Elle avait près de quatre-vingts ans quand elle
rendit son âme à Dieu.

II

DELPHINE BERNARD

I

Elle avait tout pour plaire à Alfred de Vigny. D'abord elle s'appelait Delphine, comme Mme de Girardin, son premier amour; ensuite elle ressem-

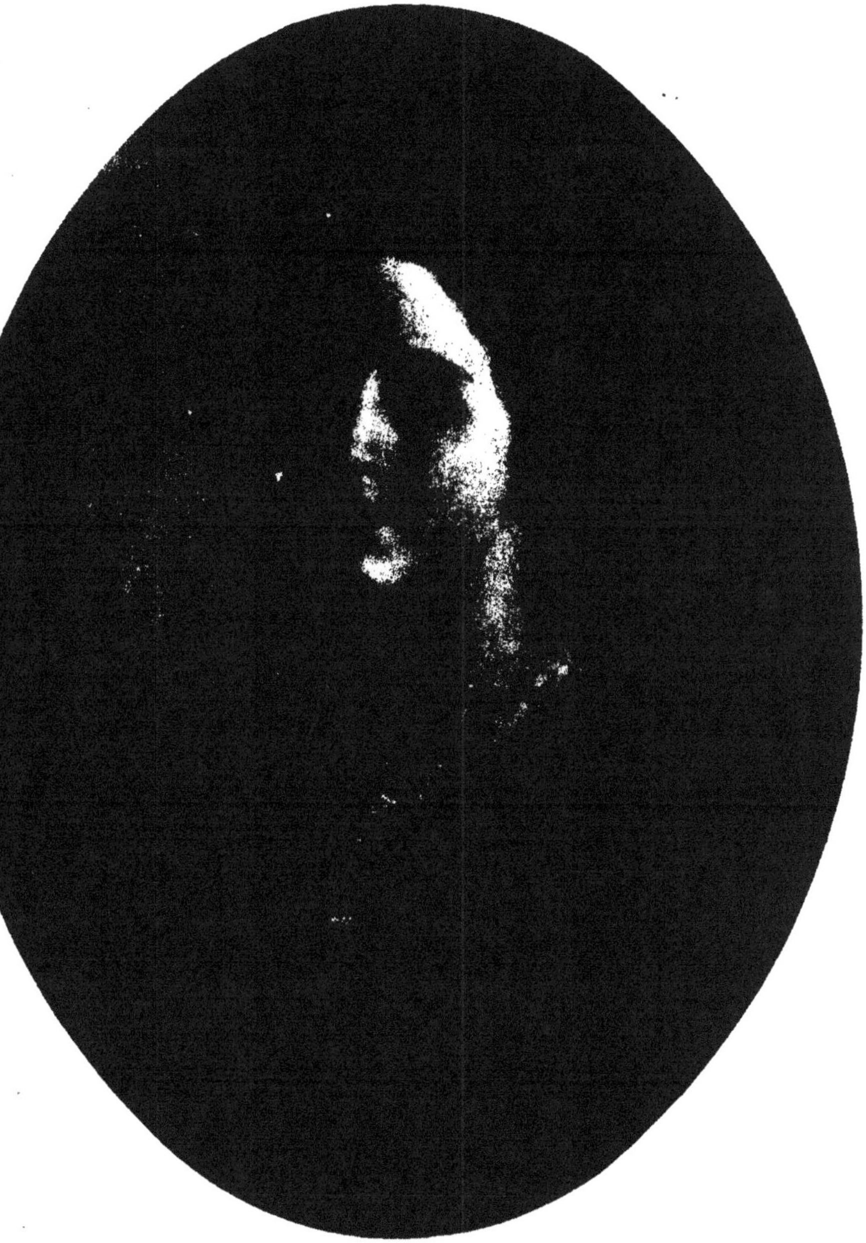

DELPHINE BERNARD
d'après un pastel fait par elle-même
appartient à Mme Marguerite DEUTZ.

blait par le type et par la coiffure à Raphaël, son
peintre préféré ; enfin elle peignait au pastel, et le
pastel l'enchantait par sa délicatesse et son élégance.

Née à Nancy, en 1825, l'avant-dernière de dix
enfants, elle avait eu pour maître Maréchal de
Metz, qui, avant de s'illustrer comme peintre-ver-
rier, avait restauré le pastel, tombé je ne sais
pourquoi dans l'abandon, et elle était devenue en
très peu de temps sa meilleure élève. M. Émile Michel, de l'Institut, qui l'avait connue toute jeune,
était très fier de posséder deux de ses premières
études au pastel, où le réalisme le disputait à la
poésie. La première représentait une paysanne avec
sa cornette lorraine, son fichu rouge jeté sur sa
chemise, et qui, la faucille à la main, tient la gerbe
de blé mûr qu'elle vient de couper. L'autre : une
vieille femme avec sa fille, une pauvre idiote, assi-
ses toutes deux, par une après-midi d'automne,
devant leur porte et ravaudant des bas.

Mais le chef-d'œuvre de la vingtième année de
Delphine est encore le ravissant portrait qu'elle
avait fait d'elle à cet âge et que j'ai la bonne fortune de pouvoir reproduire ici (1). Ce portrait, dans

(1) Il appartient à sa nièce, Mᵐᵉ Marguerite Deutz, qui me l'a communiqué avec tous les documents de cette notice.

sa maigreur maladive, a quelque chose de séraphique et d'immatériel, et je comprends que le modèle, avec ses dons de nature, sa grâce exquise, sa
modestie, son âme ardente, ait charmé tous ceux
qui l'approchèrent.

Elle avait vingt-deux ans quand elle vint à Paris
pour se perfectionner dans son art; c'est miracle
que Vigny ne l'ait pas rencontrée alors au musée du Louvre, copiant quelque tableau de l'école
flamande ou italienne, car, en ce temps-là, il allait
souvent faire ses dévotions aux madones de Raphaël. Mais il ne devait se trouver face à face avec
elle que dix ans plus tard, quand elle était déjà
minée par le mal dont elle mourut. Et c'est un
jeune peintre alors inconnu, c'est Jules Breton, qui
tomba, le premier, amoureux de cette délicieuse
jeune fille, pendant qu'ils copiaient au Louvre à
quelques pas l'un de l'autre, lui : *la Mise au tombeau* du Titien, elle : *le débarquement de la Reine*
de Rubens. Mais il était bien trop timide pour oser
lui faire part du sentiment qu'il éprouvait en sa
présence. Il n'eut même pas la curiosité de s'informer de son nom, et durant les cinq ou six semaines qu'il lui fut donné de voir « sa petite main
de magicienne frôler la boîte, changer de crayon,
courir, glisser, écraser et étendre de son index fluet

et rose le précieux morceau de pastel sous lequel s'épanouissait une rapide éclosion de vie », Jules Breton ne ressentit pour elle « que l'éveil d'une chaleur rayonnante et mystique, absolument dégagée des sens ». — Pourtant, un jour, il ne put résister au désir de lui témoigner son admiration religieuse. Profitant d'un moment où elle était absente, il se permit de glisser dans sa boîte un léger croquis où, comme Berjon, de Lyon, peignant Ondine Valmore, il l'avait représentée avec des ailes de chérubin, mais à son retour elle n'en manifesta aucune émotion... Et ce n'est que cinquante ans plus tard, après qu'elle lui eut inspiré, de souvenir, la Gabrielle de son roman de *Savarette*, qu'il apprit que la jeune fille idéale, aux cheveux coupés au ras de l'épaule comme le Sanzio, qui travaillait à côté de lui, au Louvre, en 1847, avait nom Delphine Bernard. Mais qu'importe? Grâce au petit livre tout parfumé d'amour qu'il lui a consacré, il y a dix ans, elle est maintenant sûre de vivre à jamais dans la mémoire des hommes, et comme elle ne travaillait que pour la gloire, on peut dire que ses vœux ont été exaucés (1).

(1) Voir *Delphine Bernard*, par Jules Breton, 1 vol. in-18, librairie Lemerre.

Comment Vigny fit-il la rencontre de Delphine ?
C'est ce que je vais dire à présent.

Il avait pour voisins, en 1858, M. et Mme Franck,
qui habitaient rue de l'Oratoire, aujourd'hui rue
Washington. On sait quel philosophe fut Adolphe
Franck. Jules Simon disait de lui un jour : « Si j'a-
vais à parler sur sa tombe, je ne dirais que ces
deux mots : D'autres ont fait plus de bruit, personne n'a fait plus de bien. » Quel plus bel éloge !
C'était, en effet, une âme très haute et qui avait
eu le rare bonheur d'en trouver une autre à son
niveau dans les liens du mariage.

Pauline Bernard, sa femme, était la sœur aînée
de Delphine, mais, tout en l'aimant beaucoup, tout
en ayant certaines affinités avec elle, elle en dif-
férait assez par la tournure de l'esprit qui chez
elle était plus dogmatique et plus confessionnel.
Cette différence tenait peut-être à ce fait que, tandis que Delphine embrassait la carrière artistique
qui élargit ordinairement les idées, Pauline gagnait
sa vie comme institutrice dans une maison privée,
car le sentiment du devoir et de la responsabilité
morale doit primer tous les autres dans l'esprit des
éducateurs de l'enfance ; et Pauline avait un tel respect d'elle-même qu'étant fiancée depuis longtemps
à Adolphe Franck, elle recula son mariage jus-

qu'au jour où les enfants qu'elle élevait n'eurent
plus besoin d'elle, et cela pour tenir la promesse
qu'elle avait faite au lit de mort de leur mère.

Ce n'est pas elle qui aurait osé écrire ces lignes:
«... Un beau jour, on se réveille effrayé d'avoir
laissé couler sa vie sans s'en apercevoir. On trouve
très rarement un de ces moments de recueillement
si précieux où l'âme s'élève tout à coup, non au-
dessus d'elle-même, mais au niveau qu'elle devrait
occuper toujours; malheureusement, ces élans et
les belles résolutions qu'ils font prendre ne se con-
tinuent pas toujours; et chez moi surtout, tu sais
comme c'est peu durable. C'est pour cela que,
comme rappel salutaire, je trouve un culte une
bonne chose. Les forts peuvent s'en passer; l'idée
du bien et du beau, la dignité de leur âme leur
suffit pour bien sortir des luttes de la vie; les fai-
bles comme moi ont besoin de s'appuyer sur quelque chose de positif. Mon esprit me dit bien où est
le devoir; mais ma conduite et mon caractère n'y
répondent pas du tout... Pour achever, je dois
dire que, malgré tout le mal qu'on en pense et
écrit partout, j'aime la confession et c'est une des
choses que j'aurais le moins laissées de côté, si je
fusse née chrétienne; elle fait plus de bien que de
mal. Je remercie Dieu cependant de m'avoir fait

naître au milieu des philosophes; j'aime encore
mieux en savoir un peu plus et regarder avec mes
yeux et ma raison que d'être machinalement plus
sage par ignorance. J'aime enfin choisir dans la
religion chrétienne ce qui me plaît; tandis qu'elle
me repousserait tout à fait, si,lui ayant appartenu,
j'admettais quelques points en en rejetant d'autres
moins sympathiques. »

Ces lignes sont de Delphine; sous la plume d'une
jeune fille juive,elles ont de quoi nous surprendre.

C'est elle encore qui disait :

« Sans doute,ne pas souffrir est un bonheur néga-
tif,et on a besoin de plus que cela; mais combien
me suis-je dit,dans mes moments d'angoisse et de
douleur, que je ne me plaindrais plus jamais de
mes petits maux, de l'ennui, du vide, de tout ce
qui est moins poignant. Comme le calme paraît
alors une belle chose, et que la vie tout unie sem-
blerait douce si tout à coup elle se présentait ! Je
suis devenue superstitieuse,et quand j'entends qu'on
se plaint ou quand je suis disposée à me plaindre,
je crains toujours qu'un lendemain plus mauvais
me fasse regretter la veille, qui paraissait déjà
dure.... »

C'était presque de la résignation chrétienne. Oh !
non, Pauline n'aurait pas écrit cela. Son long com-

merce épistolaire avec M. Franck pendant leurs fiançailles, leur parfaite union ensuite, ses dispositions naturelles, tout l'avait rendue, elle qui était déjà la femme forte, aussi sévère pour elle que pour les autres, et plus d'une fois il lui était arrivé de déplorer les écarts de sa jeune sœur.

« L'histoire de cette chère fille, écrivait-elle un jour à son futur mari, est celle de beaucoup de mortels, tant que la poursuite des intérêts matériels ne leur a pas fait abandonner, comme de peu de valeur, leur perfectionnement moral; et cependant rarement cette histoire ne m'avait inspiré une passion plus profonde; c'est bien là cette nature originellement dégradée, tombée, dont parlent les chrétiens, mais qui a le souvenir du ciel et qui y aspire encore après sa chute (1); ou plutôt c'est notre double nature, dont l'une tend sans cesse à dominer l'autre, et dont la parfaite conciliation serait le chef-d'œuvre de la parfaite sagesse (2). »

Et voilà qui nous donne une idée assez nette du milieu dans lequel pénétra Vigny, vers 1858. Je

(1) Mᵐᵉ Ad. Franck, qui admirait Lamartine, pensait là certainement au vers immortel du grand poète :

L'homme est un dieu tombé qui se souvient des cieux.

(2) Pauline Franck, *Une Vie de Femme*, lettres intimes recueillies par sa fille, Mᵐᵉ Marguerite Deutz, et non mises dans le commerce. Je souhaite qu'un jour elles soient livrées au public, car elles sont parmi les plus belles qu'on puisse lire.

dois ajouter pourtant que Mme Franck, en dépit de son fond de mélancolie et de puritanisme, avait la bosse de la saillie et que dans la conversation elle était extrêmement spirituelle.

Alfred de Vigny visitait habituellement ses voisins de la rue de l'Oratoire le soir après dîner, quand sa femme dont il était le garde malade était endormie et qu'il avait réglé avec sa domestique les comptes du ménage, Lydia ne s'occupant jamais de rien à la maison, malgré son air pot-au-feu. Il arrivait toujours vêtu de son collet militaire, s'asseyait familièrement à côté de la chaise longue de Mme Franck, et, tout en causant avec elle ou son mari des choses du jour, s'amusait à passer ses mains aristocratiques dans les cheveux bouclés de ses enfants. Car je n'ai pas dit qu'elle était mère de deux jolies petites filles nommées Amélie et Marguerite, que Vigny affectionnait beaucoup, surtout cette dernière à cause de son goût naissant pour la poésie. Il savait par cœur des milliers de vers et, pour encourager cette petite muse, il lui en récitait souvent, ceux-ci, entre autres, qu'il avait trouvés dans un poème sur Saint-Just.

Et les têtes coupées
A ce terrible enfant servirent de poupées.

On connaît son admiration pour le poète de *la*

Jeune Captive. Une fois, pendant un séjour que les Franck faisaient au bord de la mer, il envoya à Marguerite ce quatrain d'André Chénier :

> Néère, ne va pas te confier aux flots
> De peur d'être Déesse, et que les matelots
> N'invoquent au milieu de la tourmente amère
> La blanche Galathée ou la blanche Néère.

Une autre fois, Marguerite ayant eu une attaque de jaunisse, il fit passer à sa sœur, avec prière de les lui dire, en guise de consolation, ces vers pimpants d'Alfred de Musset :

> Ah ! c'est un démon, c'est un ange,
> Elle est vive comme un oiseau,
> Elle est jaune comme une orange !

En retour, les deux petites filles apprenaient pour les lui déclamer des scènes entières de ses traductions de Shakespeare. Et il les en récompensait en les conduisant de temps en temps au théâtre. Elles eurent ainsi la grande émotion d'assister à une reprise de *Chatterton*. C'était Mme Arnould-Plessy qui jouait ce soir-là le rôle de Kitty-Bell créé par Mme Dorval ; elle leur fit verser d'abondantes larmes dans la scène tragique du suicide, mais Vigny n'eut pas le plaisir de les essuyer, car il s'était retiré dans les coulisses pour ne pas se donner en spectacle en res-

tant dans leur loge. Quelque temps après, elles allèrent encore avec lui au Théâtre-Français, un soir
qu'on jouait *le Misanthrope*, et Mme Marguerite
Deutz se souvient très bien que pendant les entr'actes il leur fit le commentaire de la pièce et leur parla
longuement de ses diverses interprètes, à commencer par Mlle Mars, dont il comparait la voix à un
collier de perles s'égrenant sur un escalier de marbre. Vous pensez si elles étaient fières d'avoir ce
grand poète pour chaperon !

Les deux billets suivants qu'il adressait à leur
mère sont de cette époque :

                       « 1er décembre 1859.

« Voici deux billets, Madame, qui feront jeudi
peut-être plaisir à quelqu'un de vos amis, et si les
deux petites têtes de chérubins que je vous avais
enlevées l'autre jour vont se montrer à l'Institut,
elles donneront des distractions ravissantes aux
orateurs. C'est dans cet espoir de les troubler un
peu que je vous envoie tout ce que j'ai reçu avec
les plus constantes amitiés.

            « ALFRED DE VIGNY (1). »

(1) Lettre inédite.

« 13 novembre 1860.

« Voici, Madame, deux billets que l'on vous demande peut-être et qui seraient perdus chez moi.

« Si vous connaissez des spectateurs zélés, ne tardez pas à les combler de félicité et faites-leur parvenir ma bénédiction, en gardant pour vous l'espérance de ma fidèle amitié.

« ALFRED DE VIGNY (1). »

II

Et Delphine? allez-vous me dire. Attendez, la voici qui arrive, mais je vous préviens qu'elle ne fera que traverser ce récit, comme une figure de rêve, — Vigny qui était si heureux de la voir chez sa sœur, et à qui, tout en préparant ses pastels, elle souriait de son sourire mélancolique, quand il lui adressait quelques compliments bien sentis, Vigny ne s'étant jamais permis de lui écrire à elle-même, par un sentiment de pudique respect.

Le premier billet de lui où il soit question d'elle est du 6 février 1862.

« J'envoie de mon lit, écrivait-il à Mme Franck, savoir si les inquiétudes qui tournent autour de

(1) Lettre inédite.

votre canapé se sont un peu calmées, Madame.
Votre gracieuse sœur, Mlle Delphine, est-elle réta-
blie, comme je le désire bien, va-t-elle reprendre en
main ses habiles pinceaux ? Et le petit malade de
sept ans ? et ses maux de gorge, qu'en dit-on ?
Que faut-il espérer ?

« Rassurez-moi, Madame, je ne perds point l'habitude de songer à votre charmante famille qui
m'est très chère.

« ALFRED DE VIGNY (1). »

Vers le même temps, Mme Franck écrivait à sa
fille Marguerite :

« Je vous ai bien regrettés samedi, mes chers
enfants, car nous avons eu une scène de comédie
que je n'aurais pas échangée contre aucune autre et
qui s'est passée dans l'après-midi, sans décoration
aucune auprès de ma chaise longue ; les auteurs et
acteurs étaient : M. Franck, M. de Vigny, et un
autre P... frère de celui que nous connaissions déjà
et fanatique insensé, avec une figure grotesquement
assortie à ses grotesques manières et son incroyable
langage ; Amélie et moi nous composions l'auditoire
et je vous assure qu'il était bien dommage qu'il ne
fût pas plus nombreux.

(1) Lettre inédite.

« Amélie partait quelquefois en si grands éclats
de rire que, si elle n'avait été devant un homme qui
ne voyait et n'entendait que lui, il aurait fallu la
faire sortir. Figurez-vous un nez proéminent, des
yeux caves, une voix qui vous cr'e sans cesse : « Il
faut lire l'évangile, il faut être protestant, il faut
penser à la mort. » Alors tandis que votre père lui
demandait de quel protestantisme il fallait être,
vu qu'ils sont subdivisés en quantité de sectes, et
l'engageait à mettre d'abord la paix chez eux... »
— « Cela ne me regarde pas, criait-il de plus'belle,
lisez d'abord l'évangile, et vous qui êtes un grand professeur, faites-vous chrétien, et vous, M. de Vigny,
qui êtes un grand poète, faites-vous protestant. »

« — Moi, disait M. de Vigny, qui s'amusait de lui,
de l'air le plus bénin du monde, j'aime être catholique
parce que c'est la religion qui a fait mourir le plus de
monde ; c'est toujours une douceur de se dire cela.

« — Etre catholique au xixᵉ siècle, quelle honte
pour Paris! il faut que Paris devienne protestant,
Monsieur! Adorer la Vierge! donner une maman à
Dieu!

« — Pourquoi pas, répondait M. de Vigny, aussi
bien qu'un papa? moi, je l'avoue, j'aime mieux une
femme qu'un homme!

« — Et les statues, les peintures des saints, des saintes, quelle idolâtrie !

« — Ah ! Monsieur, grâce pour Raphaël ! Tenez, vous me paraissez artiste, vous deviendrez un jour catholique en admirant quelques belles madones ; pour moi, je les regarde plus volontiers que je ne lis l'évangile, etc., etc.

« Et tandis que votre père faisait manœuvrer les arguments de gros calibre, M. de Vigny faisait des grimaces à son interlocuteur et se tournait vers nous en le mimant d'une manière si comique que c'était à n'y pas tenir. En partant, M. P... lui remit un de ces petits livres pieux dont certains pasteurs protestants ont toujours leurs poches farcies et que M. de Vigny, à son tour, remit immédiatement à Amélie, qui avait beau s'en défendre (1). »

Un peu plus tard Mme Franck écrivait encore à ses filles :

« ... A peine votre tante Delphine était-elle arrivée, hier, qu'est venu M. de Vigny. Nous avions des pommes de terre frites qui ont mal attendu jusqu'à sept heures, à notre grand plaisir à tous, car il était charmant, ô mes filles ; il semblait qu'il eût flairé un très élogieux article que M. Caro a fait

_____

(1) Pauline Franck, *Une Vie de Femme, lettres intimes.*

paraître dans *le Constitutionnel* (1) sur la nouvelle édition des œuvres de Vigny et que Mme S[inger] venait de m'envoyer (2). Donc, j'ai remis l'article Caro à votre cher ami que votre absence ne pâlit point : la conversation est devenue toute littéraire et a roulé surtout sur ce genre de littérature qu'un poète et même un philosophe préférera toujours : *es œuvres* (3)... »

On voit que, pour une malade, la sœur de Delphine était d'une humeur assez gaie. Par instants même elle devenait plus que malicieuse, comme dans cette autre lettre à sa fille Marguerite :

« Eh bien, ma grande, te voilà en *étrange pays*, comme disent les gens du village ; je ne doute pas que tu ne te trouves bien dans ta nouvelle patrie où les indigènes sont d'excellentes gens ; mais hier, la pluie aidant, nous avons tous bâillé passablement et nous disions : « C'est l'absence de Marguerite qui attriste ». Cependant, le soir venu, le salon illuminé *a giorno* à l'aide d'une lampe, de deux bou-

---

(1) Cet article a été recueilli dans le livre de M. Caro paru, en 1888, sous le titre : *Poètes et romanciers*. Hachette, éd.

(2) Mme Alexandre Singer, sœur de Louis Ratisbonne, fut une des femmes les plus distinguées de la société du second Empire. Très liée avec Emile Ollivier, Emile Deschanel, Caro, Octave Feuillet, etc., elle avait été définie par Emile Augier à cause de son aspect maladif et de ses grands yeux rêveurs : *Deux yeux et une âme*. Elle a aujourd'hui 86 ans.

(3) Pauline Franck, *Une Vie de Femme*.

gies et de l'aimable société que te décrit Amélie,
combien je t'ai regrettée davantage, combien j'aurais voulu que ta tante (Delphine) fût des nôtres !
Mais ni l'une ni l'autre vous ne seriez restées jusqu'à la fin ; tu aurais eu le chagrin de te retirer à
six heures et demie, comme Amélie, et quoique le
lit soit une douce chose dont il ne faut pas médire,
il ne cause pas aussi bien que M. de Vigny ; Mme S[in-
ger] s'est retirée à contre-cœur à onze heures pas-
sées, Jules à onze heures et demie ; M. V..., qui était
pâle d'une poésie rentrée que l'arrivée de M. de
Vigny l'a empêché d'exhiber, a promis à minuit de
revenir bientôt... et il tiendra parole ! C'est alors
que seul avec nous et l'ami L..., ton cher Alfred a été
charmant jusqu'à près d'une heure du matin ; après
quoi j'ai bien dormi et ne suis pas fatiguée du tout.
Je ne dois pas oublier de te dire qu'à peine *entrée*
M. de Vigny s'est *informée* de toi. (Voilà l'ortho-
graphe qui conspire avec les ennemis de M. de Vigny : je mets au féminin tous les participes qui se
rapportent à ce vieux beau !)

« — Marguerite est déjà retirée dans ses appar-
tements, disait-il.

« J'espère qu'à cette heure-là tu dormais, ma
fillette, ce qui te convient mieux que de veiller (1). »

(1) Pauline Franck, *Une Vie de Femme.*

Traiter Vigny de *vieux beau!* Ah! Madame, s'il
vous avait entendue! sa perruque blonde eût été
capable d'en changer de couleur. Heureusement que
c'était pour rire. Mme Franck avait, en effet, une
affection profonde pour Vigny et le lui montra bien
dans la crise terrible qu'il traversa avant de mourir. Nous avons vu qu'il s'était alité au commencement de l'année 1862. A partir de ce moment il ne
quitta presque plus son lit, ou, quand il le quittait,
c'était pour aller soigner et consoler sa pauvre Lydia qui était, elle aussi, clouée sur le sien. Mais s'il
ne pouvait plus visiter ses amis, il les recevait toujours avec joie, et la moindre prévenance de leur
part, la plus petite marque de sympathie, lui allait
au cœur.

« Je vous remercie bien, Madame, de ce souvenir
de voisine, écrivait-il à Mme Franck, le 7 novembre
1862. Au milieu de tous mes tourments, c'est une
goutte d'eau fraîche que vous avez jetée sur le gril
de saint Laurent, et je dis comme lui : Qu'on me
tourne de l'autre côté (1). »

Et quelque temps après, le 5 février 1863 :
« Oui! oui! Madame, si vous voulez, ou plutôt si
vous pouvez venir samedi soir près de moi, vous

(1) Lettre inédite.

prendrez place parmi les anges de la Bible ! Et
déjà je vous bénis pour en avoir la constante
pensée (1). »

Il venait de perdre sa femme et pouvait plus facilement ouvrir sa porte à ses rares fidèles.

« Je voudrais bien, Madame, pouvoir penser que
je verrai M. Franck demain, écrivait-il encore à
Mme Franck le 10 février 1863 ; mais j'attends deux
personnes qui doivent s'enfermer avec moi pour
me parler de choses funèbres qui ne me sont pas
épargnées.

« Ayez donc la bonté de lui ordonner de soigner
sa gorge que ses discours doivent souvent blesser
par leur belle ardeur.

« Permettez que je ne parle pas de vous. Ma
faiblesse est extrême et m'accable autant que les
insomnies. Je suis profondément touché de vous
voir prendre part ainsi à mes souffrances de toute
nature.

« Je suis heureux de penser que j'aurai quelque
chose à conserver des traits de vos deux chérubins.
Lorsqu'elles se souviennent de moi, si elles viennent
après quatre heures, je pourrai toujours les voir ;
mais elles ont été trop matinales pour un malade
et m'ont laissé de grands regrets.

(1) Lettre inédite.

« Veuillez le leur dire en baisant leur front ce soir.

« ALFRED DE VIGNY (1). »

Et qu'espérait-il donc pouvoir garder d'Amélie Franck et de sa gentille sœur, la Marguerite des Marguerites, comme il l'appelait quelquefois ? La lettre suivante va nous le dire :

« 26 février 1863.
« Mercredi.

« En vérité, Madame, voilà une dame romaine de trente-cinq ans qui a le teint brun et les cheveux noirs de Cornélie, et cette matrone superbe a dû ressembler beaucoup à la Marguerite des Marguerites, quand elle était jeune.

« Son regard farouche regarde l'ennemi sur la

---

(1) Lettre inédite. — Dix jours après (le 20 février 1863), il adressait ce petit billet à M. Franck :

« Je reçois un message de bibliothèque qui m'embarrasse beaucoup, mon cher et savant ami, et comme il vient de l'un des palais dont vous connaissez les détours, il me serait important de vous consulter sur ce que je dois faire pour ne pas compromettre un de mes amis qui, je crois, a fait un péché véniel pour m'être agréable.

« Si vous pouviez ce soir prendre votre chapeau et venir voir pour dix minutes un invalide qui vous aime, vous lui causeriez une grande joie.

« Voici des vers charmants que je restitue avec peine à Mme Franck en lui envoyant mes baisemains, comme on disait jadis.

« Tout à vous
« ALFRED DE VIGNY. »

(Lettre inédite.)

montagne et elle va consulter une petite Portugaise,
son amie, qui a un trait de beauté d'Amélie par ses
cheveux noirs.

« Voilà donc l'impuissance de la photographie
prouvée. Et Vénus perdrait son latin (*d'Ovide*) à s'y
faire deviner. Cela me désole, et pourtant j'ai installé ces deux dames sévères dans l'album qui doit
leur servir de salon de conversation dorénavant.
Mais dites donc au premier des hommes, au plus
puissant des rois, à *Adam* et à *Salomon*, de convo-
quer un congrès de tous les chimistes de Paris pour
trouver un antidote à ce noir menteur et découvrir
une teinte à peu près blonde... »

« Toujours précieux, monsieur de Vigny ! Il voulait
dire en ces lignes plus ou moins énigmatiques que
le sculpteur-photographe Adam Salomon, qui nous
a laissé de lui une si belle image (1), avait fait de

---

(1) J'en ai vu deux épreuves curieuses dans l'album de Mme Marguerite Deutz. La première, représentant Vigny de profil, de gauche
à droite, porte cette inscription de sa main : « Stello ; — Pourquoi ? »
— et les deux vers suivants :

   Je ne vois d'assurés dans le chaos du sort
   Que deux points seulement : la souffrance et la mort.

La seconde, où Vigny est pris de profil, de droite à gauche, porte
au pied les lignes autographes que voici : « Le Docteur noir : Hélas ! Si mon cœur et ma tête avaient entre eux agité la même question, ils ne se seraient pas autrement parlé. »
Ces deux photographies sont datées de mars 1863.

Mlle Marguerite Franck une photographie beaucoup trop noire et qui la vieillissait outre mesure. »

A cet endroit de sa lettre à Mme Franck, le souvenir de Delphine lui revint à l'esprit, et il écrivit à son adresse :

« Que je voudrais voir Mlle Delphine pour lui dire quelques injures ! Un soir, chez vous, elle a permis à un peintre de médire du pastel, chose adorable, durable, fidèle de couleur, source de vérité et de couleurs pures. On voulait la prêcher pour quitter ce délicieux genre sur lequel règne Maréchal et *Christophe Colomb* près de lui (1). Qu'elle s'en garde bien, je l'en supplie, et à chaque anniversaire qu'elle nous donne une nouvelle Marguerite en bouquet. »

Quand je vous disais que le pastel le ravissait ! Henriette Corkran, une jeune Anglaise [que nous retrouverons plus loin, dit dans une lettre :

« C'est Alfred de Vigny qui me poussa, aussitôt que je sus dessiner, à apprendre le pastel... Je me souviens de l'avoir vu s'arrêter un jour au Louvre

(1. Allusion au crayon de Maréchal, de Metz, représentant Christophe Colomb enchaîné qui a figuré longtemps au Musée du Luxembourg : « grand dessin un peu trop matériel, disait Jules Breton, mais très vigoureux ».

devant un pastel de Rosalba, s'écriant : « Ah ! ce n'est que dans le pastel qu'un artiste peut rendre fidèlement la fraîcheur sur la joue d'une jeune fille et le duvet sur l'aile d'un papillon. »

Or, Delphine Bernard n'avait pas seulement cette note fraîche et tendre, elle savait aussi traduire les choses graves, et, comme si elle avait eu le pressentiment de sa fin prochaine, ses crayons, d'année en année, prenaient la couleur de ses pensées, qui étaient plutôt tristes (1).

La fin de la lettre de Vigny concernait Louis Ratisbonne, qu'il avait rencontré chez M. et Mme Franck et qui devait être son exécuteur testamentaire.

« J'ai découvert tout à l'heure, disait-il à la sœur de Delphine, la cachette des beaux vers de Louis Ratisbonne et je vous les rends, mais, je vous en prie, ne me prêtez rien qu'il faille rendre. Je ne suis pas sûr de ma conscience en cela et moins encore de mon portefeuille.

« Les brouillards m'ont fait mal cette nuit et je souffre sur mon grabat d'invalide. *Fog* et *Smoke*,

(1) Son chef-d'œuvre : une figure de jeune femme, vue presque de face et en buste, vêtue de noir, que possède Mme Marguerite Deutz, est dans la note sombre.

les deux démons de Londres, ont passé la mer, pour nous ensorceler et nous faire mal.

« J'ai lu *les Six Lions* (1) : c'est un blason p oétique à porter sur un écu. D'or sur fond d'azur.

« Bonne nuit, Madame, c'est plus que je n'espère pour moi.

« ALFRED DE VIGNY (2), »

La mort approchait, et il avait beau dire que sa devise était toujours la maxime d'Epictète: *Souffre et abstiens-toi* (3), il ne pouvait s'empêcher, de crier sous la griffe du vautour qui le dévorait.

La dernière lettre—je parle ici de sa correspondance avec la famille Franck— fut pour Mlle Amélie, la nièce de Delphine. Il semble qu'il l'ait écrite sous la dictée de la Parque :

« 3 août 1863, jeudi.

« Le jour où j'ai vu arriver côte à côte en sortant des eaux d'Étretat les deux lettres amies que j'ai là sous mes yeux encore, je ne puis assez vous dire combien ce me fut une douce surprise, chère et gracieuse enfant : j'aurais dû céder sur-le-champ

---

(1) Poésie de Louis Ratisbonne.
(2) Lettre inédite.
(3) Extrait d'une lettre inédite de Vigny à Mme Ad. Franck du 2 mai 1862.

au premier mouvement qui me poussait à rendre grâce à Mme Singer d'avoir pris sous l'aile blanche de sa lettre celle qui me venait de ce bon petit cœur, touché de mes chagrins et de mes souffrances, car, dès le lendemain, je ne le pouvais plus et j'ai toujours depuis été poursuivi par des tortures vraiment inexprimables.

« Il faut me pardonner de m'être résigné à leur triste empire, et si vous m'aviez vu dans ce mois de crise, vous auriez remercié le ciel d'avoir échappé à tous les supplices qui ont à présent réuni contre moi leurs forces.

« Mme Singer me pardonnera mon silence d'aujourd'hui, je l'en supplie, en faveur de tout ce que je vais lui dire de reconnaissant. — Il me semble que j'ai vu deux sirènes sortir de la mer leurs mains blanches, non pour tenir chacune un miroir grec, mais une plume de cygne dont elles se servaient pour m'enchanter.

« Je suis encore et resterai longtemps, croyez-le, ma jeune amie, sous le charme de cette séduction imprévue. J'y chercherai souvent le tableau de votre *petit ménage* et je bénirai cette double et miraculeuse influence sur vous de l'amitié d'une personne qui réunit en elle tant de sortes de supériorités, et du souverain spectacle d'une nature grandiose, qui a exercé sur vous ce qu'il y a de plus bienfaisant dans son empire.

« Baisez la main de Madame votre mère en mon nom, mais, hélas ! dites-lui que jamais elle n'a eu d'ami plus dévoué que moi, mais que certainement il n'y en avait pas un qui fût aussi écrasé que je le suis aujourd'hui par un martyre qui ne fait que s'accroître dans ses interminables rigueurs.

« Quand donc reviendrez-vous ? Cette consolation me sera-t-elle donc encore longtemps refusée ?

« ALFRED DE VIGNY (1). »

La famille Franck était alors en villégiature à Saint-Cloud. Si elle avait pu supposer que Vigny fût si près de sa fin, elle serait accourue tout entière, Delphine comprise, pour lui apporter les suprêmes consolations de son affectueuse reconnaissance. Six semaines après, elle apprit sa mort par les journaux. J'ai à peine besoin de dire qu'elle en éprouva un profond chagrin. C'est le 17 septembre 1863 que sonna pour lui l'heure de la délivrance. Un an plus tard, presque jour pour jour (le 29 septembre), Delphine Bernard allait le retrouver dans l'autre monde.

(1) Lettre inédite.

III

CLOTILDE BUSONI

Ph. Busoni et *les Étrusques*. — Ce que Vigny pensait de ce recueil de poésies. — Pièce de vers dédiée par Busoni à sa fille. — Lettre inédite de Clotilde à Alfred de Vigny à l'occasion de sa candidature à l'Académie Française. — Le manoir du Maine-Giraud. — Un portrait de lord Byron. — Busoni sert de correspondant parisien à Vigny, quand il est dans la Charente. — Lettres de Vigny au sujet de Clotilde.— Mme Busoni et sa fille vont en villégiature en Touraine. — Chez la châtelaine de Dolbeau. — Le mariage de Clotilde. Son frère s'y oppose pour raison de santé.— La famille Busoni pendant le siège de Paris. — La mère et la fille meurent à peu de distance l'une de l'autre. — Brouille du père et du fils. — Un portrait du grand-père de Busoni par David. — Ph. Busoni meurt dans un hôtel meublé.

Philippe-Gérard Busoni, né à Saintes le 15 avril 1804, fut sans contredit, comme poète, le meilleur élève d'Alfred de Vigny. *Les Étrusques*, qu'il fit paraître en 1843, rappellent la manière latine et concise de l'auteur de *Moïse* et des *Destinées*. Et je ne m'étonne pas que Vigny, à peine entré à l'Académie Française, ait essayé de faire couronner ce petit volume par la docte compagnie. De sa part, c'était plus qu'un acte de bonne amitié; c'était un acte de justice. Il y a dans *les Étrusques* des choses délicatement ciselées et d'un goût exquis. Les vers suivants, tirés d'une pièce intitulée *Pourquoi, mon Dieu*, plaisaient beaucoup à Vigny, qui les a plus d'une fois cités :

> Dieu que chanta David et qu'annonça Moïse,
> Que Socrate incarna, que Platon divinise,
> Qu'Augustin attendrit, que Dante fait vengeur,
> Que Pascal éperdu cherche en vain dans son cœur.

. Et s'il faut l'en croire, quand il les lut à la commission des œuvres utiles aux mœurs, tout le monde en fut ému : Villemain, Flourens, Saint-Aulaire (1). Ce ne sont pourtant pas les meilleurs du recueil, et si j'avais à choisir entre les différents morceaux dont il se compose, je prendrais *les Martyrs*, qui précisément sont dédiés à Vigny.

Comme celle de son maître et ami, la poésie de Busoni est impersonnelle. Les biographes ne trouveraient rien dans *les Étrusques* qui leur pût livrer la clef de son cœur. Tout au plus a-t-il dédié quelques strophes à sa fille. Et c'est bien le moins que je les reproduise ici, puisque cette notice lui est consacrée :

_____

(1) *Corresp. de Vigny*, lettre à Busoni, du 29 février 1848.

A CLOTILDE

C'est Dieu qui t'envoya pour consoler ta mère
De l'enfant bien-aimé qu'il reprit pour les cieux ;
Elle pleura longtemps sa Clotilde première,
Mais nous la revoyons, ma fille, dans tes yeux.

De la terre envolée, ah ! tu nous la rappelles;
Elle avait ton sourire et ta douce pâleur,
Même souffle anima vos âmes fraternelles,
Tendres comme l'amour ou comme la douleur.

Vous vous aimiez là-haut, pressentant votre mère ;
Dieu, qui dans son sein même en naissant vous fit sœurs,
Mit sur vos fronts pareils un signe tutélaire
Qu'avec joie au berceau reconnurent nos cœurs.

Il voulut, ce Dieu bon, par un touchant échange,
Confondre pour nos yeux vos terrestres liens;
Sous les traits de ta sœur, il garde le même ange
Qu'ici-bas nous gardons, ma fille, sous les tiens.

Ces vers ne sont pas datés, mais à l'époque où ils parurent dans *les Étrusques* Clotilde avait douze ans, étant née à Paris le 1er janvier 1832.

Ce n'était pas l'aînée des enfants du poète. Sans parler de la première Clotilde, qu'il avait perdue enfant, Busoni avait eu, en 1826, un fils prénommé Philippe, comme lui, qui fit une belle carrière à la Préfecture de la Seine (1), et deux ans auparavant

---

(1) Entré dans l'Administration préfectorale le 14 juin 1848, il était chef de division en 1882, quand il prit sa retraite ; il mourut en 1883.

*merci, Monsieur, pour les choses
aimables que vous voulez bien me dire,
je serais un bien faible juge au milieu
de tant d'hommes éminents; le fauteuil
vous revient de droit, je ne pourrais
qu'applaudir et mon père s'en charge
pour moi. Vous êtes fanatique de
la jeunesse moi je le suis du talent
et c'est vous dire que je le suis
du Vôtre.*

*Veuillez agréer Monsieur
mes Compliments bien sincères*

Dimanche 7 décembre

Clotilde Susoni

FAC-SIMILE DE LA LETTRE AUTOGRAPHE
DE CLOTILDE A ALFRED DE VIGNY

sa femme, née Zoé-Sophie Haubois, avait eu également ment d'un premier lit un fils qu'il aima comme le sien et qui, sous le nom de Valincourt, fut acteur et directeur de théâtre en province.

J'ai déjà dit que Busoni fit partie du petit Cénacle (1), qui se tint chez Vigny quelques années avant la représentation de la pièce de *Chatterton*, mais à ceux qui s'étonneraient que, dans la correspondance du grand poète, ses premières lettres à Busoni ne remontent pas plus haut que l'année 1838, je dirai, pour expliquer la chose, que Vigny, vivant alors à Paris d'une vie très sédentaire, n'avait pas besoin d'écrire à ses amis pour être en relations suivies avec eux. Il ne se prit à le faire qu'après sa rupture avec Marie Dorval, qui le décida à quitter Paris pour quelque temps. Et je remarque que sa première lettre connue à Busoni coïncide avec cette rupture. Ce qui prouve au surplus l'intimité qui existait entre lui et l'auteur des *Étrusques*, c'est le billet suivant que Clotilde, adressait à Vigny le 17 décembre 1843 à l'occasion de sa candidature à l'Académie Française.

« Merci, Monsieur, pour les choses aimables que vous voulez bien me dire, je serais un bien faible juge

(1) Voir le t. I de cet ouvrage.

au milieu de tant d'hommes éminents ; le fauteuil vous revient de droit (1), je ne pourrai qu'applaudir et mon père s'en charge pour moi. Vous êtes fanatique de la jeunesse, moi je le suis du talent, et c'est vous dire que je le suis du vôtre.

« Veuillez agréer, Monsieur, mes compliments les plus sincères.

« CLOTILDE BUSONI (2). »

On voit que Clotilde était une enfant précoce. Mais ce n'était pas son seul charme. Elle était jolie comme un cœur dans sa fleur première, et je gagerais que ce fut à cause d'elle et principalement pour elle que Vigny, à partir de 1848, multiplia ses visites au n° 61 de la rue d'Angoulême du Temple, où Busoni habitait. En tout cas, il n'est guère de lettres de ce temps où il ne parle d'elle. On va voir en quels termes :

Il écrivait à Busoni, le 11 août 1848 :

«...Je voudrais vous savoir résolu à quitter votre infâme quartier à tout prix. Je voudrais qu'il vous fût possible de persévérer dans votre résolution de ne pas laisser dans ce cratère la jeune beauté de

(1) Mais il fut donné à Sainte-Beuve, et ce n'est qu'au mois de mai 1845 que Vigny fut élu en remplacement d'Etienne.

(2) Lettre inédite. — La plupart des renseignements et documents de cette notice m'ont été communiqués par Mme Eugénie Valincourt.

quinze ans pour qui nous avons frémi et que son jeune frère défendait avec vous. Il me semble avoir entendu Mme Busoni, leur spirituelle et tendre mère, me parler souvent de son pays. Elle en venait seule. Je voudrais penser qu'elle y retourne avec son trésor, son fils et sa fille pour quelque temps... »

Et le 12 octobre 1849 :

« ..... Eh bien ! eh bien ! voilà donc votre chère Clotilde un peu malade et puis belle et guérie !

« Vous n'avez plus peur, elle est femme ! Relisez André Chénier quand elle sera couchée et endormie :

> La rose et Damalis de leur jeune prison
> Ont ensemble percé la jalouse cloison.
> Effrayée et confuse et versant quelques larmes
> Sa mère en souriant acalmé ses alarmes :

« Vous devez être fier, jeune père que vous êtes, au lieu de vous inquiéter... »

Quand il tenait ce langage à Busoni, Vigny était retiré dans sa terre du Maine-Giraud, non loin d'Angoulême, et, n'ayant pu décider les électeurs de la Charente à l'envoyer à la Constituante, sur un programme inspiré des idées de Lamartine, il y attendait les événements

J'ai visité en 1901 ce petit manoir du xve siècle,

aujourd'hui dépouillé de sa ceinture de bois. J'en ai
même rapporté, entre autres souvenirs de Vigny, le
portrait de Byron qui ornait son cabinet de travail. C'était bien la retraite qui convenait à cet
amant passionné de la solitude et je comprends
mieux, depuis que j'ai vu le Maine-Giraud, la poésie
amère et désenchantée de son recueil posthume.
Mais on aurait tort de croire qu'il y vivait emmuré
comme dans un couvent. Du haut de sa tour — qui
n'était pas toujours une tour d'ivoire — il obser-
vait, il écoutait les choses et les bruits du dehors.
Il allait de temps en temps à Angoulême où il avait
de bons amis ; il recevait chaque matin *le Constitutionnel* auquel il s'était abonné pour *les Lundis*
de Sainte-Beuve, et il entretenait une correspondance régulière avec Busoni qui, comme critique
littéraire de *l'Illustration*, le tenait au courant du
mouvement parisien.

Et Busoni n'était pas son unique correspondant.
Il écrivait à Auguste Barbier, à Pitre-Chevalier, à
Léon de Wailly, mais son confident ordinaire, son
homme de confiance (1), celui qu'il chargeait des

(1) «... Si je connaissais quelqu'un en qui j'eusse plus de confiance
qu'en vous, lui écrivait-il du Maine-Giraud, le 3 octobre 1838, ce
serait à lui que je donnerais cette bien simple et cependant secrète
commission. Je vous prie de mettre *cette lettre à la petite poste de
Paris*. Il m'importe qu'elle soit timbrée de là et non de la ville

commissions les plus délicates, c'était Busoni parce qu'il savait qu'il pouvait compter sur sa discrétion la plus absolue, et que chacune de ses lettres lui était prétexte à parler de Clotilde, dont la santé le préoccupait autant que ses parents.

« ... Votre Beauté chérie, votre ange de Raphaël, votre Vierge à la Chaise, votre Chérubin de Murillo, votre amour de l'Albane, votre fille en un mot s'est levée ce matin un peu pâle, et vous voilà aux champs, lui mandait-il le 15 juillet 1850. — Insensé que vous êtes, vous n'êtes pas un père, mais une mère folle d'amour et prête à mourir si votre fille a mal à un pied. Comment voulez-vous que je croie que vous soyez bien portant ou seulement vivant à ce train-là ? O mauvais père, qui la gâtez tant, que je défie à présent de ne pas trouver glacés, et indifférents Roméo, Paul, et Des Grieux, quand elle aura le malheur de les connaître. »

Et comme s'il avait eu peur que Busoni eût pris

voisine de la terre où je suis. J'ai des amis plus anciens et plus intimes que vous, mais je ne crois point en avoir un meilleur ? Chacun d'eux se croirait sans doute en droit de chercher le sens de mes lettres à une personne qu'ils connaissent et qui vous est inconnue. Je ne veux pas l'exposer même à un soupçon ni à la moindre question légère. Je vous demande donc en ami de ne pas envoyer cette lettre, mais seulement de la jeter vous-même dans la boîte le plus tôt possible et de n'en point parler... »

(*Corresp. d'Alfred de Vigny*, p. 73.)

ce tendre reproche au sérieux, il lui écrivait quelque temps après :

« 9 octobre 1850.

« Je voudrais bien savoir pourquoi nous ne gâterions pas notre petite romaine d'enfant. Je suis assez de l'avis des Anglais qui donnent tout à ce bel âge, fêtes, fleurs, compliments, adorations et même la liberté. Ils parent les jeunes personnes comme les jeunes femmes et leur permettent plus de conversations qu'on n'en admet en France. Tous les bonheurs, toute la joie possible à l'âge de la plus fraîche et de la plus pure beauté... »

Et l'année suivante, il lui écrivait encore :

« 12 novembre 1851.

« .. Je vous dirai combien je pense souvent à vous, à votre courage, à votre amour de père si infatigable et si tendre, et à la mélancolie de vos prévoyances pour la jeune beauté qui va avoir dix-huit ans. — Oui, vous avez raison, il serait triste de voir toutes ces fleurs de l'adolescence s'élever et s'épanouir dans une ombre éternelle pour y pâlir et s'y flétrir. Mais avez-vous à craindre un tel oubli pour elle ? Laissez faire sa présence, quand reviendra le calme public, les projets de bonheur renaî-

tront, et dans tous les projets des hommes il y a
une figure comme la sienne qui passe à l'horizon
avec une belle étoile sur la tête. A présent cachez-
la, gardez-la pour vous et sa mère et sa maison et
pour le charme de votre foyer. Songez donc que
c'est votre plus beau temps de père. Jouissez-en
bien. Un peu plus tard ce sera une petite *madame*
qui vous fera des visites de cérémonie avec son
mari et qui sera tout absorbée par les dents de
ses petits enfants. »

Vous pensez si Clotilde était fière d'inspirer des
choses si flatteuses et si elle se rengorgeait en s'en-
tendant traiter par avance de madame! Quelle est
la jeune fille, si maladive qu'elle soit, qui ne rêve à
dix-huit ans de se marier?...

Mais le temps passait, et le mari désiré ne se
présentait pas. Par contre, la santé de Clotilde ne
cessait de tourmenter sa famille.

« Vous m'inquiétez à votre tour pour votre chère
Clotilde, écrivait Vigny le 13 juillet 1852. Je n'aime
pas les fièvres nerveuses. J'en ai eu plusieurs, je
sais ce qu'on y souffre. Est-ce bien la mer qu'il faut
à votre nerveuse beauté? La mer est un remède
bien irritant à un âge bien ému et comme la voilà :

De ses dix-sept ans doucement tourmentée.

Mais qu'avons-nous à dire, nous autres, simples mortels? Sa mère est avec elle; une mère sait tout, nous ne savons rien...

« Il faut que vous soyez lié par une triple chaîne pour n'avoir pas accompagné vos deux anges gardiens au bord de la mer. Où sont-elles? Est-ce bien au Havre ou à Dieppe? Ce sont les ports de nos Parisiens. Dites-moi si les sombres marées ont fait du bien à votre jolie convalescente? »

Ici, un silence prolongé que je ne m'explique que par la perte d'un certain nombre de lettres de Vigny. Il n'y a aucune raison, en effet, pour que le grand poète se soit désintéressé pendant des mois de la santé chancelante de « la jeune Romaine », comme il disait en parlant de Clotilde. Et je sais que les bains de mer de Dieppe n'eurent aucune action favorable sur elle. Une année même, en 1854, le médecin qui la soignait fut d'avis qu'elle y renonçât et qu'elle essayât plutôt du grand air de la campagne, moins dur aux poitrines délicates que celui de la Manche. Et pendant trois ou quatre ans Clotilde et sa mère allèrent passer la belle saison sur les bords de la Loire. Or, j'ai comme idée que Vigny y fut pour quelque chose. C'était le temps où il avait pris l'habitude, en se rendant au Maine-

Giraud, de s'arrêter quelques jours, en Touraine, chez sa spirituelle cousine Alexandrine du Plessis. Et justement j'ai trouvé dans les papiers de Busoni une lettre de la châtelaine de Dolbeau à la mère de Clotilde, la remerciant du grand plaisir qu'elles lui avaient fait en allant la voir. Qui donc, en dehors de Vigny, aurait pu leur donner le conseil d'aller en villégiature du côté de Loches? De ce qu'il n'eut jamais la curiosité de faire la connaissance de sa ville natale, il ne s'ensuit pas qu'elle lui était indifférente. Je crois même que si elle s'était trouvée sur sa route, entre Paris et Angoulême, il l'eût visitée avec empressement sinon avec joie. Mais la route était déjà si longue pour sa chère Lydia toujours malade, qu'il se serait reproché de l'allonger encore en faisant un détour pour passer par Loches.

Quoi qu'il en soit, Clotilde et sa mère visitèrent un été le berceau d'Alfred de Vigny, et je les entends au retour lui vanter les monuments qui sont la gloire de cette petite ville.

Est-ce l'air salubre de la vallée de la Loire qui rendit ses couleurs à la jeune malade? Peut-être, car le climat de la Touraine est coutumier de ces sortes de cures. En tout cas, Clotilde était si bien portante en 1857 que Vigny pour la première fois fit allusion dans une lettre à son mariage éventuel.

Il écrivait, en effet, à son père le 26 septembre
1857 :

« Eh! pourquoi donc n'êtes-vous pas venu aux
Italiens avec moi? Mon chapeau a passé ces deux
soirées à côté de moi à votre place, mon ami. Je
me retournais à chaque instant pour vous voir arriver. Malgré cela je vous remercie. *J'ai voulu voir,
j'ai vu.*

« J'aurai beaucoup à dire à mes acteurs français
lorsqu'ils répéteront *le More de Venise*. Un *More*
n'est pas un nègre aux cheveux courts et crépus.
Salvini s'est trompé de race sur l'exemple de Kean,
qui le jouait en Abyssinien. Un modèle parfait pour
Othello, c'est le visage et le teint d'Abd-el-Kader.
Il est trop jeune pour ce rôle et pleure trop en jeune
homme. Il oublie :

« Je commence à pencher vers le déclin des ans,

mais il a d'admirables choses de sentiments empor-
tés et de rugissements sombres.

« Ces deux représentations vont m'être très utiles
par les souvenirs qu'elles me laissent. Je suis bien
aise aussi d'avoir vu ce tragédien véritable, tel qu'il
est venu au monde, dans l'*Oreste* d'Alfiéri. Je crois
qu'il a voulu montrer aux femmes qu'il n'est pas

toujours noir, car il était presque aussi nu que
l'Antinoüs, sans qu'Oreste y soit obligé pour courir
tout seul après l'*Œgiste* d'Alfieri, qui court aussi
après lui, l'épée à la main, au milieu des *pylones
égyptiens* du palais grec et dans un temple immense où il n'y a que quatre personnes qui semblent avoir survécu à une nation détruite par la
peste. J'espère que c'est là le classique réduit à
la plus simple expression.

« *Il y aura plus de monde que cela au mariage
de la belle Clotilde*, n'est-ce pas? Ne sera-ce pas
bientôt? Est-elle à Paris? Y êtes-vous enfin vous-
même? Vos amis en sont à dire de vous : *Il a passé
par ici*, comme du furet des enfants.

« Tout à vous,

« ALFRED DE VIGNY. »

Hélas! la pauvre Clotilde était condamnée comme
les vestales antiques à mourir dans sa virginité. Et
Vigny, qui lui portait une affection si tendre, devait
toute sa vie cacher à son père les justes appréhen-
sions que lui donnait son état.

« Ne craignez jamais, lui écrivait-il, le 7 novembre 1858, que votre charmante enfant puisse nous
causer le moindre embarras, elle ne peut apporter
autre chose avec elle qu'une heureuse soirée. Elle

nous aurait trouvés ce soir ravis de son arrivée, et
comme ma maison n'est que trop bien préparée à
secourir toutes les souffrances humaines, elle pourrait même avoir ici sans danger un de ces doux et
rapides évanouissements comme en ont les belles
Indiennes de *Sacountala* que votre tendresse
paternelle craint sans 'cesse, mais auxquels je ne
crois pas depuis que je l'ai vue si bien revenue à
toutes ses grâces. »

Pure illusion ! rose éphémère ! Clotilde ne vivait
qu'à force de soins et parce que son frère, qui avait
beaucoup d'empire sur elle, s'opposa, à plusieurs
reprises, au risque de mécontenter son père, à ce
qu'elle s'engageât dans les liens du mariage. Il
était convaincu, en effet, que le lit nuptial serait
son tombeau.

Mais il est bien rare que les poitrinaires dépas-
sent la quarantaine — quand ils y arrivent. Les
événements qui marquèrent la fin de l'Empire pré-
cipitèrent celle de Clotilde, sous les yeux des médecins impuissants.

Busoni, qui demeurait, en 1870, à Auteuil, eut
l'imprudence de se laisser, lui et les siens, enfermer dans Paris. Le premier siège fut très nuisible
à Clotilde : le second lui fut mortel. Au mois de

mai 1871,quand l'armée de Versailles reprit Paris,
la maison de ses parents fut littéralement criblée
de projectiles, et certain jour une partie du plafond s'effondra sur sa mère. Six semaines après,
le 5 juillet, Mme Busoni mourait des suites de ses
blessures et de son épouvante. Et Clotilde la suivait dans la tombe le 25 septembre de la même
année (1).

Ce fut un coup terrible pour son père, qui ne
vivait que par elle et pour elle. A partir de ce moment, il se brouilla avec son fils pour une question
d'intérêt. Clotilde ayant légué à son frère, par un
testament olographe en date du 29 juillet 1871,
tout ce qu'elle avait hérité de sa mère, Busoni
revendiqua judiciairement ce qu'il prétendait lui
appartenir dans la succession de sa femme, notamment deux tableaux de Boucher, un Van der Meu-
len, une aquarelle de Debucourt, représentant le
Palais Royal en 1796,et le portrait peint par David
de son grand-père, Pierre-Charles Busoni, qui
avait été directeur principal des hôpitaux de la
Grande armée.

Puis il se retira à Sainte-Périne. Mais la vie claus-
trale et réglée ne convenait pas à son tempérament
quelque peu désordonné. Comme il avait une rente

(1) Toutes deux moururent au n° 6 de la Villa de la Réunion.

annuelle de deux mille quatre cents francs de la
Compagnie d'assurances générales sur la vie, il
préféra vivre chichement en liberté, et il loua une
petite chambre meublée dans un hôtel portant le
n° 13 de la rue des Beaux-Arts.

C'est là qu'il mourut, le 30 janvier 1883. Chose
remarquable, son fils le suivit d'aussi près que
Clotilde avait suivi sa mère (1). Et ce fut Valincourt qui les réconcilia tous dans la mort.

Ils reposent, grâce à lui, côte à côte dans le
vieux cimetière de Passy, qui couronne de ses noirs
cyprès les hauteurs du Trocadéro.

(1) Il mourut le 7 mai 1883, laissant tous ses biens, meubles et
immeubles à son demi-frère Valincourt.

IV

HENRIETTE CORKRAN

I

Le 21 janvier 1844, Alfred de Vigny écrivait à
Busoni : « J'espère, mon ami, que vous êtes encore
à Paris et qu'il vous sera possible de venir vers

neuf heures prendre le thé avec nous, mardi 23.
Tous mes amis, qui sont les vôtres, y viendront, et
quelques belles dames françaises et anglaises nous
apporteront leurs cheveux noirs et des blonds qui
éclaireront le salon comme des lustres. C'est pour
cela sans doute que *light* signifie : *lumineux* et
aussi *blond*. Voilà le sujet d'un madrigal pour ce
soir-là...

« Je me propose de vous faire connaître une
femme d'un grand mérite, Mme Austin, de qui
Barbier vous a, je crois, parlé très souvent.

« Venez, cher ami, ne nous manquez pas.

« ALFRED DE VIGNY (1). »

Quelle était cette Mme Austin ? C'était une
Anglaise très belle et d'une intelligence hors ligne,
qui était née à Norwich, en 1793, et avait eu pour
mère la fameuse Susan Taylor.

Entrée en relations, en 1827, avec Victor Cousin, presque en même temps que Mme Caroline
Angebert, elle avait, au dire de Barthélemy Saint-
Hilaire, l'esprit plus étendu et plus ferme, mais
peut-être moins profond, que la femme du commissaire de marine de Dunkerque (2). Comme elle,

(1) *Corresp. d'Alfred de Vigny.*
(2) Sur Mme Angebert, voir notre ouvrage intitulé *les Amitiés de
Lamartine.*

elle avait appris le latin, ce qui est moins rare
chez les femmes d'Angleterre que chez les femmes de France, et elle savait en outre plusieurs
langues, l'allemand, le français et l'italien, qu'elle
écrivait aussi bien que l'anglais.

C'est ainsi qu'elle a traduit, d'une manière remarquable, l'*Histoire de la Réforme en Allema-
gne* de Ranke, des poésies de Gœthe et quelques
ouvrages de Cousin et de Guizot.

Cousin, qui l'appréciait à son juste mérite, l'a-
vait priée d'être son correspondant philosophique
à Londres et lui avait, en 1829, rédigé tout un cahier
de notes pour la guider dans les recherches qu'elle
avait accepté de faire pour lui, mais elle s'aperçut
bientôt que la tâche était au-dessus de ses forces et
elle s'excusa de ne pouvoir la remplir (1).

Elle avait épousé à vingt-trois ans John Austin,
qui était fort connu en Angleterre pour ses travaux
d'érudition sur la jurisprudence. Elle le suivit d'a-
bord à Malte, où le gouvernement l'avait chargé
d'une mission importante, et pendant son séjour,
qui dura deux années, elle s'occupa des écoles de
filles et de garçons où elle introduisit un ordre et

(1) Les Austin habitèrent d'abord rue Marbœuf, puis rue Lavoisier,
et rue de la Madeleine, 42. — C'est chez eux que Barbier lut son
Jules César, le 19 janvier 1845.

une discipline inconnus jusque-là. Puis elle l'accompagna à Dresde et à Berlin. Enfin, sur les conseils de Victor Cousin, qui ne cessait de lui écrire, elle se fixa, en 1844, à Paris où son salon fut fréquenté par tous les étrangers de marque et les plus grand noms de la politique et des lettres françaises (1).

On aura une idée de l'élévation de son esprit par ces quelques lignes sur la mort qu'elle adressait à Victor Cousin, en 1847 :

« Ah! cher, ne soyez pas triste et rebelle contre le sort commun. Si je vous dis : Nous sommes nés pour vieillir, vous me direz : C'est une vilaine destination. Oui, si c'était tout. Mais enfin si nous ne voulons pas la subir, il n'y a qu'à se donner la mort à quarante ans...

« Non, cher ami, ne vous faites pas tant d'injustice. Chérissez jusqu'à la dernière étincelle cette âme et cet esprit que Dieu vous a donnés; soyez-en content et fier et reconnaissant. Ah! c'est ce mot qui renferme tout, mais je ne veux pas vous prêcher. »

Cependant, toute résignée qu'elle était à mourir, elle fut épouvantée des journées de Juin et elle se

(1) *Corresp. de Victor Cousin,* t. III, pp. 122 et sq.

retira définitivement alors en Angleterre, où elle offrit un asile à Cousin dans son cottage de Weybridge (1).

Mme Austin avait à Londres un neveu digne d'elle nommé Henry Reeve (2) qui, très épris du talent de Vigny, avait eu la bonne fortune d'assister, en 1835, à la première représentation de *Chatterton* et s'était lié, deux ans auparavant, avec Auguste Barbier, pendant le séjour assez long que l'auteur des *Iambes* fit en Angleterre.

Henry Reeve présenta, en 1838, Alfred de Vigny à Mme Austin, et dès le premier jour, tant elle avait de charme, il fut un de ses dévots et ne pensa qu'à la servir :

Il lui écrivait, au mois de mars 1841 :

« Assurément, Madame, il est impossible d'avoir une coquetterie plus agréable que celle de l'Angleterre, représentée par vous, et il n'y a point de Syrie qu'on ne doive abandonner gaiement à une personne qui devient si aimable, après qu'elle a réussi selon sa fantaisie. Elle ressemble parfaite-

---

(1) *Corresp. de Victor Cousin*, t. III, pp. 122 et sq.
(2) Il fut plus tard rédacteur en chef de *la Revue d'Édimbourg* et associé étranger de l'Académie des sciences morales et politiques, où son éloge fut prononcé, après sa mort, dans la séance du 16 novembre 1895, par le duc d'Aumale.

ment à cette belle dame de la cour de Louis XIV qui faisait dire à son amoureux : Assurez-le bien que je l'ai trompé, mais que je ne lui en veux pas.

« Il a fallu quelque temps pour trouver les armes de Bayard et ce n'est qu'avant-hier qu'on me les a découvertes à la Bibliothèque nationale : j'ai voulu les dessiner moi-même ici pour vous. Comme dessinateur je ne suis pas *sans peur et sans reproche*, ainsi que Bayard, mais vous ne me reprocherez rien comme exactitude. J'en charge votre bon neveu. Je ne reviens pas de mon étonnement de ne pas trouver une fois dans votre lettre le nom de *madame* votre fille; je le sais très bien *malgré vous* (1), mais je ne devrais pas en faire semblant par orgueil, parce que vous ne m'avez pas parlé de son mariage. Cependant j'ai besoin de vous dire que son bonheur donne beaucoup de joies. Vous voyez qu'on a ici quelque peine à se décider à la haine pour vous. Je crois même que je reprendrais volontiers toute ma tendresse pour *ma bonne ville de Londres*, si la chancellerie jugeait à propos de terminer les affaires de famille de Mme de Vigny. Elle est dans la situation d'une femme à qui l'on dirait depuis deux ans : Vous avez des diamants

---

(1) La fille de Mme Austin, Lucie, avait épousé, en 1840, sir Alexander Duff Gordon, le futur lord Gordon.

dans cette cassette, mais la justice a la clef dans sa poche, et vous n'y toucherez pas. Savez-vous le moyen d'avoir cette clef d'or !

« M. Reeve vous dira que Barbier, avec qui il va passer la soirée chez moi aujourd'hui, vous est toujours un fidèle et loyal ami. Je vois toujours votre portrait placé chez lui au-dessus de tous et nous parlons souvent de l'absente qu'il représente. Mme de Vigny est bien sensible à votre souvenir et je dois vous le témoigner, Madame, en même temps que je vous renouvelle l'assurance de mes sentiments de dévouement.

« ALFRED DE VIGNY. »

« M. Austin voudra-t-il bien croire que je lui suis toujours très attaché et que je conserve de son accueil le plus doux et le plus durable souvenir. »

On voit par cette lettre que si Mme Austin était d'une coquetterie aimable envers Vigny, celui-ci la payait largement de retour. Il a toujours été ainsi avec les femmes qui lui plaisaient, mais je crois qu'il faisait plus de frais encore pour les Anglaises, quand elles étaient jolies, bien entendu.

Quand Mme Austin fut devenue Parisienne, Alfred de Vigny fut un de ses visiteurs les plus

assidus, et il l'attira chez lui par toutes sortes
de prévenances. Il lui écrivait le 6 juin 1846 :

« D'abord, Monsieur votre frère n'arrivera pas
aujourd'hui. Ensuite la musique est plus chaude
que la sérieuse conversation de mes amis parmi lesquels Barbier vous attend. Je conclus de ceci que
vous n'avez rien de plus sage à faire que de venir
chez moi dans vos champs élyséens, qui jadis vous
étaient chers. Je vous promets des courants d'air
aussi froids que vous pouvez les souhaiter et des
glaces de toute sorte, même dans les propos, qui
sont voués à un puritanisme parfait. Si vous l'exi-
gez même on vous croira 80 ans et l'on n'apercevra
en vous rien qui puisse plaire. Je vous dirai enfin
autant d'injures que vous voudrez. Que vous faut-
il de plus ? Si Monsieur votre frère venait par un
hasard incroyable, soyez aimable pour prendre son
bras et nous faire connaître à lui, afin qu'il voie si
l'on sait ici vous aimer. Souvenez-vous surtout que
passer les quais et les ponts même en voiture pour
aller au faubourg Saint-Germain est un des plus
grands dangers que vous puissiez courir après une
zone torride comme celle-ci. Veillez donc sur vos
jours et pour être prudente venez à neuf heures et
partez à quatre heures après minuit. Votre esclave

m'attend. Je vous écris debout mes vœux et mes grands conseils. Méditez là-dessus.

« Tout à vous *deux* de cœur.

« ALFRED DE VIGNY. »

N'est-ce pas d'une préciosité charmante? Vigny eût excellé dans le madrigal, mais le genre n'était pas assez noble pour tenter sa Muse, il s'est contenté de marivauder dans ses lettres au beau sexe. C'est là qu'il faut le chercher, et sous ce rapport nul ne l'a mieux jugé, mieux dépeint qu'Henriette Corkran.

II

C'était une gracieuse fille de la verte Erin, dont les parents, venus en France de bonne heure, fréquentèrent beaucoup chez les Austin et chez les Holmès et qui devint assez vite une des bonnes amies d'Augusta par son caractère enjoué, sa grâce mutine, son goût pour la musique et son intelligence singulièrement éveillée.

Le nom de Corkran — que M. Ernest Dupuy a confondu avec celui de Cochrane, bien qu'il n'y ait aucune parenté entre eux — ne dit rien aux oreilles françaises; cependant le père d'Henriette a vécu assez longtemps à Paris, où il était correspondant de plusieurs feuilles d'Angleterre. Il y a même eu

trois enfants, dont une fille, Alice, que Vigny appelait Ophélie à cause de sa pâleur et de ses cheveux
blonds, et une autre plus jeune qui épousa M. Stead,
bibliothécaire du Bristish Museum (1).

Les Corkran avaient fait la connaissance de Vigny
à Londres, en 1825, et je crois que c'est lui qui les
attira à Paris. En tout cas Henriette, qu'il avait vue
naître, était encore enfant ; elle raconte que Vigny la
berçait sur ses genoux en chantonnant de vieilles
ballades françaises pour la faire dormir. C'est ce qui
rend ses *Souvenirs* si précieux pour nous. Ils vau-
draient la peine d'être traduits, ne fût-ce que pour la
partie qui regarde la France. Qu'on lise plutôt ce
joli portrait d'Alfred de Vigny dans son intérieur :

« Je me souviens parfaitement du *gentilhomme*
courtois et élégant, au sourire charmant, aux façons
calmes et pleines de dignité, si différent du Français gesticulant de tous les jours... La courtoisie
d'Alfred de Vigny, qui avait quelque chose de
l'élégante galanterie de l'ancien régime, exerçait
une fascination particulière : il y avait autour de
lui une atmosphère de romance, qui prêtait quelque chose d'idéal à sa façon d'envisager la vie, la
littérature, les femmes et les enfants. Quand il me

(1) Renseignements fournis par M. Stewart, prof. à l'université
de Cambridge.

mettait un baiser sur la main, selon son habitude,
il me rappelait les preux chevaliers dont j'avais entendu parler dans mes contes français. Sa figure,
comme je la vois encore, n'était pas frappante,
mais elle portait l'empreinte incontestable de la
méditation et de la naissance : ses yeux bleus,
quoique petits, avaient une expression sagace et
pénétrante : il portait les cheveux plutôt longs,
tombant en boucles sur le cou, à la mode des
anciens Franks, comme il le disait. M. Alfred
de Vigny m'avait connue dès ma naissance : il me
racontait souvent qu'il me berçait quand j'étais
enfant et qu'il avait trouvé le secret d'arrêter mes
larmes. Il m'appelait toujours Henriette d'Angleterre, et ma sœur, qui était blonde, délicate et jolie,
Ophélie... Sa voix était plutôt faible, mais bien
modulée, sa façon de parler très précise : il avait
tant soit peu l'air d'un beau fané. Je le vois toujours assis dans un de nos grands fauteuils, mono-
loguant... en général les yeux à moitié fermés,
comme s'il cherchait dans les profondeurs de son
esprit. Il parlait presque toujours sur quelque délicat sujet littéraire, évitant, comme de juste, la
politique et le scandale. Quoique poète il n'aimait
pas la campagne : il adorait Paris en toute saison.
Je me souviens l'avoir entendu dire un jour, à mon

grand étonnement, comme il allait sur le balcon :
Quel ravissant coup d'œil de cheminées ! J'adore ces
cheminées... Oh oui, la fumée de Paris m'est plus
belle que les solitudes des bois et des montagnes.

« Les jouissances les plus grandes de M. de
Vigny étaient la causerie et la rêverie. Il sortait le
soir après le dîner, allait passer un instant au foyer
du Théâtre-Français, où un cercle d'amis se ras-
semblaient autour de l'auteur de *Chatterton* et de
la Maréchale d'Ancre, pour écouter sa délicieuse conversation ; puis il se rendait après minuit chez un
ami intime et il causait de sa manière intéressante
jusqu'au petit jour. Rentré dans son appartement
de la rue des Écuries-d'Artois, les volets fermés,
contre l'aurore, il restait à son bureau, quand il était
inspiré, jusqu'à 5 ou 6 heures du matin. Il avait toujours du feu dans son cabinet... et ne pouvait supporter une fenêtre ouverte, même dans une pièce
pleine de monde. Et pourtant il garda jusqu'à la fin
d'une vie assez longue un air de grande jeunesse...

« M. de Vigny menait une vie de simplicité spar-
tiate. Son appartement était petit ; les meubles du
salon étaient couverts de perse d'un rouge sombre. Sur la cheminée se trouvait une pendule en
marbre blanc et quelques vases : il avait de plus
dans la pièce un piano à queue, quelques fauteuils

et un divan, — voilà tout, sauf deux ou trois portraits en pied, dont un représentait Machiavelli.
Près du salon était son cabinet de travail, pourvu
d'un bureau, d'un fauteuil en cuir et de livres. Il n'y
avait qu'une seule domestique. Mme de Vigny était
une drôle de vieille dame très simple et très bonne,
mais tout le contraire de ce qu'on imagine devoir
être la femme d'un poète. C'était une espèce de Mrs
Malaprop, qui vous disait en souriant que naturellement vous étiez *exclus* de ses invitations, quand
elle voulait dire *inclus*, et qui vous assurait que
telle ou telle personne était fière comme Luther,
au lieu de Lucifer. M. de Vigny était toujours bon
et courtois pour sa bizarre vieille femme...

« Mme de Vigny dit à mon père que pendant que
son mari écrivait *Chatterton* il s'évanouissait souvent par excès d'émotions... Je suis allée deux ou
trois fois au Louvre avec M. de Vigny. C'était une
fête de l'entendre parler des tableaux favoris. Son
coin préféré au Louvre était le salon carré : il en
connaissait tous les tableaux par cœur. C'est Alfred
de Vigny qui me poussa, aussitôt que je sus dessiner, à apprendre le pastel : l'élégance et la délicatesse
de ce genre le ravissaient surtout. Je me souviens de
l'avoir vu s'arrêter un jour au Louvre, devant un
pastel de Rosalba, s'écriant : Ah ! ce n'est que

dans le pastel qu'un artiste peut rendre fidèlement
la fraîcheur sur la joue d'une jeune fille et le duvet
sur l'aile d'un papillon (1). »

On dira ce qu'on voudra, cette petite Anglaise
méritait d'être née Parisienne, et je trouve que
Vigny qu'elle a si finement croqué, dans la page ci-
dessus, au lieu de l'appeler, quand elle était petite,
Henriette d'Angleterre, aurait pu l'appeler Henriette
de France, — d'autant que l'une fut la fille de l'autre. J'ai dit qu'Henriette Corkran avait beaucoup
de goût pour la musique. Elle raffolait également
du théâtre, et elle eut la chance de faire son éducation dans ces deux genres — devinez avec qui?
avec Léon de Wailly pour la partie musicale, et
pour l'autre avec Vigny lui-même :

« Cet homme charmant, dit-elle en parlant de
l'auteur d'*Angelica Kauffmann*, était un de mes
héros quand j'étais encore jeune fille. C'est lui
qui vint à mon secours et me sauva de l'humi-
liante situation où m'avait mise mon odieuse maîtresse de musique. J'étais fortement liée dans le
sac à linge sale. Il coupa le nœud gordien et après

(1) *Celebrities and I*. London, 1902. Trad. par miss Doris
Gunnel.

cet exploit s'intitula toujours mon Persée (1). »

Quand elle s'avisa de jouer la comédie elle demanda des conseils à l'auteur de *la Maréchale d'Ancre* et de *Quitte pour la peur*, et voici ceux qu'il lui donna :

« Chère Henriette d'Angleterre,

« Prends garde de perdre le temps qui devrait t'être précieux, en remplissant ta mémoire des comédies banales et médiocres qu'on a trop souvent écrites pour les jeunes filles : cette espèce de moralité en action dans le genre de Berquin et de ses disciples ne sert à rien, pas même à enseigner la langue. Il y avait une fois en France un grand poète qui fut invité par la Cour à écrire quelque chose d'amusant pour Louis XIV. Il écrivit un chef-d'œuvre pour les jeunes filles de Saint-Cyr. Apprends-le par cœur et tu ne l'oublieras jamais, et même, sans t'en douter, tu en auras toujours quelque vers aux lèvres. Etudie les rôles d'*Esther*. Un soir tu viendras et tu me les diras. C'est en apprenant des rôles pareils, écrits en vers français, que ta prononciation s'épurera et perdra toute trace d'accent. Quand nos acteurs, tout français qu'ils sont, jouent des rôles en prose, ils oublient, ils

(1) *Celebrities and I, op. cit.*

transposent les mots, ils balbutient et ils bégayent avec impunité, mais la poésie les force à compter les douze syllabes de chaque vers et à donner l'expression musicale qui convient à notre langue.

« Ce sera le meilleur exercice pour toi, chère petite Anglaise. S'il y avait toujours des demoiselles de Saint-Cyr, je voudrais te mettre chez elles, sous la direction de Mme de Maintenon, qui me fait toujours l'effet d'une excellente institutrice.

« Bonsoir, Henriette d'Angleterre. Sois une petite fille bien sage. Crois-moi et crois en moi.

« ALFRED DE VIGNY (1). »

Naturellement notre petite Anglaise s'enhardit de ce tutoiement paternel. C'est des enfants surtout qu'on devrait dire : « Laissez-les prendre un pied chez vous, ils en auront bientôt pris quatre. » Non contente de consulter Vigny sur le théâtre qui convenait à son âge, bientôt elle lui demanda de lui dessiner un costume de bal. Et Vigny se laissa faire, trop heureux d'être payé d'un gentil sourire, et, mieux, d'un baiser mutin.

(1) *Celebrities and I, op. cit.* — Cette lettre, non plus que les autres d'ailleurs à miss Corkran, n'est pas datée, mais elle doit être de 1850, parce que, à cette époque, Vigny s'était mis en tête de faire jouer la tragédie d'*Esther* à Blanzac, par les élèves de deux jeunes institutrices de cette ville. (Lettre de Vigny au Dr Montalembert, du 27 août 1850).

« Voici l'album, lui mandait-il. J'espère que je suis obéissant. J'étais déjà assez coupable d'être sorti le jour qu'il est entré dans ta petite tête d'aller voir Lydia. Porte un ou deux jolis jupons (un couleur de rose, l'autre bleu ciel), et une croix en or, digne d'Henriette d'Angleterre.

« ALFRED DE VIGNY (I). »

Mais ce n'est pas tout, quand elle eut son costume de bal, Henriette de France voulut avoir des vers du grand poète. Et il s'en montra très flatté, car il prenait plaisir à en réciter aux jeunes filles qui composaient sa petite cour. Quand ce n'était pas du Chénier, c'était du Racine, ses deux auteurs de prédilection, ses vers à lui étant trop sérieux et trop sombres pour sa clientèle en jupons courts.

« Voici des vers pour ta petite amie. Tu n'es pas venue les prendre chez moi : aussi ils doivent aller chercher une petite Henriette d'Angleterre, que j'ai vue le jour de sa naissance et qui m'a pris pour sa mère quelques jours après.

« Tu vois comme il est bon, quand on est jeune, de dire *je veux* d'un petit air décidé : rien ne nous paraît plus délicieux à nous autres Français, car

---

(1) *Celebrities and I, op. cit.* — Trad. par miss Doris Gunnel.

nous nous imaginons qu'on attache beaucoup d'importance à ce que nous faisons. Pardonne nos vanités, chère enfant, et prie pour nous.

« ALFRED DE VIGNY (I). »

Ah! poète, poète, que Dieu a donc bien fait de ne pas vous envoyer d'enfants! vous ne les auriez pas gâtés, vous les auriez *pourris*, comme on dit dans le peuple, et il est bien rare que plus tard ces enfants-là nous récompensent de nos faiblesses.

Mais quelle était cette petite amie pour qui Vigny envoyait des vers à Henriette? Je n'ai pas réussi à l'identifier. Seulement j'ai trouvé dans la *Correspondance* de l'auteur d'*Éloa* une lettre à une jeune fille qui pourrait bien la concerner. On y voit passer, effectivement, un groupe de jeunes filles poètes dont faisait certainement partie Henriette d'Angleterre, puisqu'il y est question d'Augusta Holmès et de l'île de Wight. Voici cette lettre, elle est exquise de tous points :

« Dimanche, 10 août 1856.

« Etes-vous en Amérique? Avez-vous rencontré Tantale dans l'Eldorado? Nous rapporterez-vous des moutons rouges dont la laine laisse pleuvoir des per-

(1) *Celebrities and I, op. cit.* — Trad. par miss Doris Gunnel.

les, des diamants et des paillettes d'or ? Vous êtes
toutes les deux pleines de raison et l'idée de votre
voyage ensemble me plaît infiniment. Vous avez
l'air de Clorinde et d'Herminie, et d'ici je vous vois
chevauchant, l'une plus accoutumée à l'escrime que
l'autre qui trouve le casque et la cuirasse un peu
lourds.— Je saurai vos aventures, prenez garde à
moi. Je saurai tout ou presque tout. Vous avez été
la plus charmante, la plus aimable, la plus spirituelle interprète du monde, je sais déjà cela et j'aurai bien d'autres histoires encore. Petit *Drogman*
français, voyez comme la Providence arrange tout
pour le mieux ! Elle a décidé, dès le jour de la création, que vous seriez l'amie de notre amie Augusta
[Holmès], puis l'amie d'une autre amie poète, poète
vous-même, et jetées dans une île déserte où vous
avez été d'un si grand secours à la belle voyageuse
qui vous aime beaucoup et ne peut se passer de
votre présence. Je vois que comme elle avait surtout
affaire à l'île de Wight, elle a commencé par passer
un mois à Londres.— Je ne sais pas encore si elle
a découvert lady Gordon. Votre sœur, mademoiselle
Louisa, s'attend à voir revenir madame Louise mariée avec un amiral anglais. Je n'en doute pas non
plus un moment. Pour vous, Mademoiselle, il est
bien temps que vous reveniez voir notre pauvre

petite France où l'on brûle comme au tropique et
qui demande une goutte d'eau à grands cris comme
les damnés font à côté d'Éloa qui leur donne une
larme de temps en temps, je pense. Voilà ce qu'elle
fait, vous me l'avez demandé un jour. Et vous, que
faites-vous? C'est peut-être Lucifer déguisé en belle
Muse que je vous ai envoyé. Prenez garde de vous
brûler à sa main blanche.

« J'ai passé quelques heures à Versailles avec Monsieur votre frère qui va vous porter ce billet, et qui
vous dira, Mademoiselle, en quel bon état il nous
laisse tous. Je me figure qu'il va vous ramener puisqu'il revient avant ses grandes courses dignes de
Sindbad le marin. — Je le souhaite bientôt ici,
avec vous pour qui je le charge de mille sincères
et vives amitiés.

« ALFRED DE VIGNY (1). »

Cependant, pour une cause ou pour une autre,
les Corkran, ayant quitté Paris, étaient retournés
en Angleterre.

J'ai voulu savoir ce qu'étaient devenues Henriette
et sa sœur Alice, et je me suis adressé à miss Doris
Gunnel qui nous a révélé leurs relations avec Alfred
de Vigny.

(1) *Corresp.*

Elles habitaient ensemble jusqu'en ces dernières années. Henriette ne faisait plus de peinture ni de musique, mais elle s'intéressait toujours à ce qui avait enchanté sa jeunesse, et il paraît qu'elle avait posé naguère devant un peintre de ses amis pour la figure de Mme de Staël avec qui elle avait, dit-on, une vague ressemblance. Elle est morte il y a environ deux ans.

Quant à Alice, après avoir dirigé longtemps une revue pour jeunes filles, elle s'est retirée à la campagne, où elle vit de souvenirs, en relisant ceux de sa sœur.

SOUVENEZ-VOUS DANS VOS PRIÈRES
de
LOUISE - EDMÉE **ANCELOT**,
Veuve de Monsieur **LACHAUD**,
endormie dans le Seigneur le 11 Mars 1887.

Elle a marché en votre présence aux clartés vives de la vérité et de la justice ; et son cœur droit ne s'est pas séparé de vous. *(III Rois III, 6)*

Mère admirable au-delà de toute expression, digne d'une mémoire impérissable. *(II Mach. VII, 20)*

Riche pour les pauvres, pauvre pour elle-même, elle ne savait rien refuser. *(Office de Ste Sabine)*

La force et la grâce ont été sa parure ; au dernier jour, elle se réveillera dans le sourire.

Sa bouche s'est ouverte à la sagesse, la clémence a présidé à ses discours.

Ses enfants se sont levés et l'ont publiée bienheureuse. *(Prov. XXXI, 25 et suiv.)*

PRIÈRE : O BON ET TRÈS DOUX JÉSUS.....
(Indulg. plénière après la Ste Communion)
MON JÉSUS, MISÉRICORDE ! *(100 J. d'indulg.)*
DOUX CŒUR DE MARIE, SOYEZ MON SALUT ! *(300 j.)*

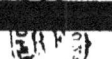

V

LOUISE-EDMÉE ANCELOT

I

Dans le temps qu'il fréquentait le Cénacle de la Muse française, Alfred de Vigny s'était lié avec

M. et Mme Ancelot d'une amitié qui dura toute son
existence. Je m'empresse de dire qu'il fut largement
payé de retour, par Mme Ancelot tout au moins, car,
après qu'il eut quitté ce monde, son souvenir avait
gardé dans le cœur de cette femme d'esprit quelque
chose de si tendre, qu'il lui arracha un jour l'aveu
touchant que voici :

« L'amitié du duc de Raguse, de même que celle
du comte de Vigny, a tenu une grande place dans
ma vie; c'est la pensée douce et belle de mes heures de chagrin, comme la force de mon âme dans
les heures difficiles, et ma résignation dans les heures où je souffrais, car j'ai vu, quand la confiance
ouvrait pour moi ces belles âmes, tant de résignation pour les souffrances physiques et morales, et
tant de force contre l'injustice, tant de grandeur et
de générosité en toute occasion que j'ai souvent
cherché à m'élever à cette hauteur pour mériter leur
affection ou honorer leur mémoire. Il me semble
que c'est un peu de leur âme que je garde avec moi
et qu'ils ne sont pas complètement perdus pour
cette vie où ils ne sont plus (1). »

Ces lignes font évidemment autant d'honneur à
celle qui les a écrites qu'à ceux auxquels elles sont

(1) *Un salon de Paris*, de 1824 à 1864.

consacrées, et cependant je me demande comment
Alfred de Vigny les aurait prises, s'il s'était vu traité,
lui, l'homme du devoir, sur le même pied que le
maréchal de France qui, en 1815, faillit au sien en
passant avec armes et bagages du côté de la Sainte-
Alliance, et quelle figure aurait faite Jacques-Ar-
sène-François-Polycarpe Ancelot, s'il avait pu les lire
par-dessus l'épaule de sa femme (1) ; car, enfin, sans
être positivement jaloux, Ancelot aurait pu trouver
que sa chère moitié faisait à ses amis la part trop
belle. Après cela, peut-être se fût-il contenté d'en
sourire ; il devait savoir, en effet, que la plupart
des femmes de théâtre ont le cœur léger et la tête
un peu folle ; et le vaudeville, qui les avait tirés de
misère à la chûte des Bourbons (2), en les guéris-
sant à tout jamais de la tragédie, avait habitué ce
Normand sceptique (3) à prendre toutes choses par
le bon côté, — ce qui est le fait d'un sage. Il avait,

---

(1) Mme Ancelot, née Chardon, naquit à Dijon, en 1792 ; elle mourut en 1875. Un de ses grands succès au théâtre fut la pièce des
Deux Impératrices, représentée à l'Odéon le 4 novembre 1842, et
dont Théophile Gautier a dit : « Le rôle de Marie-Thérèse a fourni
à Mme Dorval un type chaste et noblement contenu, qui rappelait par
certains côtés sa création de Kitty-Bell. »

(2) Au mois de décembre 1830, Ancelot, qui avait été anobli par
Charles X, perdit la place qu'il occupait au ministère de la Marine
et fut obligé de vivre de sa plume.

(3) Ancelot est né au Havre le 9 février 1794, et est mort le 7 septembre 1854.

du reste, des mœurs naturellement paisibles et se
plaisait à jouer dans le monde le rôle de concilia-
teur, qu'il avait rempli dans le premier Cénacle, à la
satisfaction des classiques et des romantiques. La
célébrité que lui avait conquise, avant 1820, le grand
succès de la tragédie de *Louis IX*, pièce classique
d'inspiration et moderne par le sujet, avait fait de
lui à cette époque une sorte d'arbitre entre les deux
camps. Ce n'est guère qu'en 1828, avec le drame
d'*Olga*, qu'il se rangea résolument du côté des
romantiques. Encore, l'année suivante, revint-il
sur ses pas dans *Elisabeth d'Angleterre*, comme
pour se faire pardonner, de l'autre bord, son excès
d'audace.

Le talent d'Alfred de Vigny ne pouvait manquer
de le séduire par ses qualités naturelles, dont la
plus saillante est précisément le sentiment de la
mesure. Aussi, quand parurent *les Poèmes*, s'em-
pressa-t-il de les analyser dans *les Annales de la
littérature et des arts* (1).

« ... Ce qui nous a le plus frappé dans le talent
de M. le comte Alfred de Vigny, disait-il, c'est cette
originalité si précieuse dans tous les temps et si rare
dans le nôtre; partout il est lui-même, et partout il

(1) *Annales de la littérature et des arts*, de 1822, 81ᵉ livraison,
t. VII, p. 73.

est poète ; ses beautés sont à lui, ses fautes lui appartiennent, et ne sont jamais les fautes d'un homme médiocre... Doué d'une âme riche et d'une imagination féconde, comme l'était André Chénier, M. de Vigny est plus varié dans ses compositions ; sa muse voyageuse parcourt tous les pays comme tous les siècles... Quelle que soit l'époque, quels que soient les lieux où nous transportent les aspirations de M. de Vigny, il est impossible de peindre avec plus de vérité les personnages qu'il amène sous nos yeux. Mais nulle part peut-être il ne brille avec plus d'éclat que dans un fragment qui a pour titre *le Bain*. »

Et après avoir cité cette pièce presque tout entière et de longs fragments de *la Fille de Jephté*, de *la Femme adultère*, de *la Prison*, dont il admirait « la poésie si fraîche, si mélodieuse et les rares beautés de l'exécution », Ancelot terminait par cette critique qui ne manquait pas d'une certaine justesse :

« Que ne devons-nous pas attendre d'un jeune poète qui entre ainsi dans la carrière, et dont la muse prend des tons différents avec tant de facilité ? Les plus brillantes destinées lui sont promises, et s'il veut joindre aux qualités précieuses qu'il tient de la nature celles que donne un travail sévère, il sera bientôt sans rival.

« Nous ne saurions l'engager trop fortement, dans l'intérêt de sa gloire, à se défier de certain penchant au néologisme qui se montre quelquefois dans son recueil, à renoncer à des tournures de phrases plus bizarres qu'originales qui déparent des morceaux d'ailleurs pleins de charme et d'élégance, ainsi qu'à des enjambements vicieux, dont l'effet est de donner aux vers une funeste ressemblance avec la prose. »

Quelque temps après la publication de cet article, Alfred de Vigny, qui portait encore le costume de la Garde royale, trônait comme un dieu dans le salon de M. et Mme Ancelot. Ils habitaient alors l'hôtel de La Rochefoucauld, situé rue de Seine, et telle était leur réputation d'esprit et de beauté qu'ils étaient parvenus à réunir chez eux à jour fixe toutes les célébrités littéraires du moment, depuis Parseval-Grandmaison, Baour-Lormian, Campenon et Lacretelle qui, en leur qualité d'académiciens, défendaient les pures traditions classiques, jusqu'à Victor Hugo, Emile Deschamps, Soumet, Guiraud, etc., qui représentaient les idées nouvelles.

C'est dans ce vieil hôtel, aujourd'hui disparu, que

naquit, le 13 février 1825 — dix jours après le
mariage d'Alfred de Vigny — Louise-Edmée Ancelot
sur qui le poète devait concentrer un jour toutes
ses affections et qu'il institua en mourant sa léga-
taire universelle.

II

A ce propos, quelques curieux ont cherché à
pénétrer la raison vraie de cet attachement de père
adoptif et ont cru la trouver dans la ressemblance
physique de l'enfant avec l'auteur d'*Éloa*. Il est certain, en effet, que cette ressemblance était saisissante, qu'elle criait aux yeux comme la voix du
sang, quand on comparait une tête à l'autre. Je ne
vois pour ma part qu'Augusta Holmès qui ait res-
semblé autant à Vigny, et ce qu'il y a de plus mer-
veilleux c'est que l'une et l'autre, toute différente
qu'ait été leur vie, avaient hérité de son esprit
religieux.

J'ouvre *l'Histoire d'une Ame* (1), où se trouve
racontée avec une piété vraiment filiale la vie spirituelle de Louise Ancelot, et je constate, dès les
premières lignes, que, tout enfant, cette âme d'é-

(1) Ce livre, publié par M. Georges Lachaud, en 1888, n'a pas été
mis dans le commerce.

lite fut une mystique dans toute l'acception du terme.

Elle était à peine entrée au couvent de Picpus, où ses parents l'avaient mise en pension, qu'elle édifiait tout le personnel, les religieuses et ses camarades, par sa piété, sa douceur et l'espèce d'éblouissement qu'elle ressentait devant les mystères de la religion. Elle avait pour les ministres du culte, en général, et pour le prêtre qui lui enseignait le catéchisme, en particulier, la vénération qu'elle aurait eue pour un ange. Je dis bien, car le prêtre à ses yeux était un être presque immatériel, vivant uniquement de la parole de Dieu, et le jour où elle s'aperçut qu'il mangeait et buvait comme le commun des mortels, elle perdit sa première illusion.

C'était surtout la doctrine de la communion des saints qui l'avait séduite. Elle avait éprouvé une véritable joie en apprenant que, par de bonnes œuvres ou par des sacrifices acceptés de bonne grâce, elle pouvait secourir les âmes du purgatoire, et cette croyance avait développé en elle le grand fonds de bonté, de compassion qu'elle tenait de la nature. A partir de ce moment, elle se voua au salut des âmes malheureuses qui soupirent après le ciel. Elle offrit à Dieu, pour les tirer du purgatoire, toutes les privations, toutes les contrariétés, toutes les petites injustices qu'elle avait à supporter au couvent. Et elle était heureuse à la pensée que, par ces moyens propitiatoires, elle pouvait en pousser quelques-unes en paradis.

Mais les sœurs de Picpus ne se bornaient pas à exalter ainsi les sentiments religieux des enfants qui leur étaient confiées. Ce n'était là que la moitié de leur programme. L'autre consistait à faire de chaque pensionnaire une femme du monde lettrée, instruite, ayant, suivant le désir de Molière, des clartés de tout. Et Mme Ancelot n'exagérait pas quand elle disait à Mme Récamier, en lui présentant sa fille :

— Voici ma fille qu'on élève au couvent dans l'amour de Dieu et de M. de Chateaubriand.

C'était lui dire qu'on était resté légitimiste au couvent de Picpus.

On y avait gardé aussi, parmi les élèves, l'habitude des maisons d'éducation de l'ancien régime de noter sur des cahiers ses impressions quotidiennes, ses préférences, ses antipathies, les incidents *graves*, les résolutions à prendre, les fautes commises et jusqu'aux moindres élans du cœur, car de même que l'oiseau qu'on a fait prisonnier continue de chanter dans sa cage, le cœur des jeunes filles s'ouvre aussi bien derrière les grilles d'un couvent que lorsqu'elles peuvent aller et venir en liberté.

Louise-Edmée Ancelot n'échappa point à cette mode et commença dès l'âge de treize ans à tenir la comptabilité de ses pensées, de ses actions bonnes ou mauvaises. Son premier cahier fut rempli par un petit roman dans lequel elle avait raconté l'histoire d'une de ses camarades. Cela ne devait pas être d'une lecture bien dangereuse; cependant son confesseur en exigea la destruction. Sacrifice aussi cruel qu'inutile, et qu'elle hésita longtemps à consommer non par vanité, certes, mais par un sentiment d'amour-propre que tous les auteurs excuseront.

Son second cahier, qui existe encore, offre un réel intérêt. Il contient ses notes de la seizième année. Louise-Edmée Ancelot a dépouillé ses langes; la petite pensionnaire est devenue une belle et grande jeune fille que l'on conduit à présent dans le monde. Nous allons voir la figure qu'elle y fera.

Son cahier débute ainsi : « Je suis sortie depuis hier, j'ai reçu de jolis cadeaux et je vais à l'Opéra ce soir; j'ai déjà causé avec ma mère chérie, je suis bien heureuse. Voilà donc cette nouvelle année qui commence, l'année de mes seize ans, l'année où je vais quitter le couvent qui a vu des jours si

heureux pour moi! Quel sujet de réflexions sérieuses, quel compte j'aurai à rendre de la belle année
qui vient de s'écouler... »

Elle raconte ensuite qu'elle a joué un morceau
de piano dans le salon de sa mère et qu'elle a eu
beaucoup de succès, mais comme elle a moins de
vanité que de modestie, elle a parfaitement remarqué que, pour faire valoir son jeu, le harpiste qui
l'accompagnait a un peu sacrifié la harpe au piano. .
Suit cette réflexion fort juste sur la lecture des
romans à propos de *Paul et Virginie*.

« J'ai été hier chez Mme K..., qui nous parla des
lectures et s'étonna que j'aie lu *Paul et Virginie*.
Si elle savait que j'en ai lu bien d'autres plus
dangereux encore! J'ai eu le bonheur que ces livres ne m'ont point fait de mal. Si j'ai une fille,
jamais elle ne les lira. »

Un jour elle apprend que deux de ses camarades ont été renvoyées pour une trop grande légèreté
et pour un vol. Aussitôt sa bonté s'en irrite et elle
écrit cette pensée digne de l'évangile : « Deux jeunes filles qu'on déshonore froidement, sans pitié,
avec bruit, scandale, de manière à ce que les cent
élèves qui le savent ne puissent jamais l'oublier!
oh! je ne puis approuver cela! »

Une autre fois, la vue d'une grande misère lui

arrache ce cri de compassion : « Oh! si j'avais bien
de l'argent comme j'en ferais un bon usage ; il me
semble qu'il n'y aurait plus de pauvres nulle part !
J'aimerais à les visiter, à les soigner, à récompenser
leur honnêteté, leur délicatesse, à instruire leurs
enfants. »

Ainsi la générosité native de cette âme charmante
s'exerçait sur tout, de proche en proche.

En 1841, M. Ancelot se présenta à l'Académie
Française en remplacement de M. de Bonald. Cette
nouvelle, sans la surprendre, cause à la petite Edmée une émotion très vive, et elle fait le vœu que
si son père est élu elle se privera de dessert tous les
soirs, jusqu'à sa sortie du couvent. Inutile de dire
qu'elle tint sa promesse.

C'est à cette époque que l'idée du mariage commença de hanter son cerveau. Le mariage est une
très grosse question pour les pensionnaires des
couvents. Elles s'en occupent dès que la petite bête
remue sous leur mamelle gauche, et le premier
jeune homme qui les a fait danser sous l'œil de
leur mère prend immédiatement figure de mari,
surtout s'il est élégant, distingué et pas trop timide.
Ce n'est point sous cet aspect futile qu'Edmée
Ancelot envisageait le mariage. Elle le regardait,
au contraire, comme « une chose grave et sérieuse,

un dévouement sans bornes et de tous les instants, une continuelle attention de plaire à l'époux qui vous a choisie et de ne plaire qu'à lui ». Et voici comment cette jeune fille de seize ans entendait les devoirs d'épouse et de mère :

« Elever ses enfants dans l'amour et la crainte de Dieu, la pratique exacte de tous les devoirs religieux, réparer les affaires dérangées, remettre par son ordre et son économie la fortune qu'on dissipe de l'autre côté, faire des amis à l'époux de son choix, le réconcilier avec ceux qu'il aurait perdus ; boire toujours la part amère du calice et ne réserver aux siens que ce qu'il y a de jouissance et de bonheur dans la vie, tout cela, sans croire qu'on a fait quelque chose de bien ; voilà, il me semble, la mission de la femme dans le mariage.

« Et si elle trouve quelqu'un qui ne l'apprécie pas, qui soit dur pour elle, qui la méconnaisse et l'outrage, Dieu est là-haut pour récompenser ceux qui ont porté la croix ici-bas ; lui-même en a donné l'exemple. Surtout qu'elle ne prenne point de confidente de ses chagrins, c'est le moyen de les augmenter et de s'aliéner tout à fait le cœur de son mari. Si, au contraire, la femme pieuse et forte, la femme par excellence, a le bonheur de rencontrer

une âme qui sache la comprendre, oh ! qu'elle remercie Dieu dans son cœur, car il est rare ce bonheur qui lui est accordé. Sa vie ne sera que joie,
que douceur. Les peines à deux et souffertes pour
Dieu doivent être des délices !

« Et si ce n'est pas ainsi qu'on comprend le mariage, ce n'est plus l'institution sainte du Christ,
c'est un enfer. Si c'est un amour, sujet au changement et qui doit s'évanouir lorsque les traits se
flétriront, oh ! alors c'est une chaîne, et une lourde
chaîne, et je suis sûr qu'il n'y a que les femmes
sans pitié qui ont jamais songé à rompre ce lien
sacré ; la femme chrétienne peut et doit tout supporter. L'homme ne doit pas séparer ce qu'il a
uni. »

C'est avec ces sentiments vraiment admirables
que Louise-Edmée Ancelot fit son entrée dans le
monde. Ceux qui connaissent Alfred de Vigny ne
seront pas étonnés qu'après l'avoir séduit par tous
ses dons elle lui ait inspiré une affection quasi-
paternelle.

III

La correspondance du poète avec Mme Louise,

comme il l'appelle, date de son mariage avec
M. Lachaud, le grand avocat (1). A ce moment,
Vigny avait perdu les deux créatures de Dieu
qui ont tenu le plus de place dans sa vie, celle
qui fut Kitty-Bell, et sa mère. Son âme était
désemparée et s'en allait à la dérive. Comme il ne
pouvait se passer d'amour, il se raccrocha à cette
branche toute verte et toute fleurie qui s'offrait à sa
main. Mais avec quelle délicatesse il la saisit ! On
eût dit qu'il avait peur de la briser sous son poids,
car le malheur rend la main lourde. Il faut lire les
premiers billets qu'il écrit à sa « chère et gracieuse
amie » pour avoir la sensation de cette crainte chaste.
Elle même paraît si confuse des égards qu'il lui
témoigne qu'elle ne sait d'abord de quel nom
l'appeler. *Monsieur* est bien sec et bien froid pour
quelqu'un qui vous a tenue toute petite sur ses
genoux ! Peu à peu elle s'enhardit, et, après la naissance de son premier enfant, quand le poète eut
accepté de lui servir de parrain, elle finit par lui
donner le nom qu'il désirait tant.

« Enfant que j'ai bercée, comment oserez-vous
encore me nommer Monsieur? Vous avez trouvé
le nom que vous me devez. Dites : mon ami, et

(1) Ce mariage fut célébré à Paris, le 17 février 1844, dans l'église
Saint-Louis.

vous ne risquez point de vous tromper, soyez-en
bien assurée. »

De ce jour leur correspondance eut quelque
chose de plus abandonné, de plus intime. Nous
n'avons pas malheureusement les lettres de Mᵐᵉ Lachaud ; son fils raconte qu'elle les brûla quand
elles lui firent retour après la mort d'Alfred de
Vigny. C'est une perte irréparable. J'essaierai
pourtant de la combler à l'aide de celles du poète.
Je ne sais si je me trompe, mais je crois lire entre
leurs lignes que, dans la première moitié de sa vie,
Mᵐᵉ Louise subit l'influence morale de Vigny, et
que, dans la seconde moitié, c'est lui qui subit relativement la sienne. Ne nous étonnons pas de ce
choc en retour : il est plus commun qu'il ne semble,
et pour ma part je le trouve tout naturel.

« Il y a pour ceux qui vous aiment et vous ont
vue au berceau une grande consolation à songer
que vous avez devant les yeux et sous vos regards
mélancoliques de grands horizons et une verdure
qui les repose de la vie aux flambeaux (Mᵐᵉ Lachaud
était alors dans la Corrèze, à Treignac, petit bourg
situé au pied de la dernière chaîne de collines
qu'on appelle là-bas le Bocage). Votre délicate poitrine respire un air pur et vous avez autour de vous
ce silence et ce calme des champs qui vous per-

mettent d'entendre parler votre âme à elle-même bien
longtemps de suite, se recueillir dans des méditations
infinies, revenir sur ses sentiments et ses pensées,
les épurer, leur donner un but, jouir d'avance de ce
qu'elle attend de l'avenir et goûter la récompense
anticipée des devoirs accomplis. La grande maladie
de la vie, c'est l'ennui. Il nous atteint partout et
nous nous agitons en vain pour le fuir ; nous avons
la folie de chercher sans cesse des émotions faus-
ses quand il y a au fond de notre cœur une source
plus féconde et plus variée de réelles émotions, de
naturelles joies et de félicités véritables.

« Je suis heureux de savoir que vous passez
quelques heures à lire ces livres que j'écris à de
si longs intervalles, et dont je ne parle jamais. —
Vous aimez Laurette parce que vous auriez parlé
comme elle à votre mari déporté à Cayenne. Ces
ordres cachetés se donnent encore aux marins.
Leur mystère n'est-il pas sombre et terrible comme
l'épée de Damoclès ? La discipline pèse comme la fata-
lité. Mon cousin, M. de Bougainville (1) me raconta
véritablement ce trait d'un marin qui eut le mal-

(1) Ce Bougainville devait être le fils aîné du navigateur, élève de
l'École Polytechnique, mort contre-amiral en 1846, Vigny était aussi
en relation avec les autres fils du navigateur, l'un colonel de dragons, démissionnaire en 1830, l'autre général de brigade, mort en
1854.

heur d'obéir à un ordre du comité de salut public,
de fusiller les prisonniers de guerre. Il faut que
vous sachiez que, dans ce livre de *Servitude et
Grandeur militaires*, toutes les fois qu'il y a *je*
c'est la vérité. J'étais à Vincennes lors de la mort
de ce pauvre adjudant. Je vois aussi sur la route
de Belgique une charrette conduite par un vieux
chef de bataillon ; je chevauchais ainsi en chantant
Joconde. Pour le capitaine Renaud, c'est un combat
que j'ai voulu livrer à l'esprit séïde qui nous saisit trop aisément en France. Il n'y a pas un ambitieux égoïste qui ne trouve dans la foule des
esclaves presque fous d'obéissance aveugle. Il faut
tâcher de garantir la nation des penchants qui l'ont
souvent égarée, et celui-là renferme pour elle bien
des dangers. Ce sont des mauvaises amours qui
l'ont prise bien souvent, surtout depuis 1789. »

Dans ces dernières lignes, Alfred de Vigny faisait allusion au danger permanent que courait la
république de 1848. Il en parlait, d'ailleurs, en
connaissance de cause, car il s'était retiré un peu
avant les journées de Juin dans sa propriété du
Maine-Giraud, non loin d'Angoulême, et la Charente, cette *Vendée bonapartiste*, comme il l'appelait si justement, soupirait tout haut après le réta-

blissement de l'Empire. Le coup d'État ne lui causa donc aucun étonnement.

Suivons-le dans sa retraite et laissons la politique de côté. Bien qu'il cherchât la solitude, il n'était pas souvent seul au Maine-Giraud. D'abord il y avait Mme de Vigny, qui le tirait par la manche plusieurs fois par jour, surtout quand elle était malade, et puis il recevait de temps en temps la visite de ses cousins et amis d'Angoulême ; enfin Mme Louise venait de loin en loin le surprendre avec ses enfants, et, ces jours-là, c'était fête au manoir.

« J'ai eu tout à coup ici, chère amie, une jolie apparition d'un moment, écrivait-il à Mme Ancelot. Louise était charmante avec ses deux chérubins, elle avait grande hâte de vous revoir et prenait un petit air de magistrat en me disant qu'elle avait des affaires très sérieuses à régler à Paris ; et puis elle riait de ma gravité et de mes importantes affaires et revenait à ses pendants d'oreilles couleur de rose qui jouaient entre nous deux. Elle était un peu fatiguée et j'aurais voulu qu'elle se reposât plus longtemps entre son bon chanoine et sa petite belle-sœur de quinze ans dont le visage certainement a été copié sur un tableau de Greuze, tant ses yeux bleus sont grands et sa bouche en forme de cerise. J'irai la revoir bientôt à son cou-

vent au nom de Mme Lachaud et escorté d'un chanoine. J'espère que je serai assez vénérable ainsi.
C'était avec eux et moi que Louise parlait de vous
sur la grande terrasse de Beaulieu, à Angoulême.

« En regardant le panorama qu'on voit de cette
montagne, elle regrettait ses autres rochers avec
l'air le moins agreste qu'il y ait jamais eu. Elle
s'efforce de se croire villageoise, en robe et en bro-
dequins parisiens, et d'une voix douce, harmonieuse
et toute mondaine, elle assure qu'elle sait chanter
des *bourrées.* Elle est paysanne à peu près comme
je suis laboureur et bûcheron. »

Aussi ne faisait-elle que passer au Maine-Giraud.
Mais à peine était-elle partie, que les lettres de
Vigny recommençaient de courir après elle.
C'étaient généralement la littérature et l'éduca-
tion qui en formaient le sujet principal.

« Il me semble que j'assiste à vos lectures de
famille. Hélas ! vous devez être bien souvent forcée
de passer des pages d'*Outre-tombe* (les Mémoires
de M. de Chateaubriand venaient de paraître) que
vos enfants ne sauraient comprendre encore, et
pourtant la comparaison de cette sombre enfance
avec la leur doit déjà les toucher. Ils ont pu mieux

sentir le bonheur qu'ils puisent dans vos inaltéra-
bles tendresses, en lisant le récit de ces froideurs
cérémonieuses et repoussantes qui sevraient le pauvre René de tous les épanchements naturels et ne
lui laissaient aucun accès dans ces cœurs murés
par une ridicule et dure étiquette. Les lourds ennuis qui le portèrent à deux doigts du suicide, ils
ne les connaîtront pas, vos enfants bien-aimés ;
mais vous allez arriver à des volumes qui vous for-
ceront de lire tout bas cet ouvrage qui est, à mes
yeux, comme une vengeance posthume : et on peut
s'en fier à votre esprit pour préserver le leur des
flétrissantes peintures d'un cœur rempli d'un fiel
qui se répand sur toute chose. »

Il avait raison de se reposer sur elle du soin de
conduire ses enfants, car Mme Louise en aurait
remontré aux éducateurs les plus difficiles. Ainsi,
quand son petit Georges fut en âge d'aller au collège, elle ne voulut pas le laisser en pension entière
et complète, d'accord en cela avec le solitaire du
Maine-Giraud, qui trouvait bon que les enfants re-
vinssent le soir entendre le langage de leur famille,
« ce port d'où ils partent et où ils doivent toujours
revenir ». Quelques années plus tard, pour com-
pléter l'enseignement qu'il avait reçu de sa bouche,

elle lui mit entre les mains *les Sources*, du père
Gratry, qu'elle avait vues sur la table du poète de
Moïse. Et voici la très belle lettre qu'elle reçut de
lui à cette occasion :

« Ce livre des *Sources* est fait pour les jeunes
gens de vingt ans qui, sortis des classes et regardant la vie en face, comme un voyageur regarde
une longue plaine qu'il a à parcourir, sentent qu'il
faut d'abord s'examiner, se connaître et se former
par la seconde éducation que l'on se fait à soi-même.
Le silence, l'étude, la science comparée sont des
chapitres excellents, par-dessus tout le livre, ainsi
que la morale. Ajournez-lui la lecture des parties
abstraites, comme les mathématiques et l'astrono-
mie théologique, qui l'effaroucheraient; mais dans
les trop longues soirées de la campagne, faites-lui
lire le plus que vous pourrez à lui et à sa sœur,
tout haut. Je suis étonné que personne aux collè-
ges et lycées ne l'ait exercé à lire à haute voix. —
Vous, chère Louise, qui avez écrit tant de petites
observations sur son caractère, tâchez de le former
et de deviner ce qu'il peut être, afin qu'il ne manque pas sa vie en entrant dans quelque carrière
mal choisie qu'il lui faudrait quitter. Puis-je mieux
vous montrer ma profonde affection, chère et douce

amie, qu'en vous parlant de ce qui fait l'objet cons-
tant de vos soins ? — Il est heureux que Georges
et Thérèse adolescents vous permettent enfin de
sortir de la vie de bonne d'enfant et de redevenir
vous-même. Il vous sera possible de laisser votre
âme exprimer librement ce que la nature lui a imprimé de douce gravité, de sentiments réfléchis et
de tendresses pieuses et méditatives... »

Que vous semble de ce faisceau de réflexions et
de conseils? Si je prends une sorte de plaisir à vous
montrer Vigny sous ce jour nouveau, c'est que nous
ne le reverrons plus dans ce rôle d'éducateur auquel
il était si bien préparé par sa nature et ses études
philosophiques et que, sur la fin de sa vie, il a rempli, par amour, d'une manière si édifiante.

Mais il ne faudrait pas être dupe des apparences
et conclure de tel passage de ses lettres à Mme Lachaud qu'il avait épousé son mysticisme idolâtre.
Nous avons justement sur ce point un document
de premier ordre et qui va nous donner la mesure
exacte de ses sentiments religieux, car il est hors
de doute que le chrétien qui sommeillait en lui
avait fini par se réveiller dans le doux commerce,
j'allais dire au toucher de Mme Louise.

Voici donc ce qu'il lui écrivait en 1862, l'année
qui précéda sa mort :

« Pour vous, qui, à la rigueur, auriez le droit
d'être moins enfant, vous l'êtes au moins autant
et vous employez tout ce que vous avez de forces à
demeurer pour toujours enfermée dans la naïveté
du couvent. Vous fermez vos yeux et vos oreilles
et vous tâchez de vous cloîtrer dans le rêve charmant de votre cœur de jeune mère. Vous voyez
clairement une chaste divinité qui se penche pour
vous écouter et qui veille à la manière prudente
dont le cheval de votre fils s'est abattu. Vous êtes
même, ce me semble, assez familière avec elle et
vous m'écrivez qu'elle s'est bien acquittée de sa
mission. Vraiment? Vous êtes contente d'elle? Ainsi
elle n'a fait que son devoir strictement. Votre
confesseur ne vous écouterait pas et il dirait :

> Comme avec irrévérence
> Parle de Dieu *cette enfant!*

« S'il se fût cassé la jambe, notre pauvre cher
petit Georges, comme fit un jour son parrain à la
manœuvre des mousquetaires, vous auriez été en
droit, d'après cette doctrine *payenne* bien plus que
chrétienne, de vous en prendre à la Madone, à peu
près comme les Italiennes qui donnent des coups de
poing à leur vierge si elle n'a pas défendu leur mari,
le brigand, contre les gendarmes. Vous passez de

là à une autre adoration, vous devenez une rivale
passionnée de sainte Thérèse et vous tombez comme
elle en extase devant celui à qui elle disait : Quand
même vous ne seriez pas Dieu je vous adorerais.

« Eh bien ! tant mieux. Il faut qu'une jeune femme
aime dans le ciel et sur la terre. Je ne répondrai
sérieusement à rien ; je ne voudrais pas effeuiller
une seule de vos illusions, ni seulement l'effleurer
et la faner. Les illusions qui fortifient la bonté et la
patience sont des fleurs qui ne peuvent être trop
soigneusement arrosées et conservées. Tous vos
vœux me sont doux à entendre de votre bouche
parce qu'ils ressemblent à cette affection de votre
enfance pour moi que je crois très véritable. Quand
vous reviendrez, j'irai vous voir le soir, chère idolâtre ! et vous me répéterez tout ce qui vous plaira
et tout ce que vous vous rappellerez de *l'Imitation
de Jésus-Christ.* Je pourrai même vous souffler,
car je la sais par cœur depuis mon enfance, et j'ai
une mémoire presque infaillible... Mais je vous en
avertis, prenez garde de me forcer à laisser tomber
sur vos litanies quelques grands coups de raison
pareils aux coups d'épée de Roland, qui fendaient
un homme et son cheval de la tête aux pieds...
J'ai ainsi fait voir du pays à des abbés, de même à

des abbesses. J'évite avec vous ces petits duels de controverse, de peur de vous faire du mal sans le vouloir et malgré moi, emporté par les mouvements irrésistibles d'une farouche sincérité, que jamais ni l'éducation sévère que vous savez, ni l'armée, ni le monde n'ont pu arrêter lorsqu'elle veut éclater. Mes réflexions mêmes n'y réussissent pas, et ensuite ma mémoire se lève, me suit, monte en croupe et galope avec moi, et fait d'un mot un reproche et presque un remords, si elle me dit qu'il a pu affliger. »

Tel était le chrétien chez Alfred de Vigny. En prenant cette lettre quasi-testamentaire dans son vrai sens, on peut dire qu'entre lui et Mme Lachaud il y avait cette différence qu'il était de l'ancienne foi et qu'elle était de la nouvelle.

Cela ne l'empêcha pas, quand il se sentit mourir, de tourner ses regards vers les siens et de lui dire d'une voix suppliante : « Vous qui avez tant de petites prières couleur de rose et bleues dans vos poches, n'en trouverez-vous pas une pour moi ? »

Elle n'était pas là quand il mourut, elle était à sa maison de campagne, en Auvergne. C'est même pour cela qu'on ne vit pas sa main dans les manœuvres religieuses auxquelles il fut en butte de la part des catholiques zélées qui le veillaient. Elle s'était con-

tentée, après la mort de Mme de Vigny, de mettre
sur le bureau de son parrain la petite statue de la
Vierge qui fut placée à côté de son lit, après qu'il
eut fermé les yeux. Comme elle savait que le chrétien en lui ne pratiquait pas, elle avait confié son
salut à Notre-Dame de Bonne-Garde et de Miséricorde. Mais si elle ne l'assista pas à ses derniers
moments, si elle ne recueillit pas son dernier soupir, on peut être sûr qu'elle était près de lui de cœur
et de pensée, et que nuit et jour, durant sa dernière maladie, elle était en prières...

C'est à elle qu'il légua tous ses biens meubles et
immeubles, comme pour attester jusque dans la
mort que, si elle n'était pas la fille de sa chair et
de son sang, il l'avait toujours regardée comme la
fille de son âme (1). Elle-même mourut en odeur
de sainteté, le 11 mars 1887 après avoir rempli
toutes les promesses contenues dans ce joli sonnet
renversé de Brizeux :

LA VIE
                    à Louise A[ncelot].

Un bel ange gardien penché vers son berceau,
Quand ses yeux étonnés s'ouvrirent à la vie
Et que sa mère en pleurs la contemplait ravie,

---

(1) Quelques jours après la mort du poète de *Moïse*, Mme Victor
Hugo, qui se trouvait à Paris, écrivait à sa sœur Julie :
« Antoni Deschamps m'a beaucoup causé d'Alfred de Vigny, qui
a légué sa fortune à Mme Lachaud, qui passe pour être sa fille. »
(Lettre inédite communiquée par M. Pierre Lefèvre-Vacquerie.)

Invisible, la prit sous le léger cerceau,
L'instruisant d'une voix mystérieuse et tendre,
Et l'ange au doux parler, l'enfant semblait l'entendre :

« — Au jardin de l'aïeule égayé du zéphir,
Où les jeunes oiseaux vont essayer leurs ailes,
Parmi les blancs jasmins enlacés aux tonnelles,
Fleur humaine, tu dois t'élever et fleurir.

Savoure le printemps !...Résignée à *mûrir*,
Amasse dans ton sein les graines maternelles,
Enfin pour refleurir aux sphères éternelles,
Lis d'or, cueilli par Dieu, sur son cœur viens *mourir!* »

VI

AUGUSTA HOLMÈS

Antoine de Padoue. — Le P. Sertillanges et son *Pèlerinage
artistique à Florence*. — Son parallèle entre Michel-Ange
et Beethoven. — Augusta se confesse au dominicain. — Son
baptême. — Son cierge et son voile de catéchumène. —
Ses dernières volontés. — Sa mort.

I

Le nom d'Holmès, avant d'être illustré chez
nous par Augusta, fut porté par deux violonistes
anglais, Alfred et Henri, qui commencèrent à se
produire en France vers 1860 et s'y firent applaudir, non seulement à cause de leur réel talent, mais
surtout, dit Fétis, à cause de la précision et de
l'ensemble surprenants qui distinguaient leur jeu,
lorsqu'ils exécutaient de grands duos.

Augusta avait-elle quelque lien de parenté avec
eux ? Je ne saurais le dire. En tout cas, sa destinée voulut qu'elle débutât peu de temps avant la
mort d'Alfred Holmès (1) et que, suivant l'expression de Joachim du Bellay, elle allongeât, toute
jeune encore, la gloire du nom.

Augusta-Mary-Anne Holmès naquit à Paris le
16 décembre 1847, au n° 3 de la rue Neuve-de-
Berry (2). Son père, Charles-William Scott Dal-

---

(1) Il mourut à Paris, le 4 mars 1876.
(2) *Arch. de la Seine*.— Le nom d'Holmès s'écrivait sans accent ;
c'est Augusta qui, pour le rendre plus euphonique, fit sonner la
syllabe finale.

keith Holmès, était d'origine irlandaise (1), et avait servi dans l'armée britannique en qualité d'officier des Dragons légers. — Sa mère, Tryphina-Anna-Constance-Augusta Shearer, était née à Hampshire (Angleterre) (2).

C'est par Mme Alfred de Vigny, dans le courant de l'année 1828, que les Holmès entrèrent en relations avec le futur traducteur d'*Othello*. Il faut dire que l'ancien officier anglais était un fanatique de Shakespeare. M. Georges Clairin, qui l'a beaucoup connu, me disait récemment qu'après avoir quitté l'armée pour des raisons politiques il avait joué quelque temps dans une troupe de comédiens le répertoire du grand Will. Je pense donc que Vigny, qui ne savait pas encore à fond la langue de Shakespeare, eut recours plus d'une fois aux lumières de M. Holmès.

La mère d'Augusta, qui était fort belle et très provocante avec ses allures d'amazone, avait déjà inspiré plus d'une passion. Alfred de Vigny ne tarda pas à s'éprendre d'elle.

Jean Gigoux raconte en ses souvenirs qu'il arriva un matin mystérieusement dans son atelier pour

(1) Il avait 49 ans, étant né en 1798 (*Arch. municipales de Versailles*).
(2) Elle était née en 1811 ; elle avait donc 38 ans.

le prévenir qu'il reviendrait entre quatre et cinq heures. « Je vous amènerai un ange, mon cher ami, une Anglaise. Vous me ferez d'elle un croquis, n'est-ce pas ? Elle va partir et je voudrais conserver quelque chose d'elle (1). »

En ce temps-là, les Holmès, tout en faisant de fréquents voyages à Paris, résidaient habituellement en Angleterre.

J'ai cherché longtemps à identifier le beau modèle de Jean Gigoux : son nom m'a été révélé par une amie de Louis Ratisbonne, qui fut la camarade d'enfance d'Augusta (2). Cette Anglaise n'était autre que Mme Holmès. Et c'est elle aussi qui, d'après des renseignements puisés à une source sûre, est la fameuse et énigmatique *Éva* de *la Maison du Berger* (3).

Cela va déranger les combinaisons de tel et tel historiographes de Vigny, qui y ont vu : celui-ci,

(1) Et Gigoux ajoute : « Ce premier amour dura bien longtemps ; son souvenir persistait encore vingt ans après. » (*Causeries sur les artistes de mon temps*, p. 105.)

(2) Mme Marguerite Deutz.

(3) Ph. Busoni écrivait à Émile Deschamps, le 25 janvier 1864 : «... Je croyais que vous saviez qui se cachait sous ce nom d'Éva. Elles sont deux, la mère et la fille, et vous les connaissez aussi bien que moi. C'est à Mme Holmès que Vigny a dédié *la Maison du Berger*, et c'est à sa fille Augusta qu'est dédié *l'Esprit pur*. » (Lettre inédite.)

Ce renseignement est confirmé par le Journal inédit de Guttinguer.

Augusta HOLMÈS

d'après le tableau d'Henri Regnault

Thétis apportant ses armes à Achille.

Mme Dorval; celui-là, Mme d'Agoult et même Lydia Bunbury, mais cela s'accorde au mieux avec ce que je sais de la vie romanesque de Mme Holmès et de son état d'âme.

C'était une voyageuse infatigable, elle était toujours par mer, par monts et par vaux, mais elle voyageait moins pour sa santé, qui était florissante, que pour tuer le temps, pour s'étourdir, car encore une fois, elle était très aventureuse, et de n'avoir pas eu d'enfants, elle qui en avait tant désiré, l'ennui l'avait prise et ne la quittait pas.

Or, écoutez ce que dit Vigny dans *la Maison du Berger* :

Si ton cœur, gémissant du poids de notre vie,
Se traîne, et se débat comme un aigle blessé,
Portant comme le mien, sur son aile asservie,
Tout un monde fatal, écrasant et glacé ;
S'il ne bat qu'en saignant par sa plaie immortelle,
S'il ne voit plus l'amour, son étoile fidèle,
Eclairer pour lui seul l'horizon effacé ;

Si ton âme enchaînée, ainsi que l'est mon âme,
Lasse de son boulet et de son pain amer,
Sur sa galère en deuil laisse tomber la rame,
Penche sa tête pâle et pleure sur la mer,
Et cherchant dans les flots une route inconnue,
Y voit, en frissonnant, sur son épaule nue,
Le lettre sociale écrite avec du fer ;

Si ton corps, frémissant des passions secrètes,
S'indigne des regards, timide et palpitant :

S'il cherche à sa beauté de profondes retraites
Pour la mieux dérober au profane insultant ;
Si ta lèvre se sèche au poison des mensonges ;
Si ton beau front rougit de passer dans les songes
D'un impur inconnu qui te voit et t'entend,

Pars courageusement, laisse toutes les villes ;
Ne ternis plus tes pieds aux poudres du chemin,
Du haut de nos pensers vois les cités serviles,
Comme les rocs fatals de l'esclavage humain.
Les grands bois et les champs sont de vastes asiles,
Libres comme la mer autour des sombres îles.
Marche à travers les champs une fleur à la main.

Il est sur ma montagne une épaisse bruyère
Où les pas du chasseur ont peine à se plonger,
Qui plus haut que nos fronts lève sa tête altière,
Et garde dans la nuit le pâtre et l'étranger,
Viens y cacher l'amour et ta divine faute ;
Si l'herbe est agitée ou n'est pas assez haute,
J'y roulerai pour toi la Maison du Berger.

Conclusion : l'hymen ne nous a pas réussi à l'un ni à l'autre ; sans pour cela rompre nos chaînes, cherchons dans un amour profond et mystérieux le bonheur que lui seul peut donner.

Et la pièce se termine ainsi :

Mais toi, ne veux-tu pas, voyageuse indolente,
Rêver sur mon épaule, en y posant ton front ?
Viens du paisible seuil de la maison roulante
Voir ceux qui sont passés et ceux qui passeront.
Tous les tableaux humains qu'un Esprit pur m'apporte
S'animeront pour toi quand, devant notre porte,
Les grands pays muets longuement s'étendront.

Nous marcherons ainsi, ne laissant que notre ombre
Sur cette terre ingrate où les morts ont passé ;
Nous nous parlerons d'eux à l'heure où tout est sombre,
Où tu te plais à suivre un chemin effacé,
A rêver, appuyée aux branches incertaines,
Pleurant, comme Diane au bord de ses fontaines,
Ton amour taciturne et toujours menacé.

Et dans la pièce des *Destinées* intitulée *les Ora-
cles*, nous voyons que Vigny montra, vers 1844,
à cette « fille de l'Océan » ses grands bois du Maine-
Giraud.

Il va sans dire que tous ces vers ne s'appliquent
pas exactement à Mme Holmès, et que, dans *la
Maison du Berger*, comme dans la plupart des
pièces des *Destinées*, il convient de faire la part
du symbole.

La Maison du Berger parut, en 1844, dans *la
Revue des Deux Mondes*. Trois ans après, le 16 décembre 1847, *Éva* donnait le jour, après vingt
ans d'une union stérile, à une petite fille qui fut
Augusta et dont Vigny fut le parrain. Les Holmès
habitaient alors un pied-à-terre, rue Neuve-de Berry.
A partir de la naissance d'Augusta, ils fixèrent
leur domicile à Paris. Et le salon de Mme Holmès,
où Vigny trônait comme un roi, devint le rendez-
vous du petit cénacle qui, vers 1833, s'était formé
autour de l'auteur de *Chatterton*. On y voyait régu-

lièrement Émile Deschamps, Brizeux, Busoni, Auguste Barbier, Pitre-Chevalier et Léon de Wailly (1). Et Mme Holmès, qui peignait agréablement, l'avait décoré de ses ouvrages, notamment d'une belle copie du tableau de David : *Bonaparte au mont Saint-Bernard*, que M. Georges Clairin se rappelle avoir vue plus tard à Versailles.

J'ouvre la *Correspondance* de Vigny et, dans une lettre qu'il adressait du Maine-Giraud à Busoni, le 24 juillet 1849, je trouve les lignes suivantes :

« On se plaint de vous dans la rue de Berry (faubourg du Roule), n°3, vous n'aurez pas l'excuse d'ignorer l'adresse. Souvenez-vous que Mme Holmès m'a donné de vos nouvelles l'an dernier, après les affaires de Juin. Me sachant inquiet de vous et des vôtres, elle monta en voiture et courut **elle-même** à votre maison.

« Elle est en deuil et bien affectée. Son père vient de lui être enlevé par le choléra. Allez-y donc un soir, et à votre tour dites-moi dans quel état vous l'aurez trouvée. Vraiment vous lui devez une visite,

---

(1) « Il y a eu un grand concert rue de Berry, chez la châtelaine, écrivait Vigny à Léon de Wailly, le 11 avril 1843, et votre absence y a fait pousser de grands gémissements à cette souveraine très gracieuse... Holmès redouble de bouquins et commence à trouver son appartement trop petit. » (*Corresp. de Vigny.*)

table pour me faire débiter des fragments
Ioa ou d'autres poèmes, ou bien encore se
tait au piano pour m'apprendre une chanson
-gnole qu'il admirait fort, l'ayant entendu
anter fréquemment par Berlioz :

« Yo que soy contrabandista »

Avec tous mes regrets de ne pouvoir
ire davantage, j'ai l'honneur, Monsieur, de
us présenter mes salutations distinguées

Augusta Holmès

FAC-SIMILE DE LA LETTRE CI-CONTRE D'AUGUSTA HOLMÈS

et je crains que tant d'épouvantes qu'elle vient d'avoir ne l'aient accablée (1) ».

Vers le même temps, le doux Brizeux dédiait à Mme Holmès *la Fleur de la Tombe*, de ses *Histoires poétiques*, qui finit par ces vers touchants :

Religion des morts ! N'ai-je pas vu, plus tard,
Un lait pur arroser le cercueil d'un vieillard
Nuit et jour la prière à genoux sur sa tombe ?
N'ai-je pas vu languir de douleur la colombe ?
Hélas ! s'il est des cœurs prompts à se délier,
D'autres veulent mourir plutôt que d'oublier !

Était-ce une allusion ? un présage ! Ce qu'il y a de sûr c'est que Mme Holmès n'eut pas le temps d'oublier son père. Neuf ans après sa mort, elle mourut dans la maison même des Vigny où elle était venue habiter pour être plus près d'eux (2).

II

La petite Augusta venait d'entrer dans sa onzième année. C'était déjà plus qu'une enfant. Grande, svelte, sérieuse et très avancée sous tous les rap-

(1) Lettre publiée par M. Jules Marsan dans nos *Annales Romantiques*, en 1905.

(2) Voici son acte de décès : « L'an mil huit cinquante-huit, le dix mai, est décédée à Paris, rue des Ecuries-d'Artois, 6, premier arrondissement, Augusta-Tryphina-Anne-Constance Shearer, rentière, âgée de quarante-sept ans, née à Hampshire (Angleterre), épouse de Charles-William Scott Dalkeit Holmès. (*Arch. de la Seine.*)

ports, elle faisait la joie de ses parents et de leurs
amis, et donnait comme musicienne les plus belles
espérances. Un jour que je faisais appel à ses
souvenirs d'enfance, elle m'écrivait :

« ... Si toutefois, Monsieur, vous pouviez prendre à ce détail quelque intérêt, j'ajouterais que mes
premiers souvenirs relatifs au grand poète (Alfred
de Vigny) datent du temps où, rue des Écuries-
d'Artois, — il y avait son habitation et nous un
pied-à-terre, — il me juchait sur une table pour
me faire débiter des fragments d'*Éloa* ou d'autres
poèmes, ou bien encore se mettait au piano pour
m'apprendre une chanson espagnole qu'il admirait
fort, l'ayant entendu chanter fréquemment par
Berlioz :

> *Yo que soy contrabandista* (1). »

On sait qu'Alfred de Vigny aimait beaucoup la
musique et qu'il avait une fort jolie voix. Quand il
était à la pension Hix, son professeur de chant était
tout fier de le faire entendre à la chapelle. Plus
tard, pendant qu'il servait dans la Garde royale, il
lui arrivait souvent de chanter sur les routes pour
diminuer la longueur des étapes. Rappelez-vous ce

---

(1) Lettre inédite du 3 juillet 1902. — Cette romance est tout
entière dans le chap. de *l'Orage*, du roman de *Cinq-Mars*.

qu'il dit dans *Laurette et le cachet rouge :* « Il pleuvait à verse depuis quatre jours et quatre nuits
de marche, et je me souviens que je chantais *Joconde*
à pleine voix. J'étais si jeune !... Il pleuvait, et je
chantais toujours ! »

Le 9 février 1829, il mandait à Victor Hugo :
« J'ai aussi une étrange idée, vous ne sauriez
croire combien je voudrais savoir l'air de la chanson d'argot pour la chanter. Vous me l'apprendrez,
n'est-ce pas (1) ? » .

Enfin, le 16 novembre 1849, il écrivait à sa cousine Alexandrine du Plessis : « Si vous avez chez
vous la musique de la *Romanesca*, cette danse
noble du temps de François Iᵉʳ, jouez-la ce soir ; si
vous ne l'avez pas, je vous l'enverrai (2). »

Dès lors rien de plus naturel qu'il ait pris plaisir à entendre chanter sa filleule. Justement le père
d'Augusta venait de lui donner à Versailles, où,
après son veuvage, il avait transporté ses pénates,
un professeur de chant du nom de Saint-Bris, qui
jouissait d'une assez bonne réputation dans la ville
du grand roi. En moins de six mois, Augusta fut
sa meilleure élève, et elle ne tarda pas à se produire
dans les salons et les concerts de bienfaisance. Mais

(1) *Alfred de Vigny. Correspondance.*
(2) *Id.*

ce qui contribua le plus à l'avancement de son éducation artistique, ce fut la rencontre à Versailles
de quelques jeunes gens de son âge, qui, tout en
cultivant la peinture et la poésie, se réunissaient de
temps en temps, le dimanche, chez M. Saint-Bris
pour faire de la musique. De ce nombre étaient
Henri Regnault, Georges Clairin, Blanchard, Cazalis,
Armand Renaud — et aussi Saint-Saëns, qui était
organiste à la Madeleine.

M. Holmès, ayant remarqué que sa fille s'amusait beaucoup dans la société de ces jeunes gens,
les invita à venir chez lui, et bientôt l'hôtel de la
rue de l'Orangerie retentit de leurs chants presque
toutes les semaines.

En ce temps-là, Regnault et Clairin avaient loué
ensemble, au haut du boulevard Saint-Michel, un
grand atelier, dont le seul et unique ornement était
un piano à queue.

« Nous n'étions pas riches, me disait naguère
Clairin, mais nous avions l'amour de la gloire et
nous travaillions de tout notre cœur pour la con-
quérir. La musique était notre principale distraction; quand nous étions las de barbouiller des
toiles, nous nous mettions au piano et nous chantions à tue-tête. Quelquefois aussi nous recevions

la visite de Gounod et de Saint-Saëns. Ces jours-
là on dînait de musique, et si dans la soirée notre
estomac criait trop fort, on le priait de se taire.
C'est là qu'un jour, à l'improviste, Gounod vint
nous donner la première audition de son *Roméo et
Juliette*. Je l'entends encore monter l'escalier quatre à quatre. Il entre en coup de vent, les cheveux
en désordre et les yeux rayonnants de joie.

— Ça y est, s'écrie-t-il, j'ai fini, écoutez cela !

« Et voilà le piano qui se met à chanter, à gémir,
à pleurer sous sa main fiévreuse. Et nous écoutions,
Regnault et moi, bouche bée, haletants, trans-
portés, ravis ! Ah ! la belle journée ! Elle marquera
toujours dans mon existence. Mais nos plus beaux
jours étaient encore ceux que nous passions chez
M. Holmès. Nous partions sur le soir, le plus souvent en tenue d'atelier. Pour ne pas perdre de
temps nous achetions près de la gare du Havre une
bouteille de vin, du pain, quelques victuailles, que
nous dévorions dans le train qui nous conduisait à
Versailles, et sur le coup de huit heures nous arri-
vions rue de l'Orangerie, où M. Holmès nous recevait à bras ouverts dans une grande salle qui lui
servait de bibliothèque (1). Car ce beau vieillard à

(1) Il avait installé sa fille adorée dans la plus belle chambre, et s'en
était réservé une petite à côté, qu'il appelait la place du janissaire de

barbe blanche était très cultivé, très érudit ; il parlait plusieurs langues, et non content d'avoir été acteur, il s'était improvisé architecte. C'est lui qui avait présidé à la décoration de son hôtel, et je vois encore le Westminster en miniature qu'il avait fait reproduire au fond du jardin. La nuit, quand ce jardin était éclairé à giorno, ce Westminster donnait l'illusion de l'autre, vu du bord opposé de la Tamise.

« Augusta était alors dans toute sa beauté, quoiqu'elle eût à peine dix-huit ans. Grande et forte, majestueuse et calme, avec ses cheveux d'or fin qui lui tombaient en nappe sur le dos, et ses yeux verts irisés qui nous rappelaient la mer d'Irlande, elle était moins femme que déesse ; aussi, tout en l'aimant à la folie, ne nous inspirait-elle que du respect. Sa voix chaude et vibrante s'accordait admirablement avec celle d'Henri Regnault, qui était plutôt grave, et je vous surprendrai sans doute en vous disant qu'ils furent tous deux les premiers

la reine. « Il n'avait pas de besoins, me dit Mᵐᵉ Marguerite Deutz, hormis sa bière et son thé. Le thé, à cette époque, était si peu entré dans les usages qu'à son arrivée à Paris il n'en avait trouvé à acheter que chez un pharmacien. Un jour qu'il était parti de là pour vanter la vie de son pays, si supérieur en tout au nôtre, M. Ad. Franck impatienté lui demanda pourquoi il avait quitté cette contrée bénie pour la France. — « Parce que, répondit-il, j'y serais mort d'ennui. »

interprètes du chef-d'œuvre de Saint-Saëns qui a
nom *Samson et Dalila.*

« Nous chantions comme des loriots toute la soirée, et l'on ne se quittait qu'au moment de prendre
le dernier train. Mais il nous arriva plus d'une
fois de le manquer. Dans ce cas, nous allions tranquillement coucher à l'auberge, et le lendemain
matin, quand nous nous réveillions d'assez bonne
heure, nous nous acheminions vers Paris à travers
bois !

« Souvent aussi nous nous donnions rendez-vous
avec M. et Mlle Holmès aux concerts Pasdeloup
qui, le dimanche, attiraient tous les dilettantes au
Cirque d'hiver. C'est même là que, quelques années
après, la pauvre Augusta fit la connaissance du fils
d'Apollon, qui devait la rendre si malheureuse.

« A cette époque-là Regnault et moi nous avions
quitté Paris, et Regnault ne devait plus revoir la
belle jeune fille qui, sous les traits de *Thétis
apportant ses armes à Achille,* lui avait valu le
prix de Rome (1). »

---

(1) Ce tableau fit sensation. « Tout le monde reconnut Augusta,
m'écrivait naguère Mme Deutz. C'était bien le port de tête altier, c'é-
taient bien ses yeux d'un gris vert lumineux entre leurs cils bruns ;
ce large front couronné d'une fière auréole de cheveux blonds ; elle
adopta plus tard un blond artificiel et banal, mais c'était alors un
blond sincère, radieux, ni blond roux, ni blond cendré, des cheveux

Elle avait perdu son père en 1869 (1) et Vigny n'était plus là pour la maintenir dans le sentier du devoir. Je relisais hier encore les recommandations suprêmes qu'il lui avait adressées de son lit de souffrances. C'était au printemps de l'année 1862, pendant une maladie qui avait failli emporter son père (2).

« Nous sommes navrés, Lydia et moi, lui mandait-il, au mois d'avril, des nouvelles que tu m'envoies, ma chère petite amie. Aie du courage, beaucoup de courage, le moment est arrivé pour toi de cesser d'être enfant, quoique tu n'aies que quatorze ans. Sois plus prudente que jamais ; efforce-toi de ne montrer à ton père que la moitié de tes inquiétudes et cache-lui tes larmes. Il lui faut le plus grand calme d'esprit et de sentiments, si tu

d'Apollon ! c'était bien cette petite bouche rose, fine et ferme, au-dessus d'un menton trop court, ce qui donnait un type d'oiseau à ce visage charmant dans son irrégularité... »

(1) De son acte de décès que m'a communiqué la Mairie de Versailles, il appert que Charles-William Scott Dalkeith Holmès, ancien officier des Dragons légers au service de sa Majesté Britannique, né à Youghall, comté de Korch (Irlande), âgé de soixante-onze ans, fils de défunt John Holmès et Margaret Dickson, son épouse, est décédé le dix-neuf décembre 1869 à six heures et demie du soir en sa demeure, à Versailles, rue de l'Orangerie, 15. Veuf de Augusta-Triphyne Shearer.

(2) M. Holmès avait été pris d'un délire subit. (Note de Mᵐᵉ Marguerite Deutz.)

veux qu'il guérisse. Tout ce qui vient de toi, tu ne le sais que trop, l'affecte profondément.

« Si l'on juge que quelque temps dans une pension anglaise et protestante te soit nécessaire, ne t'y refuse pas, je t'en prie, afin que ton père puisse goûter un repos absolu d'âme, de cœur et de corps.

« Comme les malades ont souvent des accès de fièvre dont l'approche et la vue peut être d'un grand danger pour les jeunes personnes de ton âge, nous te recommandons, Lydia et moi, de ne jamais être seule avec notre cher malade. Plus tu l'aimes comme une fille dévouée, plus la vue de ce qu'il peut avoir à souffrir te serait dangereuse.

« On me dit que ton père a désiré d'abord une religieuse et qu'ensuite il y a renoncé. Ce serait pourtant une bonne chose pour lui, car ces saintes femmes ne voient que la souffrance à secourir et le font avec la constance des anges. Peu leur importent les différences de culte.

« Je trouve que tu agis sagement en te refusant à recevoir un homme, quelque distingué qu'il puisse être, sans la présence de Mme Tyler ou d'une autre femme (1). Tes quatorze ans ont déjà l'apparence de seize ou dix-sept, et il est bon que tu en aies

(1) Mme Tyler était une ancienne amie de Mme Holmès.

aussi la *tenue* sérieuse. L'affliction inattendue qui te survient ne t'en donnera que la gravité, malgré toi.

« Il me semble que pour la guérison de ton excellent père il vaut mieux que tu séjournes quelque temps dans une pension anglaise à Paris, que d'aller à l'île de Wight, chez ton oncle, parce que ce serait peut-être une trop vive douleur pour M. Holmés que de ne plus être à portée de te voir, ce qui me paraît à présent son unique bonheur et sa fierté.

« Tu as trop d'esprit pour ne pas voir qu'il faudra là-dedans agir suivant l'état véritable où les médecins le trouveront.

« Je ne veux point te fatiguer en te priant de m'écrire de longs détails. Fais jeter seulement à la poste des lignes courtes de bulletin comme celles-ci que nous désirons de toi : « Mon père a passé une bonne nuit. — Il a pu dormir. — Sophie ne me quitte jamais, surtout dans la nuit. — Je suis enfermée avec elle et personne ne me voit qu'en sa présence. — Mon oncle répond à Mme Tyler qu'il va venir nous voir. — Mon père consent à ce que j'aille pendant quelques mois à la pension que ma mère avait en vue, etc., etc. »

« Mme Tyler, qui a pour toi le cœur d'une mère

comme elle avait pour ta mère celui d'une sœur,
retourne te voir aujourd'hui malgré la délicatesse
de sa santé. Suis ses conseils et ceux de son mari,
qui doit l'accompagner à Versailles. Si je n'étais à
la fois malade et garde-malade, je serais auprès
de toi, ma chère petite amie. Lydia est prise d'une
grippe violente; on ne peut même pas ouvrir une
fenêtre.

« Ecris-moi un mot pour me dire si tu as reçu
cette lettre. Je t'écris de mon lit.

« Lydia t'embrasse, les larmes aux yeux, et moi,
en te priant de rassembler tout ce que tu as de
forces pour cacher les tiennes.

« ALFRED DE VIGNY.

« *P. S.* — Tu fais bien de dessiner. Repose-toi
un peu du piano. Copie Flaxman. — Cet art silen-
cieux a cela de bon qu'il occupe sans absorber
entièrement l'esprit, que l'on peut réfléchir à sa vie
sans cesser de modeler de belles formes et que l'on
n'a pas besoin de la conversation et de l'applaudis-
sement des indifférents (1). »

(1) Je dois à feu M. Chéramy la communication de cette lettre
précieuse. — En même temps que Vigny l'adressait à sa petite amie,
il écrivait à M. Ad. Frank, de l'Institut, qui était très lié, lui aussi,
avec M. Holmès:

« Donnez-moi des nouvelles du malade, mon cher confrère, et de

Comment la jeune Augusta avait-elle accueilli les sages conseils de son illustre parrain? Assez mal, si j'en crois le témoignage de son amie, Mme Marguerite Deutz, et la lettre suivante, que Vigny écrivait quelque temps après à Mme Ad. Franck :

« 2 mai 1862.
« Vendredi.

« La pauvre enfant, elle ne sait plus ce qu'elle est et ce qui lui convient d'être ! Les notes et les compliments l'enivrent. Elle croit aux *Rois du clavier* et aux *grands compositeurs* qui ont un accès d'inspiration annoncé dans une réclame de journal.

« L'Ile de Wight, sa famille, sa patrie, l'Angleterre, le milieu dans lequel elle doit vivre avec convenance, voilà ce qu'il lui faudrait en ce moment, à mon avis, surtout pour rendre à M. Holmès le calme qui n'est, je le crains, qu'apparent au tapis vert de Versailles (1). »

la pauvre petite Marianne (a) dont l'épouvante doit être trop profonde pour ses forces

« Je n'ajoute rien à tout ce que nous avons dit ce matin.

« Par quelle désolation la pauvre enfant entre dans l'adolescence.

« Votre ami,
« ALFRED DE VIGNY. »

7 avril 1862.
(Lettre inédite communiquée par Mme Marguerite Deutz.)
(1) *Id.*,

(a) Vigny préférait ce nom de Marianne à celui d'Augusta, à cause de la capricieuse héroïne de Musset.

« Qui sait ? c'est peut-être à cause de la résistance
et du peu d'affection démonstrative qu'il rencontra
chez Augusta, que Vigny légua tous ses biens en
mourant à son autre filleule, Louise Ancelot (1),
car elle était, dès l'âge de dix ans, très impérieuse,
très volontaire, et c'est en vain que sa mère, de
qui elle tenait, d'ailleurs, tous ses défauts, s'était
efforcée de la mâter par la violence ; elle n'avait
réussi, au contraire, qu'à l'irriter et à la rendre
insupportable.

« Baby (comme on l'appelait alors), m'écrivait naguère Mme Deutz, à la suite de scènes orageuses
entre sa mère et elle, était presque toujours pâle
avec des yeux rouges ; l'aspect d'un petit lutin
malicieux !

« Une de ses espiègleries consistait dans l'affec-
tation de tendresse avec laquelle elle se jetait à
votre cou, puis le serrait à vous étrangler ; pour ce
genre d'exercice ma sœur était sa victime favorite ;
elle s'en excusait quelque trente ans plus tard par
cet aveu : « Tu étais trop bonne, et on me citait
trop souvent ton exemple ! »

« Elle avait cependant des jeux moins cruels,
et sa gaieté originale, sa vive imagination en fai-

(1) Peut-être aussi Vigny fut-il arrêté par un scrupule éminemment
respectable ; quand il mourut, M. Holmès vivait encore.

saient d'année en année une compagne plus agréable pour nous (1). »

Tout cela évidemment n'était point pour plaire à M. de Vigny qui aimait les enfants bien élevés et bien sages. Cependant il n'oublia pas plus Augusta dans ses Œuvres poétiques, qu'il n'avait oublié sa mère, dix-huit ans auparavant. Mme Holmès avait eu la dédicace de *la Maison du Berger ;* Augusta reçut, sous le nom d'*Éva* (2), elle aussi, la dédicace de *l'Esprit pur.* Et cela valait bien, n'est-il pas vrai? la terre et le manoir du Maine-Giraud.

> Si l'orgueil prend ton cœur quand le peuple me nomme,
> Que de mes livres seuls te vienne ta fierté.
> J'ai mis sur le cimier doré du gentilhomme
> Une plume de fer qui n'est pas sans beauté.
> J'ai fait illustre un nom qu'on m'a transmis sans gloire
> Qu'il soit ancien, qu'importe? Il n'aura de mémoire
> Que du jour seulement où mon front l'a porté.
>
> .   .   .   .
> .   .   .   .

L'Esprit pur est daté du 10 mai 1863. Augusta, malgré ses seize ans, était encore trop jeune pour apprécier à sa juste valeur l'honneur que lui avait fait Alfred de Vigny en lui dédiant cette poésie

---

(1) Lettre inédite.

(2) Eve était blonde, disait souvent Vigny du ton convaincu d'un homme qui l'aurait connue, et il prenait plaisir à enrouler sur ses doigts les tresses blondes d'Augusta.

immortelle, mais il est certain que plus tard elle se montra très fière et de cette dédicace et des sentiments paternels qu'il lui avait témoignés jusque dans sa dernière maladie.

M. Georges Clairin m'a raconté qu'un jour, ayant remarqué dans le salon d'Augusta Holmès un portrait au crayon d'Alfred de Vigny, il lui demanda si elle l'avait connu.

— Je le crois bien! répondit-elle.

Et se plaçant de profil devant ce portrait comme devant un miroir, elle ajouta en redressant la tête:

— Ne trouvez-vous pas que je lui ressemble?

Et le fait est que tout le monde était frappé de la ressemblance qu'il y avait entre les derniers portraits d'Augusta et celui de Vigny par Adam Salomon (1).

III

A la mort de son père, Augusta Holmès se trouva à la tête d'une fortune évaluée à vingt mille francs de rente. Avec un peu d'ordre, elle avait de quoi vivre heureuse toute sa vie. Comme elle était impatiente de jouir, elle donna libre cours à ses

(1) Et dans l'album de Mᵐᵉ Marguerite Deutz, il y a deux photographies d'Augusta, âgée de 12 à 14 ans, où elle ressemble étonnamment au portrait de Vigny costumé en gendarme rouge, qui est au Musée Carnavalet.

goûts artistiques et dépensa sans compter. L'hôtel de la rue de l'Orangerie, dont son père avait déjà si largement ouvert les portes, pour lui être agréable, devint au bout de quelque temps la maison du bon Dieu. André Theuriet, qui, dans *Mademoiselle Guignon*, a peint Augusta sous les traits de Mira Strany, nous dit qu'on y entrait comme dans un moulin. On traversait une longue pièce, moitié salon et moitié bibliothèque, qu'éclairait une lueur mystérieuse et que des fleurs exotiques emplissaient d'une odeur capiteuse et violente. Deux lourdes portières de tapisserie séparaient seules cette galerie d'un petit salon, plus intime et plus habitable, où étaient réunis les invités. A l'exception d'Augusta et de sa gouvernante, il n'y avait là que des hommes, tous jeunes et tous artistes ou gens de lettres (1). La plupart partageaient le culte enthousiaste de leur belle hôtesse pour les choses excentriques. Dans ce petit groupe on n'admirait que les arts et les littératures de l'Extrême-Orient ; on s'extasiait devant les peintures japonaises, les poésies chinoises, la musique sauvage des tsiganes. Tous parais-

(1) Les vers suivants d'Émile Deschamps sont de ce temps-là :

A celle dont les pleurs ou le divin sourire
Embellissant *le beau* que son esprit admire,
Qui grandit seule, ainsi qu'un palmier du désert,
Dont l'œil est une étoile et la voix une lyre,
Et qui passe, charmante, en cet âge de fer,
Comme une autre Eloa, qui console l'enfer.

saient fort épris et jaloux de la jeune reine qui ne semblait nullement intimidée par leurs hommages. Elle appelait chacun de ces jeunes gens par son petit nom et les traitait avec une égale familiarité, plutôt en camarade qu'en femme. Superbe dans sa toilette noire, avec ses cheveux blonds presque flottants, parmi lesquels elle avait piqué un géranium rouge, elle allait de l'un à l'autre, se plaisait à les exalter par de brusques accès de lyrisme, puis jetait sur leur exaltation un limpide éclat de rire.

— Comment trouves-tu ma ménagerie? disait-elle à une amie en l'entraînant vers le piano.

Et comme celle-ci s'émerveillait de sa dextérité à manier ces amours-propres irritables et ces imaginations ardentes : — Ma chère, reprenait-elle, en rejetant ses cheveux en arrière avec un geste tout viril, tu sais la méthode employée par les dompteurs de bêtes sauvages : ils regardent toujours leurs animaux droit dans les yeux. Je fais de même et ne perds jamais mon sang-froid. Ah! ce n'est pas moi qui me donnerai jamais un maître.

Elle ne devait pourtant pas tarder à tomber sous le joug.

En attendant, elle amusait et scandalisait tour à tour la solennelle cité de Versailles; la petite cour, en effet, qu'elle gouvernait avec autant de despo-

tisme, mais un peu moins de tenue que Louis XIV,
animait par de perpétuelles allées et venues et des
promenades bruyantes à sa suite le parc et les bois
environnants, souvent aux heures les plus indues.

Entre temps, pour se faire la main, elle mettait
en musique les vers qu'elle demandait aux jeunes
poètes de son entourage. Elle composa ainsi des
mélodies passionnées, qui se répandirent prompte-
ment dans le public et obtinrent un très vif succès.
Elle les disait elle-même d'une voix chaude et pénétrante, quoique brisée avant l'âge; elle l'avait érail-
lée à chanter des partitions entières, faisant tous
les rôles et ne s'interrompant que pour raconter le
scénario avec un enthousiasme qu'elle communi-
quait à tous ses auditeurs.

Sur ces entrefaites, la guerre éclata, qui dispersa
sa cour d'amour. Comme elle aimait ardemment la
France, elle eut des colères folles contre les barba-
res qui envahirent et mutilèrent sa patrie d'adoption, et son premier acte, dès qu'elle eut atteint ses
vingt-cinq ans, fut de se faire naturaliser Française.

C'était en 1873. La même année elle fit exécuter à la Société philarmonique une fort belle composition sur le psaume *In exitu*. L'année suivante,
elle donna au théâtre du Châtelet, momentanément
transformé en opéra populaire, un opéra en un acte

ou plutôt une symphonie intitulée *Héro et Léandre*,
dont elle avait écrit les paroles, mais dont les ten-
dances wagnériennes ne furent goûtées que d'une
élite. Car, en dépit de son patriotisme, elle fut une
des premières à prôner le génie du musicien allemand, et on la vit un peu plus tard prendre la tête,
avec Catulle Mendès, des pèlerins qui jugèrent à
propos d'aller affirmer leur foi musicale au pied
de l'autel du dieu de Bayreuth.

A partir de 1874, elle composa elle-même les vers
de ses ouvrages, et dans le nombre il en est dont
Vigny eût admiré la facture et l'inspiration. Mais
ce qui lui aurait plu surtout, c'est le caractère élevé
de la plupart de ses poèmes. Sous ce rapport, elle
est bien sa fille spirituelle, et plus elle alla, plus elle
se rapprocha de lui, sans le vouloir, par une sorte
d'atavisme inconscient (1).

Après avoir — inutilement d'ailleurs — pris part
au concours musical de la Ville de Paris avec deux
symphonies, *Lutèce*, en 1879, et *les Argonautes*,
en 1880 ; après avoir fait exécuter, en 1883, *les Sept
Ivresses* aux concerts Colonne et Lamoureux, elle

(1) C'est une remarque à faire, en effet, qu'Alfred de Vigny, qu'on
nous représente toujours comme un mécréant, ne cessa jamais de
parler religion avec ses *filleules*, et que les deux plus chères d'entre
elles, Louise Ancelot et Augusta Holmès, eurent une fin très chrétienne et très édifiante.

composa *Irlande,* que beaucoup regardent comme
son chef-d'œuvre et qui, dans tous les cas, marque une date dans sa vie. C'est, en effet, à partir
d'*Irlande* (1885) qu'Augusta Holmès sentit doucement germer en elle la fleur mystique du sentiment religieux. Je vais dire sous quelle influence.
D'abord elle entendait chanter depuis longtemps
dans sa mémoire les vers de Brizeux sur *le Combat
de Saint-Patrick,* qu'il avait dits autrefois chez sa
mère (1). Et puis le saint patron de l'Irlande avait
toujours eu une petite place dans son cœur. Et
donc, quelques jours avant la représentation de
son ouvrage, elle eut l'idée d'aller voir le P. Hardy,
qui dirigeait, sur la montagne Sainte-Geneviève,
le collège des Irlandais, pour le prier d'y assister
avec un certain nombre de ses élèves. Le P. Hardy
s'excusa de ne pouvoir accepter cette invitation,
mais il fut si touché de la démarche de Mme Holmès
qu'il la retint longtemps dans son cabinet. Or, il
était lié à cette époque avec le Supérieur de la
mission anglaise de l'avenue Hoche, nommé le
P. Mickaël, qui connaissait beaucoup une jeune fille
irlandaise mariée depuis à M. Desvéaux-Vérité.
Le P. Mickaël ayant eu l'occasion de parler d'elle
au P. Hardy, celui-ci exprima le désir de lui être

(1) *La Fleur d'Or.*

présenté, et son premier mot, dès leur première
entrevue, fut pour lui demander quelques renseignements sur Mme Holmès. Mme Desvéaux-Vérité lui
répondit qu'elle ne la connaissait que de nom, mais
qu'elle tâcherait de le satisfaire. Quand elle revint
au collège des Irlandais et qu'elle eut raconté au
P. Hardy ce qu'elle avait appris sur sa belle voisine, il lui prit les deux mains et la supplia de travailler avec lui à sa conversion. Un jour même,
il lui fit jurer devant l'image de la Vierge qu'elle
ramènerait par tous les moyens cette brebis égarée
au bercail.

A quelques jours de là, Mme Desvéaux-Vérité,
étant allée voir Mme Holmès sous je ne sais plus
quel prétexte, la trouva très abattue. Elle était dans
le feu de la composition de *la Montagne noire*, et
ne pouvait écrire une ligne, son bras droit étant
perclus de douleurs.

— Vous devriez, lui dit Mme Desvéaux-Vérité,
vous recommander à saint Antoine de Padoue !

— Qu'est-ce que c'est que ce saint ? répondit
Augusta, c'est la première fois que j'entends prononcer son nom.

— C'est un saint très puissant et que je n'ai
jamais invoqué en vain.

— Ah ! et comment faire pour l'invoquer ?

— C'est très simple : allez aux Batignolles, où il y a une chapelle qui lui est dédiée, et brûlez-lui un cierge.

— Oh ! s'il ne s'agit que de cela !

— Pardon ! il faut avoir confiance en lui, par conséquent le prier de tout votre cœur. Allez-y sans plus tarder, de mon côté je vous promets de le prier pour vous !

— Est-ce que ce sera long ?

— Je n'en sais rien, mais si vous faites le nécessaire, soyez sûre que vous serez exaucée.

Quand Mme Desvéaux-Vérité fut partie, Augusta se fit apporter par sa bonne, Marie, qu'on appelait la Sauvagesse (1), le Dictionnaire Larousse et lut la notice qui est consacrée à saint Antoine de Padoue.

Deux jours après, dans la matinée, Marie sonnait à la porte de Mme Desvéaux-Vérité.

— Ça y est ! dit-elle en jetant ses bras en l'air.

— Quoi ?

— Oui, Madame s'est réveillée ce matin n'ayant plus de douleurs au bras et elle m'envoie vous le dire et vous remercier. Quel brave homme que ce saint Antoine de Padoue ! Oh ! je retiendrai son adresse.

Ce fut pour Augusta le commencement de la

(1) Je crois qu'elle est aujourd'hui au service de Saint-Saëns.

grâce. A dater de ce moment, elle ne vit jamais
Mme Desvéaux-Vérité sans la questionner sur les dogmes du catholicisme. Une seule chose lui paraissait
inacceptable, c'était le dogme de la présence réelle.
Mais elle avait affaire à forte partie en Mme Desvéaux-
Vérité. Après avoir bataillé longtemps avec elle, elle
finit par s'avouer vaincue. Restait à trouver le ministre de Dieu qui achèverait sa conversion. M. Des-
veaux-Vérité avait lu du R. P. Sertillanges un livre
intitulé *Pèlerinage artistique à Florence* (1) où, se
trouve un beau parallèle entre Beethoven et Michel-
Ange. — « Prête-le à Mme Holmès, dit-il un jour à
sa femme, il faut qu'elle sente que la religion catholique est une religion d'art et d'amour. »

Et Mme Holmès, un soir qu'elle était seule et bien
disposée, ouvrit le petit livre de l'éloquent dominicain et dévora les pages suivantes :

«... S'il fallait le comparer (Michel-Ange) à quelqu'un, dans ce domaine, et trouver une œuvre qui
approche des siennes au point de vue de la con-
ception esthétique, je ne le trouve que dans un
autre art, dans les symphonies de Beethoven. Il
est curieux et instructif de rapprocher les productions de ces deux hommes : malgré la dissemblance

(1) 1 vol. in-16, librairie Lecoffre, 1903.

de leurs moyens, ils arrivent à produire des effets
étonnamment semblables.

« Analysez, par exemple, la *Symphonie en ut
mineur*, vous y retrouvez presque tout Michel-Ange :
puissance, fierté, rêverie gigantesque, aspirations
démesurées, souffrance et misère aussi, et, comme
conséquence de tout cela, un souffle d'inspiration
créatrice inépuisable, entremêlé de soupirs et de cris.

« Ecoutez : dès les premières mesures, à l'appel
du Destin qui frappe, comme disait Beethoven lui-
même, c'est tout un monde qui entre en scène, un
monde bien réel, bien palpable, et cependant étrange
et disproportionné au nôtre. Il se manifeste tantôt en foule confuse et tumultueuse, tantôt par de
soudaines apparitions qui jettent une âme indivi-
duelle, vivante, passionnée, sous le regard du spec-
tateur. On dirait une assemblée de titans, un peuple d'êtres hors nature où cependant toutes les vio-
lences de la nature s'agitent en tumulte.

« Par instants, du sein de cette harmonie sauvage, une voix s'élève : elle domine les autres, elle
s'exalte, s'impose, se fait écouter malgré le bruit ;
elle jette au loin le mot destiné à révéler une âme,
âme faite de grâce ou de terreur, de fantaisie ou
de puissance, de colère ou de mélancolie, d'amer-

tume ou d'abandon, mais réelle toujours d'une réalité saisissante qui émeut et trouble délicieusement.

« Il y a là des notes angéliques et des vociférations de damnés, des modulations de poète rêveur et des cris de désespéré farouche ; il y a des abattements soudains succédant à des accès de rage, des délires fous qui s'achèvent dans une plaintive mélancolie.

« Et après que chacun de ces êtres vivants et palpitants a chanté son âme ou jeté son cri, une puissance inconnue semble surgir tout à coup au milieu de leur foule disparate. Cette foule s'agite, s'inquiète, se travaille ; je ne sais quel vent de passion vient la secouer tout entière, je ne sais quelle rumeur soudaine mêle ses voix dans des dissonances inouïes. Elle se replie un instant sur elle-même, convulsive, tendue comme un ressort d'acier, puis se partage en deux masses puissantes comme deux armées, qu'un double *unisson* fait marcher côte à côte, et un *crescendo* furieux la précipite comme un torrent vers quelque action sublime ou quelque catastrophe sans nom.

« Puis, subitement, tout s'arrête, se calme, s'apaise. Le silence se fait, silence de foule, qu'un pizzicato contenu parsème çà et là de légers bruits.

Et voici que, dans un lointain mystérieux, une rumeur confuse s'élève, où percent d'étranges accents.
C'est un monde nouveau qui s'éveille ! Il palpite
d'abord vaguement dans le bruissement discret des
instruments à corde, puis s'organise, se met en
branle au souffle croissant de l'inspiration.

« Quel sera-t-il ? Nul ne le sait encore : la tona-
lité est en suspens, la forme du rythme indécise.
Malgré des coups de cymbales impérieux qui rappellent le ton primitif, l'ensemble de l'orchestre
dévie, cherchant une voie nouvelle. C'est une ge-
nèse à laquelle on assiste, c'est toute une évolution
grandiose qui va débrouiller peu à peu le primitif
chaos.

« Déjà les formes peu à peu s'accentuent, les
contours se dessinent, les individualités surgissent
et se détachent de l'ensemble. Par degrés, le mode
majeur triomphe, introduisant la lumière de la vie
au milieu des ombres chaotiques. Enfin, par un
dernier effort, la création nouvelle, merveilleuse
et grandiose, se débarrasse tout à coup de ses langes, et un air de fanfare éclatant la fait défiler en
pleine lumière devant nous.

« C'est la victoire de la vie, c'est l'hymne triom-
phal de la puissance créatrice : pourquoi ne fait-il
que passer !

« Voici en effet que l'apparition fulgurante s'efface. Le même souffle qui la fit éclore la remporte ; elle s'en va comme les tourbillons d'âmes de Dante, et rentre en chantant dans la nuit. Et pendant ce temps la réalité première un instant éclipsée reparaît active, ardente, puissante, passionnée, gémissante ; elle nous préoccupe et nous tient en haleine quelque temps encore, jusqu'à ce qu'une volonté dominatrice intervienne et, dans un *finale* impérieux et superbe, impose silence à tout ce bruit.

« Essayez d'analyser votre impression, au sortir de cette audition palpitante ; vous la verrez se dédoubler d'une façon inattendue, et vous donner la vision très nette d'un double courant d'inspiration que caractérisent à merveille ces deux mots : *idéalité, réalisme.* L'auteur a regardé la nature, il a fouillé jusqu'au fond du cœur humain ; mais, après les avoir décrits, il veut les refaire pour son compte.

« Tour à tour il écoute et il parle, il juge et il commande, il observe et il produit. C'est un voyant et en même temps un créateur, un grand historien et en même temps un prophète. Pendant qu'il interprète ce monde, il se tourmente fiévreusement pour en concevoir un autre, plus grand, plus parfait, plus gigantesque, où toutes les idées, tous

les sentiments seront au paroxysme, où l'héroïsme
sera la loi.

« Tel a été le grand maître de l'harmonie, Beethoven ; tel fut aussi le grand maître du dessin,
Michel-Ange. Leurs génies étaient de même trempe
et leurs âmes étaient sœurs, comme leurs vies furent en bien des points semblables. Isolés l'un de
l'autre par leur propre grandeur, ils s'enfoncent
dans la solitude, ils s'élancent éperdument dans
l'idéal ; et quand ils l'ont conquis, ils nous le pré-
sentent, en lui conservant toutefois les formes
concrètes et la coloration solide du réel... »

Augusta Holmès ne put en lire davantage : un
voile de larmes venait de lui tomber sur les yeux;
mais elle en avait lu assez pour se sentir irrésis-
tiblement attirée vers l'homme de Dieu qui avait
écrit ces pages remarquables.

Elle se souvint alors qu'Alfred de Vigny, pressé
un jour par un ami de se faire protestant, lui avait
répondu devant elle qu'il entendait mourir dans la
religion de sa mère, parce que c'était la religion
catholique qui avait consolé le plus d'âmes en ce
monde.

Et dès le lendemain elle alla voir le P. Sertillanges.

On devine la surprise qu'éprouvèrent M. et Mme Desvéaux-Vérité en recevant, quelque temps après, un petit mot d'elle, les priant de la rejoindre, le 8 janvier 1900, dans la chapelle des Dominicains, faubourg Saint-Honoré. Mais leur surprise ce jour-là fut plus grande encore, en voyant qu'à l'heure dite la porte extérieure de la chapelle était fermée. C'était Augusta qui avait demandé que la cérémonie à laquelle ils étaient conviés eût lieu dans la plus stricte intimité. Quant à elle, ils la trouvèrent à genoux au pied de l'autel, la tête couverte d'un voile blanc et un cierge à la main, comme une mariée ou une communiante.

— Je vous ai fait venir, leur dit-elle avec calme, pour me servir de parrain et de marraine. Vous me devez bien cela, puisque c'est grâce à vous que je serai dans un instant catholique-romaine.

A ce moment, le P. Sertillanges apparut, vêtu du surplis et de l'étole, et la néophyte, se levant, se dirigea derrière lui vers les fonts baptismaux. Il n'en avait jamais vu dont l'attitude fût plus édifiante. Augusta marchait à pas solennels, brandissant son cierge, et s'écriant comme l'héroïne de *Polyeucte* : « Je vois, je sais, je crois ! »

Elle prit le nom de Patricia, en l'honneur de saint Patrick, patron de l'Irlande, et désormais elle le joignit dans sa signature à celui d'Augusta.

Quand elle eut reçu l'eau du baptême, Mᵐᵉ Des-véaux-Vérité, qui la savait superstitieuse, lui de-manda ce qu'elle voulait faire de son cierge et de son voile de catéchumène.

« Emportez-les chez vous, lui dit-elle. Lorsque je serai morte, vous allumerez le cierge au pied de mon lit et vous m'ensevelirez avec mon voile. »

Et il fut fait ainsi trois ans après.

Elle portait à la main gauche une bague ornée d'une améthyste à laquelle elle tenait beaucoup. Elle disait quelquefois en la regardant : Quand cette pierre se détachera, ce sera signe que ma dernière heure sera proche.

La pierre se détacha dans les premiers jours de l'année 1903, et Augusta mourut le 28 janvier.

Selon ses dernières volontés, lorsqu'on procéda à sa toilette funéraire, on lui mit un peu de rouge aux lèvres et sur les joues pour qu'elle parût moins livide, et elle fut portée au cimetière (1) dans un corbillard traîné par deux chevaux blancs.

---

(1) Elle est enterrée au cimetière de Saint-Louis, à Versailles, dans un terrain que lui concéda cette ville, pour la remercier d'avoir légué tous ses livres à la Bibliothèque municipale, à l'exception de ceux qui portaient des dédicaces, et six portraits d'elle au Musée, dont son portrait en pied peint par Jacquet.

LIVRE IX

LE MANOIR DU MAINE-GIRAUD

I

On a beau se moquer, parmi la jeunesse littéraire
actuelle, de la théorie des milieux chère à Sainte-

Beuve, à Taine et autres psychologues, il n'y a
qu'elle encore pour expliquer et nous faire comprendre la nature diverse, le tempérament particulier de tel écrivain, de tel artiste, ainsi que les
changements profonds qui parfois s'opèrent d'une
œuvre à l'autre dans leur façon de voir et de traduire leur pensée... Quant à moi, depuis que j'ai
visité le Maine-Giraud, où Alfred de Vigny passa
la moitié de sa vie — celle qui fut la moins ora-
geuse, je parle ici des orages du cœur — en vérité
je m'en voudrais de n'avoir pas eu la curiosité de
faire ce pèlerinage, car j'y ai vu et appris des choses sans lesquelles tout un coin de son âme serait
demeuré pour moi, qui l'étudie depuis si longtemps, enveloppé d'ombre et de mystère.

Je regrette seulement d'y être allé si tard (1). Il
y a cinquante ans que Vigny a quitté ce monde.
C'est une lourde pelletée de terre sur le corps d'un
homme qui n'a pas laissé de postérité directe. Et,
en effet, dans cet espace de vie et de mort, où tant
de montagnes se sont abaissées, selon l'expression
du Psalmiste, si l'œuvre de Vigny n'a pas souffert,
on n'en saurait dire autant de sa maison de campa-

(1) C'est le 17 septembre 1901 que j'allai pour la première fois au
Maine-Giraud.

gne, car du Maine-Giraud, habité d'abord de loin
en loin par Mme Lachaud, son héritière, de 1863 à
1879, abandonné ensuite à M. Ducloud, qui l'acheta
à cette dernière date, il ne reste guère que les murs,
encore sont-ils quelque peu délabrés. Cependant,
l'âme de celui qui fut Stello vit toujours dans les
choses qu'il y a laissées. Et lors de ma visite au
Maine, après avoir frappé à la porte de la tour
avec la main de bronze qui sert de marteau, j'eus
la sensation qu'un peu de son corps y était resté,
quand on m'eut dit que cette main fut moulée sur
la sienne — tant elle est vivante !

Mais avant d'entrer au Maine-Giraud, il faut que
je dise un mot du pays. Il est admirable et vallonné
comme à plaisir. Pourtant il a dû changer d'aspect,
lui aussi, depuis que Vigny a disparu. De son
vivant, tous les coteaux qui se déroulent et s'entre-
croisent en larges plis onduleux, depuis la gare de
Mouthiers jusqu'à la ville de Blanzac — et il y a
d'un endroit à l'autre quatorze kilomètres que l'on
fait en diligence — tous les coteaux étaient couverts
de vignes. Le phylloxera a tout ravagé ici comme
ailleurs, et comme on n'a pas trouvé la greffe résis-
tante qui convient au sol crayeux de ces coteaux,
partout où il y avait un pouce de terre on a semé
du foin. En sorte que ce pays accidenté n'est à

présent qu'un immense tapis de gazon, plein de
bosses et de soufflés, d'où s'élèvent, de distance
en distance, les hautes quenouilles des peupliers
d'Italie rangés en file indienne ou des massifs de
châtaigniers à tête ronde. Le lait a remplacé le vin
dans cette partie de l'Angoumois, au grand désespoir des propriétaires et des bouilleurs de cru. Et
comme si ce n'était pas assez d'avoir arraché les
vignes, voici qu'on commence à abattre les bois de
chênes et de châtaigniers pour essayer de reconsti-
tuer les vignobles. Le jour où leurs grandes ombres
ne s'allongeront plus le soir sur la vallée, le voyageur ne reconnaîtra plus l'horizon !...

De Blanzac au Maine-Giraud la route montueuse
côtoie à gauche une gorge profonde en forme d'en-
tonnoir et d'un dessin ravissant. Il ne manque au
fond qu'un filet d'eau vive. L'eau est assez rare en
cet endroit, mais dans quelques minutes, quand
nous descendrons le versant opposé de la colline,
elle jaillira de tous côtés en sources claires, et les
bois du Maine-Giraud, les prés, les champs, les
vignes en garderont une éternelle fraîcheur.

Du temps de Vigny, quand ce vieux manoir avait
au midi sa lisière de bois, on y accédait au nord
par la route qui traverse le bourg de Champagne.
De ce côté-là, il a comme un faux air de château

féodal avec ses murs droits et nus, percés de rares
fenêtres et dominés par les toits pointus des deux
tours de la façade. A présent que le rideau de chênes et d'ormes est tombé, on y arrive par un chemin bordé de vignes qui s'embranche à la route de

LE MANOIR DU MAINE-GIRAUD
(La cour d'entrée)

Blanzac. Et la pente de ce chemin est si rapide,
que le regard, à la descente, peut plonger au cœur
même du Maine-Giraud, je veux dire jusque dans
la cour intérieure. Mais de ce côté, j'avoue qu'il ne
répond point à l'idée que je m'en étais faite après
avoir lu la description de Vigny. Je me figurais, sur

la foi de son *Journal*, que ce « château féodal » était une petite forteresse flanquée de tours à machicoulis entourée de fossés profonds et, comme un nid d'aigle ou de corbeau, bâti sur une éminence. La réalité est infiniment plus modeste. Le Maine-Giraud est tout bonnement une gentilhommière du xvᵉ siècle, tapie dans le creux d'un vallon, et qui, avec sa ceinture de bois — car il en reste encore — de champs, de vignes, de prairies arrosées par cinq ou six sources, fait plutôt penser à quelque Chartreuse qu'à un château du moyen âge. Point de fossés ni de pont-levis, mais un porche grand ouvert à deux arcades ; point de créneaux ni de machicoulis, mais, au fond d'une cour spacieuse que bordent de trois côtés des bâtiments de servitude couverts en tuiles, une tour carrée à pans coupés, flanquée à droite d'une tourelle en encorbellement et coiffée d'ardoises, laquelle renferme l'escalier à vis d'un corps de logis à toiture rouge, haut monté sur cave et percé de trois grandes fenêtres, qu'elle partage en deux parties inégales et que surmonte dans l'angle gauche une autre tour carrée dont le rez-de-chaussée servait autrefois de vestibule à la chambre à coucher. Une gentilhommière, vous dis-je, et qui doit être à présent une petite Chartreuse, puisque M. Ducloud avait l'intention d'en faire l'entrepôt des eaux-de-vie du Maine-Giraud.

Je ne m'étonne donc pas qu'Alfred de Vigny, après la mort de sa mère, et surtout après les événements de 1848, ait élu domicile dans ce coin retiré de la Charente. D'abord il était sûr d'y trouver la solitude et le silence qui convenaient à son âme dédaigneuse et blessée. Ensuite, de tous les châteaux que ses pères avaient possédés autrefois en Beauce, de la Briche, où M. de Saint-Pol, son cousin, avait recueilli les portraits de sa famille et où il composa lui-même *Madame de Soubise;* du Tronchet, où il rencontra pour la première fois Mme d'Agoult, et où son père lui fit tirer son premier coup de fusil; de Moncharville, des deux Émarville, de Frêne, de Gravelle et autres lieux, il ne lui restait que ce petit manoir entouré de quatre-vingt-cinq hectares de terre. Et il y tenait d'autant plus que, depuis le xve siècle — un cartouche à l'entrée de la tour du centre porte la date de 1464, qui est évidemment celle de la construction — il n'avait cessé d'être habité par la famille de sa mère; que son aïeul, le chef d'escadre de Baraudin, y avait rassemblé tous ses souvenirs de voyages, et que sa tante maternelle, Sophie-Elisabeth de Baraudin, chanoinesse de Malte, y était morte sous ses yeux, en 1827 !...

A peine avais-je frappé à la porte de la tour avec
la main de bronze à manchette de dentelle Louis XIII
que je fus introduit par Mme Ducloud dans la salle
à manger où m'attendaient pour déjeuner son mari
et ses enfants.

Avant de nous mettre à table, je demandai la
permission de visiter l'intérieur du manoir. Elle me
fut accordée avec d'autant plus d'empressement
qu'en dehors de la cuisine, qui se trouve de l'autre
côté de la tour, il y a tout juste deux pièces à voir :
la salle à manger et la chambre à coucher. Du temps
que Vigny y habitait, il avait aménagé quelques
chambres d'amis dans la partie des communs qui
fait équerre avec la tour d'angle. La salle à manger, qui servait également de salon, est très vaste et
éclairée par deux fenêtres qui se regardent au nord
et au midi. Elle était autrefois tendue de vieilles
tapisseries ; aujourd'hui les murailles blanchies à la
chaux n'ont pour tout ornement qu'une cimaise en
bois de chêne et les portes en bois de palissandre
de cinq grands placards qui servaient d'armoires à
linge et de bibliothèques. Entre les deux fenêtres se
dresse une grande cheminée sans hotte et qui n'est
pas du temps.

La chambre à coucher est tout aussi vaste et plus

nue encore que la salle à manger. Le jour lui vient
seulement du midi. Il est vrai que c'est le côté le
plus agréable et qu'on a devant les yeux un paysage
bien fait pour les réjouir. Qu'on se figure un immense tapis vert dévalant mollement entre des
bouquets de bois jusqu'au bourg de Champagne,
qui est éloigné d'une demi-lieue. La cheminée, plus
basse que l'autre, est ornée d'une mauvaise peinture
représentant un de Baraudin en costume d'officier
de marine ; le plafond à poutrelles n'a pas été re-
couvert de lattes, comme celui de la salle à manger.
En somme, c'est la pièce la plus intéressante et la
moins pauvre en meubles ou objets mobiliers ayant
appartenu à Alfred de Vigny. Dans la salle à manger, il n'y a qu'un petit secrétaire en noyer et une
table-guéridon de forme assez commune que le
poète fit fabriquer dans le pays avec du bois du
Maine-Giraud. Dans la chambre à coucher, au contraire, on voit encore le lit du poète et celui de sa
femme : deux petits lits à bateaux accotés l'un à
l'autre et dont les rideaux blancs en percale tombent
à gros plis d'une flèche de bois bleue à pomme d'or.

Tout en les regardant je cherche au fond de ma
mémoire en quel autre endroit historique j'ai déjà
vu un lit pareil, et je me souviens que c'est à Com-

bourg, dans la chambre de garçon de Chateaubriand.

Ces deux lits blancs dans cette grande pièce nue
lui donnent un faux air de salle d'hôpital. Hélas!
le Maine-Giraud fut bien un hôpital aussi, durant
les vingt dernières années de Mme de Vigny, car elle
était toujours malade, et les vieilles gens du pays
l'ont vue si peu souvent debout qu'ils se la rappellent à peine. Tout ce qu'ils ont retenu d'elle, c'est
qu'elle était « étrangère », et je crois observer que
dans leur bouche ce mot a un accent peu sympathique. Mais si personne ne peut nous renseigner
sur les faits et gestes de Mme de Vigny au Maine-
Giraud, son mari a écrit des lettres qui sont à cet
égard un guide très sûr. A présent que j'ai visité ce
vieux manoir, je puis bien dire que tout y parle
d'elle. C'est pour elle qu'en 1849 — parce qu'il
venait de la mer de beaux orages qui duraient trois
jours et trois nuits sans s'interrompre et faisaient
une certaine peur à Lydia — c'est pour elle qu'il fit
poser des paratonnerres sur les tours. Ils y sont
encore, et M. Ducloud me fait remarquer que celui
de la tour centrale surmonte une girouette portant
en lettres découpées les initiales A. V. du poète.
C'est également pour Lydia, afin de rendre les chambres moins grandes et surtout moins sonores, qu'en

1852 Vigny fit mettre des boiseries de tous côtés.
Que si les rosiers grimpants qu'il avait plantés sous
sa fenêtre, pour l'embaumer et la réjouir, n'existent plus, le grenadier qu'elle aimait tant monte
toujours la garde au pied de la tour, et je ne sais
pourquoi, en arpentant la terrasse ombragée de til-
leuls et bordée de buis qui regarde le couchant, je
me représente Vigny donnant le bras à sa chère
malade ou l'asseyant dans un fauteuil au soleil pour
réchauffer ses membres endoloris.

Quant à lui, pour le retrouver tout entier, pour
bien le comprendre, il faut monter tout au haut de
la tour. Il y a là, sous le toit en poivrière, entre la
terre et le ciel, une petite pièce semi-circulaire
qu'éclaire une fenêtre ouverte en plein midi sur la
cour d'entrée du manoir et qui, avec les boiseries de
noyer dont les parois et le plafond sont entièrement
revêtus et la couchette de même bois qui est établie
dans la partie cintrée, ressemble à une cabine de
navire. Sans compter que, dans les longues nuits
d'hiver, quand le vent soufflait en tempête, que la
pluie fouettait les vitres et que la girouette rouillée
grinçait sur sa tige de fer, Alfred de Vigny devait
se croire dans un bateau. C'est là qu'il avait fait
son cabinet de travail, là qu'était la fameuse cellule dont il parle si souvent dans ses lettres. C'est

là que, lorsque le manoir était endormi, entre dix
heures du soir (1) et quatre heures du matin, car
il ne se couchait qu'à l'aube, il recevait les visites
de la Muse et quelquefois aussi celle de l'amour,
si l'on en croit la légende. L'amour avait les
traits jeunes d'une belle et plantureuse fille du
pays. La muse était celle des *Destinées*. Je ne sais
de quelle humeur était la première de ses visiteuses nocturnes, mais la seconde était singulièrement
triste. Ouvrez ce livre : il ne contient que des pages
sombres. La colère de l'amour y alterne avec la
lassitude de vivre, et la peur de la Nature—cette
marâtre, comme il l'appelait —avec la fierté douloureuse du labeur accompli. Deux pièces seulement
sont datées du Maine-Giraud : celle qui a donné
son titre au livre et *la Bouteille à la mer*. La première est du 27 août 1849, la seconde du mois
d'octobre 1853. Mais je gagerais bien que *la Mort
du Loup, la Flûte, le Mont des Oliviers* et *l'Esprit
pur* furent composés, eux aussi, « dans le silence
du cloître », car pour parler le langage du poète,
ils sont aussi « moines » que les autres, ils portent
la marque originale, le cachet particulier de son

(1) « C'est toujours à minuit, à l'heure des esprits, que la Poésie devient ma souveraine maîtresse », écrivait-il à Mlle Maunoir. (*Lettres
à une Puritaine. — Revue de Paris*, du 15 août 1897.)

pessimisme, et le pessimisme de Vigny, qui avait déjà
percé dans la pièce de *Moïse*, n'atteignit vraiment
son paroxysme que dans la solitude du Maine-
Giraud. Tant il est vrai que si « la solitude est
sainte », comme le répète à chaque instant Stello,
elle est encore plus funeste aux esprits qui, comme le sien, ont une tendance marquée au spleen.
Au surplus, il a dit lui-même que « le silence et
l'immobilité de la verte nature se communiquent
à ses habitants comme des maladies contagieu-
ses » et nous savons par une lettre à son médecin
en date de 1850 qu'il ressentit au Maine-Giraud
les premières atteintes du mal qui devait l'emporter (1). Et voilà l'explication toute naturelle et
toute simple de la poésie hautaine et triste du
recueil des *Destinées*.

Mais ce ne sont pas les seuls vers que Vigny ait
écrits dans sa cellule. En voici quelques autres que
M. Louis Ratisbonne a recueillis dans *le Journal
d'un Poète* et que je cite pour leur couleur locale.

---

(1) « Hier soir, à deux heures après minuit, j'ai encore éprouvé
l'une de ces crispations d'estomac que vous aviez apaisées par
votre poudre de bismuth... Faites-moi parvenir encore ces poudres, si
vous jugez, mon cher docteur, que je les doive prendre encore. »
(Lettre au Dr Montalembert — *La Chronique médicale* du 1er avril
1897.)

RÊVERIE

Silence des rochers, des vieux bois et des plaines,
Calme majestueux des murs noirs et des tours,
Vaste immobilité des ormes et des chênes,
Lente uniformité de la nuit et des jours!
Solennelle épaisseur des horizons sauvages,
Roulis aérien des nuages de mer!

Ce prélude à la manière des grandes orgues promettait beaucoup!... Le poète, malheureusement, n'est pas allé plus loin! Peut-être l'Amour qui ne le quitta jamais aura-t-il frappé cette nuit-là à la porte de sa cellule; peut-être aussi aura-t-il entendu à ce moment l'appel plaintif de sa chère Lydia, car il avait toujours l'oreille tendue du côté de sa chambre, et il lui arrivait souvent de s'éveiller la nuit et de descendre quatre à quatre jusqu'à son lit pour l'écouter respirer. Au surplus, il ne faisait pas que des vers, il tenait aussi le journal de ses réflexions, de ses pensées, il échantillonnait des ouvrages pour l'avenir, il écrivait des lettres à ses parents, à ses amis, et beaucoup de ces lettres sont de véritables poèmes en prose. Qu'on veuille bien se reporter à sa correspondance avec Mlle Maunoir, Mme Lachaud ou sa coussine du Plessis, il s'y est peint tout entier, il y a mis toute son âme.

Mais, direz-vous, si Vigny passait toutes ses

nuits à rêver et à écrire, que pouvait-il bien faire de ses journées?

Quand on est propriétaire d'un domaine de 85 hectares, on a beau avoir des fermiers pour fumer, ensemencer et cultiver ses terres, on a tout le jour de quoi s'occuper si l'on veut qu'elles soient bien tenues. Et Vigny s'était réservé autour de son manoir une certaine quantité de bois, de champs, de vignes, qu'il exploitait lui-même et d'où il tirait du blé, des fruits, des légumes et du vin. Et puis il avait un nombreux personnel domestique à surveiller, à diriger, et bien qu'il eût un régisseur, il avait l'œil à tout. C'étaient surtout ses vignes qui étaient l'objet de ses soins, car elles constituaient le plus clair de ses revenus, et après chaque vendange il brûlait une partie de son vin. J'ai là devant moi quelques-unes de ses lettres d'affaires ; elles prouvent que le poète d'*Éloa*, que Dumas s'étonnait un jour de n'avoir jamais vu manger, ne vivait pas tout à fait de la vie immatérielle des anges.

« Il y a au pied de notre belle cité d'Angoulême, mandait-il le 10 juin 1848 au docteur Montalembert, son médecin, un grand fabricant de chaudiè-res et d'instruments de fer et de bronze. Il se nomme Collaud. J'ai été chez lui, en 1846, voir ses chaudières, ayant le projet d'en faire placer une

au Maine-Giraud. Il me montra ses ateliers, et ses
cyclopes firent jouer ses foyers devant moi avec un
grand luxe de force et d'adresse. J'ai vu chez lui
des chauffe-vins selon son système, mais après tout
calcul et toute réflexion, j'ai besoin seulement
d'une chaudière sans chauffe-vins et j'ai le projet
d'en faire établir une chez moi. Soyez assez bon
pour aller un matin à l'Houmeau visiter M. Collaud, un jour que les pluies ne changeront pas la
rue qui descend à ce faubourg en un torrent qui
entraîne les bœufs, comme le jour où j'y passai, et
priez-le de vous dire : 1° quel sera le prix d'une
chaudière avec le serpentin (si c'est lui qui le four-
nit, ce que j'ignore); 2° que je désire qu'il me la
garantisse et réponde de sa force et de sa sûreté;
3o que l'argent étant rare en ce moment, je désire
qu'il me donne quelque temps pour le paiement
en deux époques.

« Si vous avez cette extrême bonté, répondez-
moi sur-le-champ après avoir vu M. Collaud. Puis
je vous enverrai Bernard (son régisseur), qui ira
avec vous, si vous le trouvez bon, conclure en mon
· nom et dirigé par vos avis.

« Si par hasard un propriétaire de votre connaissance avait l'intention de vendre une chaudière
bien conservée et garantie, je vous prierais de me

le faire savoir et comparerais ses conditions à celles de M. Collaud.

« J'ai écrit à Bernard de proposer à votre Milan d'acheter tout mon vin, comme il fit le 21 novembre 1846. Parlez de cela, je vous prie, à votre femme. Je tiens à faire vider mes tonneaux pour qu'ils puissent recevoir la vendange de cette année, qui s'annonce bien.

« Vous demanderai-je pardon encore ? Non, j'aime mieux vous remercier d'avance, sûr de votre complaisance, et je vous prie d'offrir mes respects à Mme Montalembert et de croire à mon ancienne amitié(1). »

Alfred de Vigny vivait donc au Maine-Giraud de la vie du gentilhomme campagnard. Cela ne l'empêchait pas, d'ailleurs, d'entretenir de bonnes relations avec quelques familles de la société d'Angoulême, d'être au mieux avec le préfet, de chercher à mettre en pratique, sur le théâtre restreint où il se mouvait à présent, les idées de solidarité, de progrès, d'humanité qui formaient le fonds de son socialisme un peu vague. C'est ainsi qu'il avait entrepris de civiliser son pays d'adoption.

Nous avons vu qu'en 1848 il s'était porté à la

(1) *La Chronique médicale* du 1er avril 1897.

députation et qu'il avait échoué piteusement. Cet
échec ne lui avait été sensible que parce qu'il y
avait perdu l'occasion de faire du bien dans toute
la contrée. Car la *Vendée bonapartiste*, comme il
disait de la Charente, était presque aussi arriérée
que la Vendée royaliste, et c'est pour l'éduquer et
pour l'instruire qu'il s'était proposé d'apprendre à
l'enfance et à la jeunesse le chemin des écoles et
qu'il avait voulu doter d'une bibliothèque publique
la commune de Blanzac. Mais Blanzac avait décliné
cette offre, faute d'un local convenable pour recevoir ses livres, et comme il n'était pas homme à se
rebuter pour si peu, il avait essayé de prendre *par
les oreilles* cette petite ville qu'il n'avait pas réussi
à prendre *par les yeux*. Il y avait à Blanzac deux
jeunes institutrices dont il faisait le plus grand
cas. Un beau jour il leur mit en tête de jouer la
tragédie d'*Esther*, comme les demoiselles de Saint-
Cyr. Il n'avait oublié qu'une chose, c'est qu'à Saint-
Cyr Mme de Maintenon avait toutes facilités pour
se procurer à Paris les costumes nécessaires, tandis
qu'à Blanzac les demoiselles Valler (c'était le nom
de ces institutrices) n'avaient d'autres ressources
que d'en louer au théâtre d'Angoulême. Et encore !
Mais le docteur Montalembert était toujours là
pour un coup.

« C'est ici que j'ai besoin de vous, lui écrivait-il ;
je désire savoir s'il y a un costumier à Angoulême pour le carnaval ou pour le théâtre, et s'il
peut me louer (à moi) pour trois jours, plusieurs
manteaux, soit de couleur hyacinthe, soit violette,
pourpre ou bleue, pour les rôles d'Assuérus, Aman,
Esther, Mardochée, et quelques couronnes de papier doré, fragiles comme elles sont en ce temps
de grâce, enfin quelques accessoires. Répondez-moi
vite, le directeur du théâtre que vous pourriez voir
voudrait bien peut-être remplacer le costumier, s'il
n'y en a pas. Si l'un d'eux peut faire tout ceci,
j'irai à Angoulême voir les manteaux... »

Et Vigny ajoutait :

« Aidez-moi dans mes prétentions de civilisation ; elles sont, j'espère, bien innocentes et suffi-
raient pour faire mon salut, quand je n'aurais pas
d'autres saintetés encore à Champagne, mon autre
commune, dont je baptiste la cloche en lui donnant
une Sainte Vierge.

« Allons, docteur, sanctifiez-vous et agissez vite,
car il me faut tout cela dans six jours, s'il se
peut (1). » ·

Telles étaient les occupations de Vigny quand

(1) Cf. la Chronique médicale du 1er avril 1897. — Lettre du
27 août 1850.

il était à sa maison de campagne. Il n'avait donc
pas tort de dire que ses journées étaient aux autres ; mais elles n'étaient aux autres que lorsque
Lydia était bien portante, car personne ne pouvait
le remplacer près d'elle.

Et justement, en revenant du Maine-Giraud,
je rencontrai, sur la place de l'antique église
romane de Blanzac, une vieille femme qui avait été
longtemps à son service. Il fallait l'entendre parler de lui : « Ah ! le bon monsieur ! quel brave
cœur ! nous étions là cinq ou six domestiques,
hommes et femmes, au Maine, c'est à qui se serait
jeté dans le feu pour lui. Il est vrai qu'il nous
payait bien de retour. Jamais le plus petit reproche, jamais un mot plus haut que l'autre. Tous les
dimanches après dîner, surtout l'hiver, il nous
rassemblait autour de lui dans la salle à manger,
quelquefois même dans la chambre de Madame,
pour la distraire lorsqu'elle gardait le lit, et il faisait une partie de cartes avec nous, quand il ne
nous faisait pas une lecture.

— Et que vous lisait-il ?

— Toutes sortes d'histoires qu'il avait faites et
dont quelques-unes, je m'en souviens encore, nous
donnaient le frisson. A dix heures nous allions nous
coucher, et vers minuit, quand Madame dormait

profondément, M. de Vigny montait dans sa tour.

Il n'est donc pas étonnant qu'il ait gagné tous les cœurs à Blanzac et à Champagne, et que son nom, après trente-huit ans, y soit encore entouré de vénération et de respect.

II

Ai-je besoin de dire que tout, en vivant au Maine-Giraud de la vie rustique, il ne perdait pas de vue la capitale et que, sans en avoir l'air, il entretenait des relations suivies avec elle. Tous les jours, le facteur lui apportait un volumineux courrier, dont le journal *le Constitutionnel*, qui le tenait au courant des événements littéraires et politiques. C'était pour lui le pain quotidien. Il se serait passé beaucoup plus difficilement de celui-ci que de l'autre. Il dépouillait sa correspondance à table pendant son déjeuner, répondait aussitôt après aux lettres urgentes et, cela fait, commençait la lecture du *Constitutionnel*, qu'il annotait en marge au crayon ou à la plume. Mme Ducloud me disait l'autre jour que, lorsqu'il mourut, il y avait dans les placards de la salle à manger des liasses énormes de ce journal, et que les domestiques s'en servirent durant des années pour allumer le feu. C'est une perte considérable, si j'en juge par les quelques numéros que j'ai eus sous les yeux. Ils sont, en effet, couverts de notes littéraires et politiques. Mais ce que j'aurais voulu pouvoir relever, ce sont les notes que Vigny avait mises en marge des feuilletons de Sainte-Beuve. La flamme, hélas ! a tout dévoré et bien d'autres choses encore. Il paraît qu'après la vente du Maine-Giraud Mme Lachaud fit un véritable autodafé des papiers qui pour elle étaient sans valeur... Comme si tout ce qui tombait de la plume de Vigny n'avait pas une valeur intrinsèque !...

Mais on pense bien que *le Constitutionnel* n'était pas la seule lecture du poète.

M. Émile Faguet, parlant de Vigny, dit quelque part : « Le renouvellement du génie, voilà ce qu'il n'a pas connu, ou très peu. Je crois que cela tient au caractère solitaire de son imagination. Nul n'a eu si peu de rapports avec le monde extérieur. Or il ne faut jamais oublier que l'imagination n'est pas une mine ; elle est un moule et une forge. Le monde extérieur, spectacles, impressions, souvenirs, lectures, dépose dans l'âme du poète des matériaux qui y prennent une forme, un éclat et un relief particuliers. La Fontaine lit, Lamartine écoute le vent, Hugo regarde. On dirait que Vigny ferme les yeux et les oreilles. Il se contente presque de penser (1). »

M. Émile Faguet se trompe : Alfred de Vigny ne ferma jamais les yeux ni les oreilles, et toute sa vie il lut beaucoup. On n'a d'ailleurs qu'à feuilleter son *Journal*, et encore nous n'en avons qu'une partie, pour être pleinement édifié sur ce point. Il a raconté lui-même quelles avaient été ses premières lectures (2). Quelques lettres de lui au docteur Montalembert et à M. Eusèbe Castaigne, conservateur de la bibliothèque d'Angoulême, vont nous dire ce qu'il lisait dans la solitude du Maine-Giraud, de 1849 à 1853.

« Le croiriez-vous, Monsieur ? J'ai encore la faiblesse de penser qu'il est permis à un académicien de s'occuper de poésie et d'art ; et, du fond des bois, je vous prie de vouloir bien répondre par un mot à quelques questions que je vous adresse.

« La bibliothèque d'Angoulême a-t-elle les livres dont je vous envoie la liste et dont j'aurais besoin pour quelques études sur les anciens essais dramatiques en France ? Avez-vous aussi un cabinet de manuscrits considérable ? A quel siècle remontent-ils ? La bibliothèque a-t-elle quelques manuscrits

(1) *Le Dix-neuvième siècle*, études littéraires.
(2) *Le Journal d'un Poète*, pp. 237-240.

latins du ɪvᵉ ou vᵉ siècle de l'ère chrétienne ?

« Vos deux *Machiavelli* sont ici conservés avec soin et lorsque je ne les consulterai plus, je veux moi-même vous les rendre, Monsieur, et vous porter en même temps mes remerciements et l'assurance de ma considération.

« Lazare de Baïf : *Electre* et *Hécube.*

« Rotrou : l'ancienne édition, avec sa traduction des *Captifs* de Plaute.

« La dernière traduction moderne de Plutarque pour comparer à celle d'Amyot.

« Le théâtre de Lamotte.

« *La Vie d'Alger*, soit en espagnol, soit en français, par Cervantes. (Livre assez rare, je crois.)

« Perrault (la plus ancienne édition). Le traité des *Anciens et des Modernes*, et *les Contes.*

« Les œuvres complètes de Mᵐᵉ de Staël.

« Les mémoires de Lanner (Anglais habitant du Canada qui vécut chez les sauvages).

« Je ne fais pour aujourd'hui que des questions. Plus tard je choisirai parmi les ouvrages présents à cet appel et je ferai des demandes. »

« Je vous ai cherché à la bibliothèque d'Angoulême le 17 de ce mois, Monsieur, sans être assez heureux pour vous rencontrer. Je voulais vous

remercier des renseignements que vous avez bien
voulu me donner sur les livres dont vous pouvez
disposer. J'irai bientôt vous en demander quelques-
uns, et ce sera d'abord chez vous que je me présen-
terai. Mais je passe si peu de temps à Angoulême
que je voudrais savoir d'avance par vous si je puis
trouver prêts à être enlevés les ouvrages qu'il me
faut.

« J'ai à Paris une traduction de l'*Histoire du
Bas-Empire*, de Gibbon, que je voudrais retrouver
ici. Elle est en vingt volumes environ. Il ne m'en
faut que deux. Je les choisirai dans votre bibliothèque, si vous avez cet ouvrage.

« Il y a peut-être aussi chez vous une histoire de
la Pologne, antérieure à celle de M. Salvandy, qui
est surtout l'histoire de Jean Sobieski.

« Un mot, je vous prie, sur ces deux questions.
Je vous demanderai quelques volumes de Plaute. Le
jour où je pourrai vous aller voir, jour qui suivra
de près votre réponse, je les chercherai avec vous.

« Je sors rarement de ma cellule, où je vis comme
un bénédictin... »

« Je vous envoie, Monsieur, tous les livres que
vous avez bien voulu me prêter : *Thucydide*, le
cinquième volume de M. Michelet, les deux pre-

miers volumes de Sully, et les quatre numéros de
la Revue des Deux Mondes. Si vous pouviez confier à mon messager les numéros de mars et d'avril
de *la Revue*, et *l'Histoire du Bas-Empire* de Gibbon, où j'ai quelques dates et quelques notes à
prendre à mon prochain voyage à Angoulême, j'espère avoir quelques moments à passer avec vous....»

« Je voudrais bien savoir de vous, **Monsieur, s'il**
y a au monde un vocabulaire du dialecte ou patois
de la Charente ou de l'ancien Angoumois. On l'a
cherché pour moi à Paris, peut-être assez mal,
mais enfin très inutilement.

« Ayez la bonté de m'écrire un mot qui m'apprenne quelle est la meilleure et la plus nouvelle
traduction des *Commentaires de César*, et si vous
avez le texte en regard.

« Voilà pour aujourd'hui mes deux seules questions... »

« Je vous remercie infiniment, Monsieur, d'avoir
bien voulu me donner quelques renseignements
sur ce dictionnaire que je cherchais. Je croyais
naïvement à son existence parce que je l'avais vu
citer dans quelques livres ; mais je vois que ce
n'est pas toujours une raison pour vivre que d'être
cité.

« Plus tard, j'enverrai chercher *les Commentaires*. Aujourd'hui, j'ai à vous demander seulement un mot qui me fasse savoir si vous avez deux ouvrages où je suis sûr de retrouver des faits dont je ne veux point parler sans les avoir relus. Ces livres sont :

« 1° *Les Mémoires* de Condé, le compagnon d'armes de l'amiral de Coligny, le grand protestant.

2° *L'Histoire du grand Condé.*

« Croyez, Monsieur, à mes sentiments les plus dévoués (1). »

Vers le même temps (3o novembre 1850), il écrivait à M. Montalembert :

« Voulez-vous bien, mon cher docteur, vous charger de rendre à M. Castaigne ces deux numéros de *la Revue des Deux Mondes* qu'il me redemande. Je le prie de me laisser encore quelque temps Homère. S'il pouvait m'envoyer l'ancienne traduction avec le texte grec, ou au moins la traduction littérale latine, il me ferait beaucoup de plaisir pour des citations qui m'occupent. Je lui porterai *le Système de la Place* (2). »

Après cela je pense qu'on serait mal venu à pré-

---

(1) Cf. *Petites Etudes littéraires*, par E.-J. Castaigne, 1 vol. in-12 chez Alph. Picard, 1888.

(2) Cf. *la Chronique médicale* du 1er avril 1897.

tendre que Vigny ne lisait pas. Pour ma part, je
serais presque tenté de dire qu'il lisait trop. Les
poètes n'ont pas besoin d'amasser tant de connais-
sances pour chanter et nous émouvoir. Il est vrai
que chez Vigny le poète était doublé d'un penseur
qui s'efforçait d'aller au fond de tous les systèmes
et que l'à peu près en histoire ne le satisfaisait pas
plus que le doute ou l'éclectisme en philosophie.
C'est même pour cela que, dans la seconde moitié de
sa vie, il a plus ébauché que fini et qu'il n'a presque
rien livré à l'impression (1).

En tous cas, avant de se prononcer sur le plus
ou moins de renouvellement de son génie, il convient d'attendre la publication — que l'on dit prochaine — des manuscrits qu'il a laissés à Mme Lachaud
ou à Louis Ratisbonne, et dans le nombre nous
savons qu'il y a une partie de ses *Mémoires*, une
suite de *Chatterton*, une autre à *Servitude et Grandeur militaires*, et, sans parler des projets de romans et de nouvelles, une seconde consultation du
Docteur Noir (2), comprenant d'admirables épiso-

(1) Voici ce qu'il a dit lui-même sur sa manière de travailler :
« Je conçois tout à coup un plan, je perfectionne longtemps le
moule de la statue, je l'oublie, et quand je me mets à l'œuvre après
de longs repos, je ne laisse pas refroidir la lave un moment. C'est
après de longs intervalles que j'écris et je reste plusieurs mois de
suite occupé de ma vie sans lire ni écrire. »(*Journal d'un Poète*,
p. 75.)

(2) Elle a paru récemment sous le titre de *Daphné*.

des des premiers temps du christianisme, des pages sur *Héloïse et Abeilard*, etc., etc. (1).

Nous verrons alors si M. Émile Faguet ne reviendra pas sur son jugement.

Cependant notre déjeuner touchait à sa fin. Quand on fut au dessert, Mlle Ducloud, qui est une grande admiratrice de Vigny, et dont la mémoire en tout ce qui touche sa vie au Maine-Giraud est inépuisable, alla chercher au grenier, dans un panier à vendange, quelques livres dépareillés qu'elle mit gracieusement près de mon assiette. Ces livres ont appartenu à l'abbé de Baraudin, chanoine doyen de l'église Saint-Ours à Loches, qui a écrit son nom sur la feuille du titre et les a couverts d'annotations marginales. Ils n'ont d'autre intérêt pour le commun des mortels que d'avoir été feuilletés par le poète, mais pour moi, qui suis familiarisé depuis longtemps avec les sujets de morale et de piété dont ils traitent, ils en ont un autre et de tout premier

(1) Peut-être aussi un roman historique que je trouve annoncé comme suit dans *le Journal d'un Poète*, p. 138 : LE MAINE-GIRAUD. — ROMAN HISTORIQUE. — Sur un parchemin que j'ai retrouvé dans mes papiers de famille, je ferai un roman historique. Ce sera une assez noble manière de donner de la valeur à cette pauvre terre. Les décorations seront mes terres et le château du Maine-Giraud avec les ruines de Blanzac. L'époque 1679. Celle de Louis XIV. En 1680. — La Brinvilliers est brûlée. En 1679, meurt le vieux cardinal de Retz.— En 1670. — Le voyage à Douvres de la duchesse de Portsmouth.

ordre : c'est de m'apporter la preuve palpable que
je cherchais depuis longtemps, à savoir : que Vigny
avait du sang janséniste dans les veines. Quand mon
voyage au Maine-Giraud ne m'aurait procuré que
la joie de cette découverte, je m'applaudirais de
l'avoir fait (1).

Je demandai ensuite à Mme Ducloud quels étaient
les menus objets personnels et intimes qui étaient
restés de la succession de Vigny dans son manoir.

— Mais, Monsieur, me dit-elle en souriant, vous
buvez en ce moment dans son verre.

Et comme je la remerciais de cette attention délicate, elle ajouta que Mme Lachaud leur avait laissé
une partie de son service de table, des plats, des
assiettes, des tasses à café en porcelaine, une
carafe en cristal, etc. Et elle m'apporta successive-
ment une petite boîte en bois blanc sur laquelle
le poète avait écrit de sa grande écriture : « Jeu
d'échecs de Mme de Vigny », un cahier de musique
copié de la main de Lydia, tout un lot de gravures
anglaises, un coffret renfermant tous les titres de
propriété du Maine-Giraud depuis le xive siècle, et,
pour clore ce défilé de choses commémoratives, un
joli petit navire de haut bord avec tous ses agrès,

---

(1) Voir sur ce sujet, au t. I de cet ouvrage, le chapitre sur *la
Religion d'Alfred de Vigny*.

ayant appartenu au chef d'escadre de Baraudin,
qui l'avait baptisé *la Sophie*, du nom de sa fille
aînée, la chanoinesse de Saint-Antoine de Malte...

Alors, ayant vu tout ce qu'il y avait à voir, je
me levai pour prendre congé de mes hôtes, et je
dis à M. Ducloud, en lui tendant la main :

Puisque votre intention est de restaurer ce vieux
manoir, permettez-moi en vous quittant de vous donner un bon conseil. Méfiez-vous des architectes qui
font du neuf avec du vieux. Touchez le moins possible aux murs, ne remplacez que ce qui est complètement détruit, respectez surtout la disposition intérieure. Et quand les travaux seront terminés, afin
que l'âme de Vigny y revienne, car évidemment le
marteau des maçons la mettra en fuite, réunissez
dans une vitrine, que vous mettrez en belle place,
au-dessous de son buste, tous les objets, quels
qu'ils soient, qui lui ont appartenu à lui ou aux
siens. Vous ouvrirez alors les fenêtres toutes grandes, et comme l'oiseau apprivoisé qui rentre de lui-
même en sa cage, l'âme du poète, à la vue de ces
pieuses reliques, réintégrera sa maison. Ce domaine
est désormais historique. Avant qu'il soit longtemps, le Maine-Giraud sera aussi visité que les
Charmettes de Jean-Jacques, le Saint-Point de

Lamartine, le Combourg de Chateaubriand et le
Hauteville-House de Victor Hugo, car le nom de
Vigny grandit tous les jours, et ce n'est pas au
numéro 6 de la rue des Écuries-d'Artois, bien qu'il
y ait habité pendant trente ans et que sa femme
et lui y aient rendu le dernier soupir, c'est ici, dans
cette thébaïde, dans ce manoir du xv⁰ siècle, qu'il
a laissé le plus de lui-même, et que se sont reti-
rés ses mânes. Les maisons de Paris ne gardent
rien de nous, malgré les plaques commémoratives
qu'on y pose. Ce sont des hôtels où le voyageur
qui arrive fait oublier celui qui s'en va.

Surtout, dis-je en mettant le pied hors de la tour,
gardez-vous bien d'enlever ce heurtoir de la porte.
Il faut que, dans l'avenir, tous ceux qui viendront
au Maine-Giraud aient l'illusion de serrer dans
cette main de bronze la main fine et potelée de
Vigny, au moment de franchir son seuil.

FIN DU SECOND VOLUME

INDEX ALPHABÉTIQUE

DES NOMS PROPRES CITÉS DANS
CET OUVRAGE (1)

—

(1) Les noms en italiques sont ceux des ouvrages d'Alfred de Vigny.

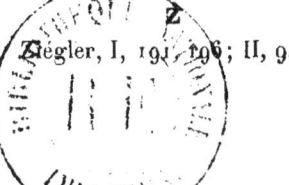

LA MAIN D'ALFRED DE VIGNY
SUR LA PORTE D'ENTRÉE DU MAINE-GIRAUD

TABLE DES MATIÈRES

L'AMOUR PUR

LIVRE VII

LIVRE VIII

VIGNY ET LES JEUNES FILLES

TABLE DES GRAVURES

—

ACHEVÉ D'IMPRIMER

le vingt septembre mil neuf cent treize

PAR

G. ROY

A POITIERS

pour le

MERCVRE

DE

FRANCE

MERCVRE DE FRANCE

· XXVI, RVE DE CONDÉ — PARIS-VI⁰

Paraît le 1ᵉʳ et le 16 de chaque mois, et forme dans l'année six volumes

Littérature, Poésie, Théâtre, Beaux-Arts
Philosophie, Histoire, Sociologie, Sciences, Voyages
Bibliophilie, Sciences occultes
Critique, Littératures étrangères, Revue de la Quinzaine

La **Revue de la Quinzaine** s'alimente à l'étranger autant qu'en France. Elle offre un nombre considérable de documents, et constitue une sorte « d'encyclopédie au jour le jour » du mouvement universel des idées.

Épilogues (actualité) : Remy de Gourmont.
Les Poèmes : Georges Duhamel.
Les Romans : Rachilde.
Littérature : Jean de Gourmont.
Histoire : Edmond Barthélemy.
Philosophie : Georges Palante.
Le Mouvement scientifique : Georges Bohn.
Sciences médicales : Dʳ Paul Voivenel.
Science sociale : Henri Mazel.
Ethnographie, Folklore : A. Van Gennep.
Archéologie, Voyages : Charles Merki.
Questions juridiques : José Théry.
Questions militaires et maritimes : Jean Norel.
Questions coloniales : Carl Siger.
Ésotérisme et Sciences psychiques : Jacques Brieu.
Les Revues : Charles-Henry Hirsch.
Les Journaux : R. de Bury.
Théâtre : Maurice Boissard.
Musique : Jean Marnold.
Art : Gustave Kahn.
Musées et Collections : Auguste Marguillier.
Chronique de Bruxelles : G. Eekhoud.
Chronique de la Suisse romande : René de Weck.

Lettres allemandes : Henri Albert.
Lettres anglaises : Henry-D. Davray.
Lettres italiennes : Giovanni Papini.
Lettres espagnoles : Marcel Robin.
Lettres portugaises : Philéas Lebesgue.
Lettres américaines : Théodore Stanton.
Lettres hispano-américaines : Francisco Contreras,
Lettres brésiliennes : Tristao da Cunha.
Lettres néo-grecques : Démétrius Asteriotis.
Lettres roumaines : Marcel Montandon.
Lettres russes : Jean Chuzeville.
Lettres polonaises : Michel Mutermilch.
Lettres néerlandaises : J.-L. Walch.
Lettres scandinaves : P.-G. La Chenais, Fritiof Palmer.
Lettres tchèques : Janko Cadra.
La France jugée à l'Étranger : Lucia Dubois.
Variétés : X...
La Vie anecdotique : Guillaume Apollinaire.
La Curiosité : Jacques Daurelle.
Publications récentes : Mercure.
Echos : Mercure.

VENTE ET ABONNEMENT

Les abonnements partent du premier des mois de janvier, avril, juillet et octobre. Les nouveaux abonnés d'un an reçoivent à titre gracieux le commencement des matières en cours de publication.

FRANCE			ÉTRANGER		
Un numéro........	1.25		Un numéro........		
Un an...........	25 fr.		Un an...........	30 fr.	
Six mois.........	14	»	Six mois.........	17	»
Trois mois........	8	»	Trois mois........	10	»

Poitiers. — Imprimerie du Mercure de France, G. ROY, 7, rue Victor-Hugo.

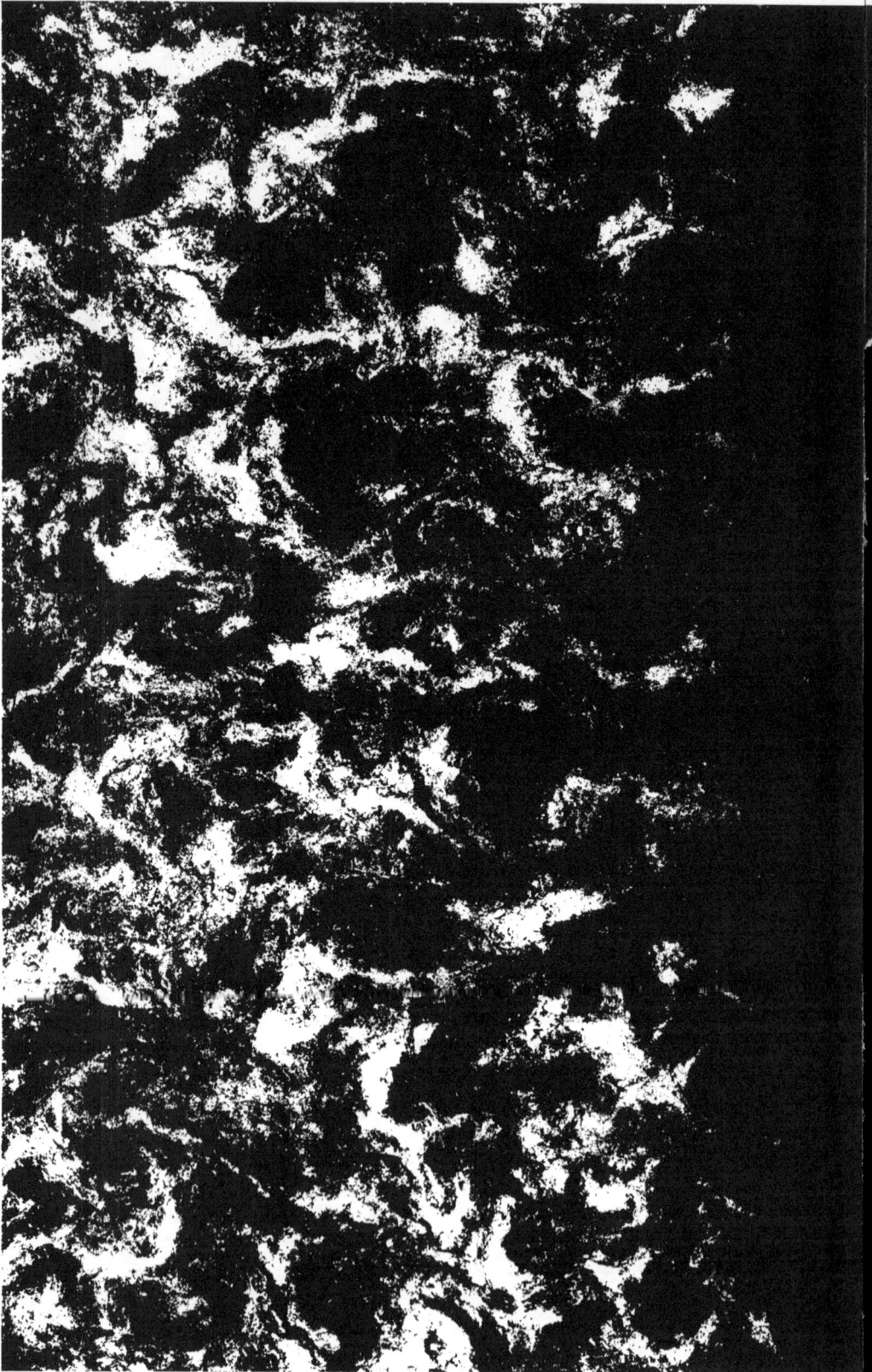

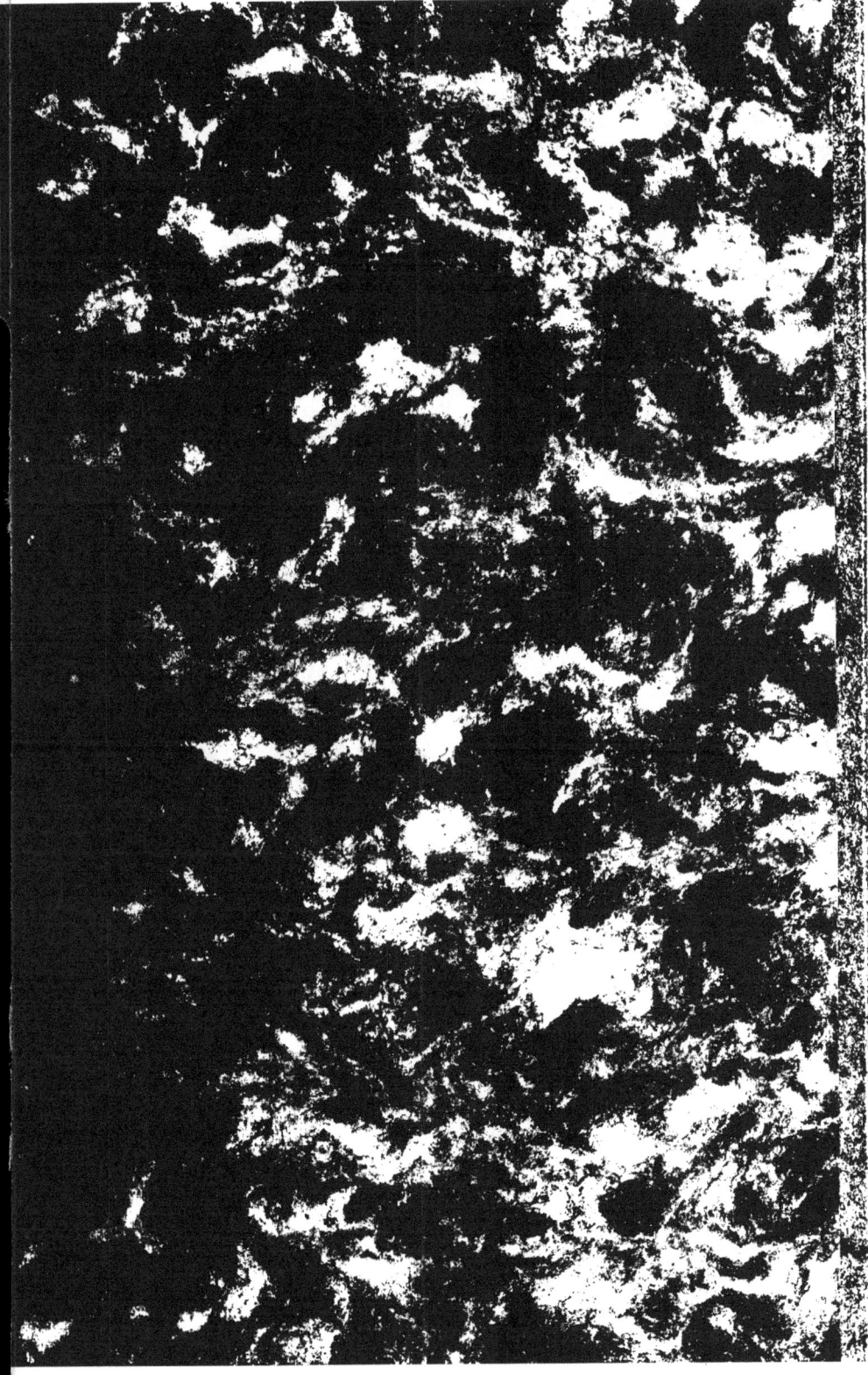

www.ingramcontent.com/pod-product-compliance
Lightning Source LLC
Chambersburg PA
CBHW070756030726
47504CB00003B/574